Jürgen Seibold
Landpartie

Zu diesem Buch

Das wunderschöne Bad Hindelang bereitet sich auf das alljährliche »Jochpass Memorial« vor. Dieses legendäre Bergrennen für Oldtimer lockt jedes Jahr zahlreiche Fans der auf Hochglanz polierten historischen Karossen zum Oberjochpass, und Besucher aus ganz Europa hoffen auf ein rasantes Rennen vor der herbstlichen Kulisse der Allgäuer Alpen. Rudi Groß, der Titelverteidiger, hofft auf den Sieg. Er geht als großer Favorit ins Rennen. Doch in einer der letzten Kurven verliert er die Kontrolle über seinen Wagen, durchbricht die Leitplanke und stürzt mit seinem Oldtimer in die Tiefe. Schnell stellt sich heraus, dass sein Wagen manipuliert war, und Kommissar Hansen trifft bei seinen Ermittlungen (mal von der örtlichen Polizei unterstützt, mal eher behindert) auf eine ganz eigene Welt aus gnadenlosem Konkurrenzkampf und wahrer Besessenheit.

Jürgen Seibold, 1960 in Stuttgart geboren, arbeitete als Redakteur und freier Journalist. 1989 veröffentlichte er seine erste Musikerbiografie. Es folgten weitere Sachbücher, Jugendbücher, Thriller und schließlich die sehr erfolgreiche Allgäu-Krimi-Reihe. Nach »Rosskur« und »Gnadenhof« ist »Landpartie« der dritte Fall des beliebten Hauptkommissars Eike Hansen.

Jürgen Seibold

Landpartie

Ein Allgäu-Krimi

Piper München Zürich

Mehr über unsere Autoren und Bücher:
www.piper.de

Von Jürgen Seibold liegen bei Piper vor:
Kinder
Gnadenhof
Rosskur
Landpartie

MIX
Papier aus verantwortungsvollen Quellen
FSC® C083411
FSC
www.fsc.org

Originalausgabe
Januar 2015

Umschlaggestaltung und Artwork (Stall): Cornelia Niere, München
Umschlagabbildung: Angel Herrero de Frutos/Getty Images (Auto), Shutterstock (Huhn + Katze)
Satz Kösel Media GmbH, Krugzell
Gesetzt aus der Quadraat
Papier: Munken Print von Arctic Paper Munkedals AB, Schweden
Druck und Bindung: CPI books GmbH, Leck
Printed in Germany ISBN 978-3-492-30542-6

Der Wagen schoss wie ein Pfeil dahin. Dichte Wolken hingen über dem Tal, aber die Straße war entgegen der Vorhersagen bisher trocken geblieben. Schon die ersten Wertungsläufe hatten ihm ein gutes Gefühl vermittelt, und diesmal lief es noch besser. Wie auf Schienen zog er seine Bahn hinauf zum Jochpass, und wenn der Motor am Ende der Haarnadelkurven dröhnend beschleunigte, machte sein Herz jedes Mal einen Hüpfer.

Das Publikum unten am Start hatte er ebenso wenig wahrgenommen wie jetzt die klatschende Menge auf der Wiese oberhalb der Straße. Seine ganze Konzentration galt dem nächsten Handgriff, dem nächsten Streckenmeter, der nächsten Ideallinie, die einzuhalten war. Prüfend sah er auf den Tacho und die Drehzahlanzeige. Er kannte den Weg hinauf nach Oberjoch und das Streckenprofil inzwischen so genau, dass er recht gut im Gefühl hatte, wie er in der Zeit lag.

Die nächste Kurve flog auf ihn zu, er verstärkte seinen Griff um das Lenkrad und bereitete sich darauf vor, im letzten möglichen Moment die Bremse zu treten und den Wagen auf die Ideallinie zu steuern. Da lenkte ihn eine kleine Bewegung vorne links ab. Er verpasste den richtigen Bremspunkt, aber das hatte jetzt keine Bedeutung mehr. Verblüfft sah er dem linken Vorderrad nach, das sich vom Wagen gelöst hatte und nun in mehreren kühnen Sätzen erst über die

Fahrbahn hüpfte und dann hinter der Leitplanke aus seinem Blickfeld verschwand.

Der Wagen saß inzwischen vorne links auf dem Asphalt auf, Funken stoben, und er konnte am Lenkrad zerren, wie er wollte: Das Fahrzeug ließ sich nicht mehr kontrollieren und raste mit leichter Schlagseite auf die Linkskehre zu. Er schaffte es nur noch, mit dem verbliebenen rechten Vorderrad die Richtung des Wagens ein wenig zu korrigieren.

Dem Waldstück, das im Scheitelpunkt der Kurve endete, wich er so gerade noch aus, und nun standen ihm nur noch einige Laubbäume mit dünnen Stämmchen im Weg, aber darüber konnte er sich nicht lange freuen. Wie ein Geschoss knallte der Wagen im nächsten Moment im spitzen Winkel gegen die Leitplanke, das rechte Vorderrad rumpelte die niedrige Stahlabschrankung hinauf, und der Wagen begann, sich vom Boden zu lösen. Leicht wie ein Vogel wirkte das Fahrzeug jetzt, und er saß hinter dem Lenkrad, das sich nun viel einfacher hin und her bewegen ließ, und beobachtete staunend, wie sich der Wagen elegant nach links um seine Längsachse drehte.

Für einen Moment ging sein Blick weiter den Hang hinauf. Der wuchtige Felsen oberhalb des nächsten Streckenabschnitts füllte sein Sichtfeld aus. Dann drehte sich der Wagen weiter, einige Äste peitschten gegen das Wagendach. Erst jetzt fiel ihm auf, dass sein Fuß noch immer die Bremse trat. Er hob das Bein an und wechselte auf das Gaspedal. Ein-, zweimal drückte er kräftig zu, genoss das aggressive Aufheulen und Dröhnen und Röhren des Motors und lächelte ein letztes Mal nach vorn, wo zwei große Felsbrocken direkt in seiner Flugbahn lagen.

Dann war nichts mehr zu hören als knirschendes Metall und splitterndes Glas.

Donnerstag, 2. Oktober

Es war so kalt, dass Karl Schlitter den Kragen seines Wintermantels hochschlug, um seinen Nacken besser gegen den eisigen Wind zu schützen. Er mochte solches Wetter nicht, vor allem nicht so kurz vor dem Jochpass Memorial. Auch für die Veranstaltung selbst klang die Wettervorhersage wenig verheißungsvoll. Dabei hatten schon im vorigen Jahr Schnee und Graupel die Fahrt hinauf nach Oberjoch ziemlich ungemütlich gemacht.

Er schloss die Faust fester um den Griff des zerschlissenen braunen Lederkoffers und stapfte voran. Noch ein paar Schritte, dann hatte er den verabredeten Platz erreicht. Er blieb stehen und sah auf die Uhr. Es war zehn nach sieben. Im Internet wurde der Sonnenaufgang für Bad Hindelang mit 7.19 Uhr angegeben. Also würde er noch ziemlich genau eine Viertelstunde hier oben warten, dann würde er den alten Lederkoffer abstellen und zu seinem Pick-up zurückgehen, ohne sich noch einmal nach dem Koffer umzudrehen.

»300 000 – 2.10. – Sonnenaufgang«, stand auf dem Blatt Papier, das Schlitter in der Nacht auf Montag im Briefkasten gefunden hatte. Es war wie in einem schlechten Krimi: Die Buchstaben und Zahlen waren aus der Lokalzeitung und dem Boulevardblatt ausgeschnitten und auf ein DIN A4-Blatt geklebt worden. Daneben pappte ein kleiner Ausschnitt aus einem farbigen Computerausdruck, der in Vogelperspektive ein Stück vom Kanzel-Ringweg zeigte, ganz in der Nähe der letzten scharfen Linkskurve der Jochstraße. Und genau dort, wo er jetzt stand, war der Ausdruck mit einem roten Kreuz markiert. Das Ganze hätte eher wie ein schlechter Scherz gewirkt – wäre es nur dieser Zettel gewesen.

Am sehr späten Sonntagabend hatte bei ihm daheim das Telefon geklingelt. Er hatte abgehoben und sich gemeldet. Eine raue Stimme hatte ihm ins Ohr geknurrt, was er zu tun hatte: keine Polizei verständigen, dreihunderttausend Euro besorgen, das Geld in einem Koffer auf dem Platz abstellen, der auf einem Zettel beschrieben sei, der im Briefkasten stecke.

Die Stimme klang ein wenig, als würde sich der Sprecher ein Taschentuch vor den Mund halten, aber es schien auf jeden Fall ein Mann zu sein. Der Unbekannte gab noch die Anweisung, Schlitter solle das Geld in einem alten, unauffälligen Koffer verstauen und etwa zehn Minuten vor dem beschriebenen Zeitpunkt am genannten Platz auftauchen. Dort solle er bis etwa zehn Minuten nach dem Zeitpunkt warten.

Schlitter begriff erst nicht gleich, was da vor sich ging. Er war müde, hatte auch schon etwas getrunken, aber der Fremde redete einfach ohne Pause auf ihn ein. Danach wiederholte er alles noch einmal wortwörtlich, als lese er von einem Zettel ab. Ab und zu wechselte das Knurren des

Anrufers in ein Raunen, manchmal musste er sich kurz räuspern, aber auch das ließ keine Rückschlüsse darüber zu, wie die Stimme unverstellt klingen mochte. Schließlich, als Schlitter längst verstanden hatte, dass das kein Klingelstreich war, kam die Drohung für den Fall, dass er nicht spuren würde: Genau dort, in der letzten Linkskurve, werde es während des diesjährigen Jochpass Memorial ein Attentat geben.

Dann hatte der Unbekannte aufgelegt, und Schlitter hatte totenbleich und am ganzen Körper zitternd im Flur gestanden, den Hörer noch am Ohr. Erst nach einer kleinen Ewigkeit hatte er sich aus der Starre gelöst und den Hörer aufgelegt, um zum Briefkasten zu gehen, wo er tatsächlich den Zettel mit der aufgeklebten Nachricht fand.

Und nun wartete er hier in der Kälte und sah sich um. Ein Stück entfernt stand sein Wagen. Ansonsten: Bäume ringsum, der Waldweg, die grasbewachsene Parkbucht und direkt neben ihm ein kleiner Haufen Pflastersteine. Sonst nur Stille, Kälte, Einsamkeit. Es war schon leidlich hell, aber mehr als diffuses Licht drang nicht durch die dicke Wolkendecke.

Er war natürlich schon oft hier oben gewesen, auch zu dieser Tageszeit, wenn er von der Jagd nach Hause fuhr. Manchmal stellte er seinen Pick-up dann auf diesem kleinen Weg ab, wenn auch nicht so weit von der B 308 entfernt. Aber häufiger war er in den Wäldern nördlich der Bundesstraße unterwegs oder weiter südlich im Gebiet zwischen Oberstdorf, Hinterstein und der österreichischen Grenze.

Wieder und wieder sah Schlitter auf die Uhr, dann war es endlich halb acht. Er stellte den Koffer am Wegesrand ab, steckte die Hände in die Manteltasche und zog die Schultern hoch. Trotzdem drang der Wind eiskalt durch seine Kleider.

Alles war still. Auf der Straße zum Jochpass hinauf war kein Fahrzeug unterwegs, und auch hier auf dem Waldweg war nichts zu sehen oder zu hören. Plötzlich knackte im Unterholz hinter Schlitter ein Ast, und er musste sich sehr beherrschen, um sich nicht zu dem Geräusch umzudrehen. Ganz langsam setzte er sich in Bewegung. Die Nackenhaare sträubten sich, er hatte Gänsehaut und wäre am liebsten losgerannt, aber das würde den Erpresser womöglich nervös machen, und mit einer Kugel im Rücken wollte Schlitter nun wirklich nicht enden. Also zwang er sich, einen Schritt nach dem anderen zu machen, sich dabei nicht zu schnell zu bewegen und die ganze Zeit über stur geradeaus zu sehen. Die Sekunden dehnten sich wie in einem schlechten Traum. Er spürte, wie ihm der Schweiß ausbrach, und als er die halbe Strecke zwischen dem Koffer und seinem Pick-up hinter sich gebracht hatte, rann es ihm warm über die Innenseite seiner Schenkel.

Auch schon egal, dachte Schlitter und ging stur weiter.

Schließlich erreichte er seinen Wagen. Als er den Türgriff mit der rechten Hand packte, stellte er fest, dass sie zitterte, und musste einen Moment lang stehen bleiben, bevor er sich wieder so weit unter Kontrolle hatte, dass er die Tür aufziehen und sich auf den Fahrersitz schieben konnte.

Die ganze Zeit hatte er sorgfältig darauf geachtet, sich nur ja nicht umzudrehen, denn was würde der Erpresser wohl mit ihm machen, wenn er erst dessen womöglich unmaskiertes Gesicht gesehen hätte? Nun riskierte er doch einen kurzen Blick in den Rückspiegel. Das würde der andere auf diese Entfernung vermutlich gar nicht mitbekommen.

Aber es war niemand zu sehen.

Nur der zerschlissene braune Lederkoffer stand unverändert an seinem Platz.

Resi verabschiedete sich von Hansen mit einem langen, innigen Kuss, dann stupste sie mit dem Zeigefinger gegen seine Nasenspitze, und weg war sie. Er sah ihr durchs Fenster nach, wie sie mit ihrem neuen Kleinwagen vom Hof und auf die Ehrwanger Straße fuhr. Als sie auf der B 16 in Richtung Norden davonbrauste, war ihr Auto für wenige Momente zwischen den Bäumen zu sehen, aber Hansen winkte ihr trotzdem. Und es war ein schönes Gefühl zu wissen, dass auch sie ihm winkte, ob er sie nun wirklich sehen konnte oder nicht.

Sie wollte bei ihren Eltern in Roßhaupten vorbeischauen, mit ihnen zu Mittag essen und Kaffee trinken. Am Nachmittag würde sie mit gepacktem Koffer zurückkommen und gemeinsam mit Hansen in einen Kurzurlaub starten. Er würde im Kommissariat in Kempten nur das Nötigste erledigen und gegen drei, halb vier wieder nach Hause fahren. Ein dringender Fall lag jedenfalls nicht auf seinem Schreibtisch.

Nach seinem etwas rumpeligen Start im Allgäu vor eineinhalb Jahren lief es mit den Kollegen inzwischen wirklich gut. Mit Willy Haffmeyer und Hanna Fischer sowieso, aber mittlerweile schienen auch die anderen ihren Frieden mit ihm als »neig'schmecktem« Niedersachsen gemacht zu haben. Ab und zu bekam er sogar einen Tipp, wo es einen Fischladen gab, in dem man frische oder frisch geräucherte Ware erhalten könne. Das eine oder andere Geschäft taugte tatsächlich etwas – auch wenn es natürlich kein Vergleich mit dem Steinhuder Räucheraal aus seiner alten Heimat oder mit den fangfrischen Tieren war, die er in seiner Zeit bei der Kripo Oldenburg in den Küstenorten der Nordsee überall bekommen konnte.

Vor allem sein Stellvertreter Hardy Koller tat sich mit Ratschlägen und hilfreichen Infos hervor. Womöglich plagte ihn das schlechte Gewissen, weil er nach Hansens Einschätzung die treibende Kraft hinter den Aktionen gewesen war, die ihm seinerzeit den Einstieg erschwert hatten. Für Hansen war das längst erledigt, zumal sich Koller und Kollegen ohnehin nur selbst ein Bein gestellt hatten. Auf Abstand hielt Hansen ihn trotzdem – das allzu nette und servile Auftreten war und blieb ihm suspekt. Da hatte er lieber den knurrigen Haffmeyer um sich oder die ehrlich besorgte Hanna. Mit ihnen arbeitete er nach wie vor gern zusammen.

In Kempten war es so ruhig, wie man es sich vor einem Kurzurlaub nur wünschen konnte. Koller und die anderen bereiteten die Unterlagen zu einem bereits abgeschlossenen Fall für die Gerichtsverhandlung auf, Willy Haffmeyer und Hanna Fischer wollten im persönlichen Gespräch zwei Aussagen in einem Totschlagfall überprüfen, danach stand auch für sie bis auf Weiteres nur Büroarbeit an.

Nach der morgendlichen Besprechung bat Kripochef Benedikt Huthmacher ihn zu sich ins Büro. Er bot ihm Kaffee und Gebäck an und fragte ihn ein wenig über die Kollegen aus, aber natürlich kam Hansen kein schlechtes Wort über die Lippen. Das Kommissariat 1 funktionierte, alle machten einen guten Job, und wenn jemand mal aus der Reihe tanzte, klärte Hansen das direkt mit der oder dem Betroffenen. Erst nach einer Weile, nachdem sie die anderen Themen durch hatten und der Kaffee ausgetrunken war, kam Huthmacher auf den wahren Grund für die vertrauliche Unterhaltung zu sprechen.

»Ja, mein lieber Hansen, wie Sie ja vielleicht wissen, geht bald unser Polizeipräsident in den verdienten Ruhestand. Ich bin gefragt worden, ob ich nicht …«

Er räusperte sich.

»Wissen S', als Allgäuer ist es mir natürlich nachgrad eine Herzensangelegenheit … und eine Ehre wär's ja obendrein, und ich hab mir gedacht …«

Hansen bemühte sich um eine ernste Miene. Huthmachers Angewohnheit, Sätze unvollendet zu lassen, wenn er eine Situation als unangenehm empfand, hätte diesmal wirklich nicht erahnen lassen, worauf er hinauswollte. Aber Hansen hatte längst über den Flurfunk erfahren, dass Huthmacher als einer der Kandidaten für die Nachfolge von Polizeipräsident Franz Stiller galt. Obgleich Stiller ihn wärmstens als seinen Nachfolger empfahl, gab es doch so manchen, der Huthmacher das vermeintliche Desaster um die Pärchenmordserie nachtrug – noch immer.

Anfang des vorigen Jahres war ein junges Paar am Waldrand bei Nesselwang auf sehr brutale Weise getötet worden, und bis die Polizei durch den Selbstmord des Täters endlich auf dessen Identität kam, waren ihm schon zwei weitere Pärchen zum Opfer gefallen. Die Mordserie hatte für viel Aufsehen gesorgt, und unter dem Druck der Öffentlichkeit wurde schließlich Rolf Hamann, der Leiter des Kommissariats 1 in Kempten, in den vorzeitigen Ruhstand versetzt – ein Bauernopfer, denn keiner der Ermittler hatte einen Fehler begangen, und auch Hamann war nichts anzulasten. Sein Nachfolger wurde Hansen.

»Mir gefällt's, wie Sie nichts auf die Kollegen kommen lassen«, fuhr Huthmacher fort. »Und ich seh ja, wie Sie auch unter ... schwierigen Bedingungen gleich Ihren ersten Fall prächtig gelöst haben. Dann noch die drei Toten im Bauernhofmuseum, und auch sonst ist Ihre Arbeit ...«

Er verstummte, nickte zur Bekräftigung seines halb ausgesprochenen Lobes und strahlte Hansen an. Huthmachers feistes Gesicht glühte nun beinahe, und auf der hohen Stirn bildeten sich einige Schweißtropfen.

»Ich wollt Sie fragen, ob Sie nicht ... womöglich ...?«

Huthmacher hob beide Hände, die Handflächen nach oben, und dazu zuckte er mit den Schultern. Es sah drollig aus, aber so ganz wusste Hansen diesmal wirklich nicht, was sein Vorgesetzter ihn eigentlich fragen wollte.

»Na, wenn mein Posten frei werden sollte, dann brauchen wir …«, setzte er noch einmal an und verstummte wieder.

Endlich hatte Hansen ihn verstanden. Er sah seinen Chef ungläubig an. Sein zweiter Blick ging zur Verbindungstür, die Huthmachers Büro von dem seiner Sekretärin Rosemarie Schwegelin trennte. Die Tür stand einen Spaltbreit offen, und dahinter war kein Mucks zu hören. Dass Frau Schwegelin horchte stand außer Zweifel, aber wenn es Huthmacher nicht störte, dass sie alles mitbekam, konnte es ihm auch egal sein.

»Ich bin mir nicht sicher, ob ich Sie richtig verstanden habe«, begann Hansen, »aber wenn Sie mich fragen möchten, ob ich Ambitionen habe, Ihr Nachfolger zu werden, kann ich Ihnen versichern: Nein.«

Huthmacher machte ein enttäuschtes Gesicht.

»Natürlich will ich Karriere machen«, fügte Hansen schnell hinzu, »aber das hat noch etwas Zeit. Ich bin erst seit eineinhalb Jahren Leiter des K1, da scheint mir ein solcher Schritt dann doch noch etwas verfrüht. Außerdem mussten die Kollegen ja erst mal die ungewohnte Situation verkraften, dass ein Niedersachse das Kommissariat leitet.«

Er lachte, und Huthmacher fiel mit ein. Allerdings klang es ein wenig aufgesetzt. Erst begriff Hansen nicht, warum seine Ablehnung dem Chef so viel ausmachte, doch dann kam ihm in den Sinn, dass er vielleicht auf Pluspunkte für seine eigene Beförderung hoffte, wenn er etwa im Innenministerium einen willkommenen Nachfolger für seinen jetzigen Posten präsentieren konnte.

»Sie haben höheren Orts schon einen sehr guten Eindruck ... Ich habe aus München bisher nur Lob über Sie ... Auch die Kollegen des Präsidiums Oberbayern Süd, mit denen Sie bei Ihrem ersten Fall in Lechbruck zusammengearbeitet haben, waren voll des ...«

Huthmacher schwitzte stärker. Fahrig zerrte er die Schublade seines Bürocontainers auf, nahm ein Papiertaschentuch heraus und tupfte sich damit die Stirn trocken.

»Das ist alles schön für mich, vielen Dank, das Lob gebe ich an die Kollegen in Rosenheim gern zurück. Aber trotzdem ...«

Aus dem Nebenraum war ein leises Knarzen zu hören. Entweder war das Rosemarie Schwegelins Bürostuhl, oder sie hatte sich näher herangeschlichen und war dabei versehentlich an die Tür gekommen. Tatsächlich schien sie nun ein winziges Stück weiter geschlossen zu sein als vorhin.

»... trotzdem käme mir ein Wechsel so kurz nach meinem Start hier in Kempten zu früh, tut mir leid.«

»Aber in München ...«

»Sind das nicht dieselben Leute, die meinen Vorgänger über die Klinge haben springen lassen?«

Huthmacher zuckte mit den Schultern.

»Wissen Sie, Herr Huthmacher, ich bin sehr gern Leiter des K1, und ich hätte diese Stelle nicht bekommen, wenn Herr Hamann nicht seinen Posten hätte räumen müssen. Aber deshalb muss ich die Entscheidung des Ministeriums nicht gut finden.«

Huthmacher nickte und machte eine betrübte Miene.

»Sie haben ja recht, aber ...«

Er hob seine Kaffeetasse, bemerkte dann, dass er sie schon leer getrunken hatte, und setzte sie wieder ab.

»Haben Sie den Rolf eigentlich mal persönlich kennengelernt?«, fragte er dann.

»Nein, bisher nicht. Aber dass weder ihn noch sonst jemanden in der damaligen Ermittlungsgruppe irgendeine Schuld daran trifft, dass dem ersten Pärchenmord noch zwei weitere folgten, kann man gut auch aus den Akten herauslesen.«

»Kann man, wenn man will«, brummte Huthmacher. »Rolf Hamann wohnt übrigens nicht weit von Ihnen entfernt. Hopfen am See, ein richtig schönes Häuschen, nicht weit vom Wasser entfernt. Wenn Sie mögen, kann ich Sie beide mal zusammenbringen. Rolf verfolgt Ihre Arbeit sehr aufmerksam, wissen Sie?«

Das überraschte Hansen nicht. Auch er hatte ab und zu noch ein Auge auf das, was sich in Hannover tat, wo er bis vor eineinhalb Jahren für die Kripo ermittelt hatte. Und Hamann lebte sogar inmitten seines alten Zuständigkeitsbereichs.

»Eigentlich steht es mir nicht zu«, fuhr Hansen nach einer kurzen Pause fort. »Aber darf ich Ihnen jemand anderen vorschlagen?«

Huthmacher sah überrascht auf, dann nickte er erneut.

»Im Grunde genommen kommen ja alle Kommissariatsleiter für die Position infrage«, sagte Hansen aus Höflichkeit, obwohl er wusste, dass das nicht stimmte. Zwar beherrschten alle ihren derzeitigen Aufgabenbereich, ob sie jedoch die Rolle eines Kripochefs würden ausfüllen können, stand auf einem anderen Blatt. »Aber soweit ich es bisher mitbekommen habe, hat vor allem Vroni Schliers einen blendenden Stand bei den Kollegen.«

Das Gesicht des Kripochefs wirkte kurz verblüfft, dann hellte sich seine Miene merklich auf. Hatte er die Leiterin der Kriminaltechnik wirklich nicht als seine Nachfolgerin in Betracht gezogen?

»Sie hätte sicher auch das Zeug dazu, die Kripo zu leiten, wenn Sie dafür nicht mehr zur Verfügung stehen. Sie kann mit allen, ist im Allgäu zu Hause, hat eine direkte Art, kann aber auch diplomatisch sein – und …«

Hansen beugte sich etwas vor und grinste.

»… und unseren Münchner Freunden gegenüber könnte das Polizeipräsidium nicht nur eine Frau präsentieren, was in der Hauptstadt sicher als sehr modern empfunden würde, sondern Vroni könnte den Herrschaften notfalls zeigen, dass sie im Zweifelsfall auch Haare auf den Zähnen hat.«

Jetzt strahlte Huthmacher über das ganze Gesicht, seine runden Wangen glänzten, und er klatschte seine dicken Hände gegeneinander.

»Sehr gut, Hansen, dass ich darauf nicht selbst … ärgert mich zwar, aber Sie haben recht, so wird's …«

Er stand auf und schüttelte Hansen die Hand.

»Rosi?«, rief er in Richtung Verbindungstür.

Rosemarie Schwegelin war wohl selbst ganz verdattert über den Verlauf des Gesprächs. Offenbar hatte sie nicht bedacht, dass sie sich verraten würde, wenn sie dem Ruf des Chefs zu schnell folgte, denn schon im nächsten Augenblick trat sie in Huthmachers Büro und warf Hansen einen ungewohnt respektvollen Blick zu.

»Ja, Herr Huthmacher?«, fragte sie, und ihr Chef trug ihr auf, doch bitte mal die Kollegin Schliers zu einem Gespräch in sein Büro zu bitten.

An Arbeiten oder Schlafen war nicht zu denken. Schlitter hatte sich daheim geduscht und umgezogen, doch seither tigerte er unruhig im Haus umher und stellte sich immer wieder ans Fenster, sah zur Straße hinunter und schaute, ob nicht endlich ein Polizeiwagen heranfuhr.

Doch draußen war alles ruhig und völlig normal. Die Buchhandlung mit dem italienisch klingenden Namen, die Bäckerei mit dem goldfarbenen Brezelschild, dahinter St. Johann auf seinem kleinen Hügelpodest, mit seinen wuchtigen Mauern und dem nach Osten gerichteten Kreuz auf der Kirchturmspitze. Nachbarn kamen mit Semmeln zurück auf die Straße, ein paar ältere Touristen blieben vor dem Schaufenster mit Büchern stehen, eine Frau löste sich aus der Gruppe und ging über die Straße auf die Bank zu. Nur Streifenwagen war keiner zu sehen. Schlitter fluchte leise und schenkte sich Kaffee nach.

Natürlich hatte er die Polizei gleich früh am Montag über die Erpressung informiert. Er hatte die Polizeiinspektion Sonthofen zunächst angerufen, dann war er auch noch selbst hinübergefahren, um mit den Beamten zu besprechen, was zu tun sei. Dazu hatte er seinen auffälligen Pick-up vor dem Haus stehen lassen und sich von einem

Nachbarn einen alten Kombi ausgeliehen. Außerdem war er nicht direkt nach Sonthofen gefahren, sondern hatte einen ziemlich umständlichen Umweg genommen: hinauf nach Oberjoch, dann auf der B 310 bis kurz vor Wertach in Richtung Oy-Mittelberg, danach über Land durch Kranzegg und Rettenberg, doch als er für das letzte Stück bis Sonthofen nicht über die Bundesstraße fuhr, sondern stattdessen durch Agathazell und Burgberg kurvte, kam selbst ihm seine Vorsicht etwas übertrieben vor.

Fast eine Stunde hatte er damit zugebracht, immer wieder angestrengt nach hinten zu sehen, ob er wohl verfolgt wurde. Natürlich stellte er den Kombi des Nachbarn auch nicht direkt vor dem blau getünchten Gebäude der Inspektion ab, sondern suchte sich eine Lücke auf dem Parkplatz an der Wintergasse und ging die letzten Meter zu Fuß.

»Sie sind spät dran«, bemerkte Polizeioberkommissar Helmut Jagersch, als Schlitter ihm endlich in einem Besprechungsraum gegenübersaß.

»Ich … ich wurde aufgehalten«, schwindelte Schlitter.

»Gut, dann erzählen Sie mal. Der Kollege, mit dem Sie vorhin telefoniert haben, sagte etwas von einer Erpressung.«

Schlitter schilderte alles noch einmal, was er vorhin schon am Telefon erzählt hatte. Jagersch machte sich Notizen, musterte sein Gegenüber ab und zu, und nickte bedächtig.

»Sehr gut, dass Sie damit zu uns gekommen sind«, sagte Jagersch nach einer Weile. »Und Sie halten die Drohung für plausibel?«

»Natürlich. Unsere Rallye ist ein Riesenspektakel. Nicht auszudenken, wenn da jemand zu Schaden kommen würde!«

»Und wer könnte Sie erpressen?«

Der Beamte blätterte in seinen Notizen.

»Sie sagen, dass Sie die Stimme nicht erkannt haben. Aber haben Sie vielleicht einen Verdacht, wer der Anrufer gewesen sein könnte?«

»Nein, tut mir leid.«

»Hm ... haben Sie denn Feinde, gibt es irgendjemanden, dem Sie eine solche Schweinerei zutrauen würden?«

»Nein«, beteuerte Schlitter. »Man streitet sich schon mal mit jemandem im Ort, aber als Feind würde ich keinen bezeichnen. Nein, wirklich nicht.«

»Und die dreihunderttausend Euro ... sind die bei Ihnen wirklich zu holen?«

Schlitter nickte betrübt.

»Was sind Sie denn von Beruf?«

»Ich jage, und ich vermarkte das Fleisch der erlegten Tiere selbst, teils als Bratenstücke, teils weiterverarbeitet zu Rehleberwurst und so. Auch meine Spezialitäten aus Hirsch und Wildschwein sind recht beliebt.«

»Ach, ich glaube, ich habe auch schon mal eine Rehterrine oder so etwas von Ihnen gegessen. War gut, aber das kann ich mir nicht jeden Tag leisten, leider.«

Jagersch lächelte bedauernd.

»Aber mir kam es dann auch wieder nicht so teuer vor, dass man damit ein so stattliches Vermögen anhäufen könnte«, fügte er hinzu. »Haben Sie geerbt oder so?«

»Gewonnen.«

»Sie haben Lotto gespielt?«

Jetzt wirkte Schlitter etwas genervt, und Jagersch hob die Augenbrauen und wartete darauf, dass der Mann ihm erklärte, wo er so viel Geld gewonnen hatte.

»Ich war im Fernsehen.«

Schlitter nannte ihm den Sender und das Quiz, das Jagersch wirklich etwas sagte.

»Da bin ich ziemlich weit gekommen. Vor der Millionenfrage habe ich gekniffen, aber auch so kam eine schöne Summe zusammen.«

Jagersch sah den Mann – Ende fünfzig, mit einem spärlichen Kranz fettiger Haare, Kassenbrille und Bauchansatz – so verblüfft an, dass in Schlitter Ärger aufstieg.

»Nur, weil ich frühmorgens zum Jagen gehe und meinen Lebensunterhalt damit verdiene, Wildtiere zu verwursten, muss ich noch nicht zu dämlich sein, ein paar Quizfragen zu beantworten!«

Schlitter war etwas lauter geworden, und Jagersch hob beschwichtigend die Hände.

»Schon gut, schon gut. Ich gratuliere.«

»Na, ich weiß nicht recht. Mein Erfolg ging natürlich durch alle Zeitungen und Radiostationen in der Gegend, und ich war blöd genug, dazu auch noch Interviews zu geben. Seither kann ich zu keinem Stammtisch mehr gehen, ohne dass mich jemand um Geld anhaut.«

Das Problem hätte ich auch gerne, ging es Jagersch durch den Kopf, aber er heuchelte mit langsamem Nicken Verständnis.

»Etwa hundertachtzigtausend Euro habe ich in meine Wurstproduktion gesteckt: neuer Kühlraum, neue Geräte und so. Und ich habe dafür gesorgt, dass darüber ebenfalls berichtet wurde – der Schlaumeier aus Bad Hindelang war ja eine Zeit lang für alle Medien interessant. Die meisten fanden das wohl auch so erstaunlich wie Sie, dass ich mich in diesem Quiz so gut geschlagen habe. Und diesmal konnte ich es wenigstens nutzen, um klarzustellen: So, Leute, ein Teil des Geldes ist nun weg, ihr könnt das Schnorren bleiben lassen.«

»Und Sie glauben, ein solcher Schnorrer wäre auch der Erpresser?«

»Na, warum sollte er denn sonst ziemlich genau die Summe fordern, die mir nach ein paar Partys und den Investitionen noch geblieben sind?«

Die beiden besprachen das weitere Vorgehen, und Schlitter versicherte, dass er das Geld natürlich abheben und an der gewünschten Stelle hinterlegen werde – schließlich wolle er sich und die Rallye nicht in Gefahr bringen. Der Beamte ließ sich auf einer großen Karte zeigen, wo genau die Lösegeldübergabe stattfinden sollte.

»Gut«, sagte Jagersch schließlich, »ich werde das mit meinen Kollegen von der Kemptener Kripo bereden, und wir melden uns bei Ihnen. Sie werden davon abgesehen nichts von uns hören oder sehen – aber wenn Sie mit Ihrem Geldkoffer am Donnerstag bei Sonnenaufgang oben auf diesem Feldweg sind, müssen Sie keine Angst haben: Wir sind dann ganz in Ihrer Nähe und schnappen uns den Erpresser. Sie tun einfach alles, was Ihnen der Unbekannte gesagt hat – und sollte sich etwas an dem Plan für die Übergabe ändern, lassen Sie es uns bitte wissen.«

Das war am Montag gewesen, und nun saß er wie auf glühenden Kohlen bei sich zu Hause. Als gegen halb zehn noch immer keine Nachricht eingegangen war, hielt es Schlitter nicht mehr länger aus. Er schlüpfte wieder in seine Stiefel, nahm den Mantel vom Haken, stieg in seinen Pick-up und fuhr wieder hinauf in Richtung Jochpass. Als er auf denselben Weg abbog, den er heute früh genommen hatte, ließ er den Wagen schon nach wenigen Metern langsam ausrollen und stellte ihn in der Deckung einiger Bäume ab. So war der Pick-up weder von der Straße zu sehen noch von der Stelle, an der er den alten Lederkoffer deponiert hatte.

Erst schlug er sich durch das schmale Waldstück, das den Feldweg nach Norden hin von einer Wiese abgrenzte, und hielt Ausschau nach Polizisten, die vielleicht noch auf der Lauer lagen. Doch niemand war zu sehen, also schlich er weiter, immer darauf bedacht, nicht womöglich doch noch von dem Erpresser bemerkt zu werden – wobei er es für sehr unwahrscheinlich hielt, dass der sich noch immer hier oben herumtrieb.

Er kam schnell voran und bewegte sich geschickt und ohne ein Geräusch zu verursachen. Bald befand er sich auf Höhe des Übergabeplatzes. Er schlich noch ein Stück weiter und schlüpfte wieder zurück in das Waldstück. Hinter einem Busch blieb Schlitter einige Minuten hocken. Er äugte hinaus, suchte mit seinem Blick den Wald jenseits des kleinen Weges ab. Auch hier konnte er niemanden entdecken – vermutlich war die Polizei längst abgezogen, ob mit oder ohne den Erpresser, das würde er bald erfahren.

Er stand auf und machte den letzten Schritt hinaus auf den befestigten Weg. Einen Augenblick lang war es ihm, als hätte er gegenüber im Unterholz eine kurze Bewegung ausgemacht, aber dann war wieder alles still und unbewegt. Er fixierte noch kurz den Busch, dessen Zweige er gerade ein bisschen hatte schwanken sehen. Doch kein Ast, kein Blatt regte sich. Vermutlich hatte er sich das nur eingebildet, schließlich hatte er auch heute früh vor Angst kaum einen klaren Gedanken fassen können.

Dann wandte er sich ab und senkte den Blick: dort, direkt am Wegrand und neben dem Pflastersteinhaufen, stand der alte Lederkoffer genau so, wie er ihn heute Morgen abgestellt hatte.

Kurz stand er da wie erstarrt. War der Erpresser etwa gar nicht gekommen? Aber warum hatte die Polizei den Koffer dann nicht mitgenommen und zurückgebracht? Oder war der Erpresser gekommen und hatte den Koffer nur geleert und das leere Behältnis stehen lassen? Aber dann hätte ihm die Polizei doch Bescheid geben müssen? Oder war das ganze Geld womöglich noch drin? Die dreihunderttausend Euro, die er nur deshalb so kurzfristig von der Bank bekommen hatte, weil die Kemptener Kripo den Filialdirektor in Sonthofen eingeweiht hatte?

Zwei Beamte und der Direktor hatten Schlitter in der Filiale erwartet. Dort hatte er das Geld am Mittwochvormittag in einen ausgebeulten braunen Wanderrucksack packen lassen und war anschließend mit dem Rucksack auf dem Beifahrersitz nach Bad Hindelang zurückgekehrt. Den ganzen Abend hatte er sich nicht aus dem Haus getraut, und in der Nacht tat er kaum ein Auge zu, weil er befürchtete, der Erpresser habe ihn mit Rucksack heimkommen sehen und breche nachts ein, um sich das Geld schon in der Nacht vor der geplanten Übergabe zu holen. Das wäre auf jeden Fall clever gewesen – denn natürlich musste der Erpresser befürchten, dass Schlitter trotz der eindringlichen Warnung die Polizei zu Hilfe gerufen hatte.

Das brachte Schlitter auf einen weiteren möglichen Grund, dass der Lederkoffer noch immer hier stand wie bestellt und nicht abgeholt: Hatte der Erpresser bemerkt, dass die Polizei im Spiel war, und war er deshalb erst gar nicht hergekommen? Und drohte dem Jochpass Memorial jetzt ein Attentat?

Schlitter wurde es heiß und kalt. Der Weg und der Wald und der Lederkoffer begannen, sich leicht um ihn zu drehen, und er musste ein paarmal tief ein- und ausatmen, um sich wieder in den Griff zu bekommen. Dann schüttelte er sich und marschierte mit schnellen Schritten auf den Koffer zu.

Er hatte kaum die rechte Hand am Griff, als er einen einzigen, knappen Ruf aus dem Unterholz hörte.

»Zugriff!«

Karl Schlitter hatte am Telefon so verzweifelt geklungen, dass Rolf Hamann alle Pläne für den heutigen Tag über Bord warf, sich in sein Auto setzte und zu seinem alten

Schulfreund nach Bad Hindelang fuhr. Am frühen Nachmittag saßen sie in Schlitters Essecke beisammen, wo man von der Eckbank aus den schönen Blick auf die Kirche hatte, und Hamann ließ sich von seinem Gastgeber zu Kaffee und Kranz erzählen, was ihm so zu schaffen machte. Er hatte Mühe, ihm die ganze Geschichte auch wirklich zu glauben, aber Schlitter neigte eigentlich nicht zum Schwindeln.

»Und warum hast du mich nicht vorher angerufen?«, fragte er schließlich.

»Ach, du hast doch sicher ganz andere Sorgen, seit sie dich damals so übel abgesägt haben! Und ich dachte mir, dass du auch vielleicht gar nicht mehr so gern an deine Zeit bei der Kripo erinnert werden willst.«

»Na ja, die Kemptener können ja nichts dafür. Und mit denen habe ich natürlich auch noch ab und zu Kontakt.«

Schlitter schlürfte seinen Kaffee und sah nervös zum Fenster hinaus.

»Und die haben dir echt unterstellt, dass du dieses ganze Theater mit der Erpressung nur inszeniert hast, um endlich Ruhe vor den Schnorrern zu haben, die dich seit diesem Fernsehquiz angebettelt haben?«

»Ja, stell dir vor!«

Schlitter nickte und presste die Lippen zusammen.

»Wahrscheinlich muss ich noch froh sein, dass sie mich nicht gleich dabehalten haben.«

»Ach was, du bist hier im Ort bekannt wie ein bunter Hund, du hast deine Rallye, deine Freunde – da muss sogar den Sonthofenern klar sein, dass du nicht abhaust.

Aber wenn die dabeibleiben, kommt was auf dich zu. Vortäuschen einer Straftat, das kann mit einer Geldstrafe geahndet werden, aber…«

»Was: aber? Kann man dafür denn auch ins Gefängnis kommen?«

»Kann passieren.«

Schlitter wurde bleich.

»Du bist mir ja ein schöner Freund. Noch so ein paar gute Nachrichten, und ich pack doch schnell meinen Koffer und fahre rüber nach Österreich.«

»Und lässt dein Memorial im Stich?«

Schlitter sank förmlich in sich zusammen.

»Mein Gott, wenn das rauskommt!«, murmelte er. »Da bin ich doch im ganzen Dorf unten durch, und als Veranstalter muss ich auch zurücktreten, wenn ich nicht das ganze Jochpass Memorial in den Schmutz ziehen will!«

Er sah seinen alten Schulfreund flehend an.

»Die behalten das doch für sich, deine Kollegen in Sonthofen, oder?«

»Klar, da sickert nichts durch«, sagte Hamann und klang überzeugter, als er war. Schlitter war sehr bekannt in der Gegend, so einer wurde durchaus mal zum Gesprächsthema.

»Mein Gott«, jammerte Schlitter, »wenn ich daran denke, dass ich ja nur zur Polizei gegangen bin, damit ich das Memorial schütze! Das ist ja wohl ordentlich nach hinten losgegangen.«

»Hast du denn wirklich keine Ahnung, wer dich erpressen könnte?«

Schlitter schilderte noch einmal jedes Detail, an das er sich erinnern konnte.

»Das hab ich alles auch diesem Kommissar in Sonthofen erzählt. Jagersch hieß der, wart mal …«

Er stand auf und holte eine Visitenkarte von der Anrichte im Flur: Helmut Jagersch, Polizeioberkommissar, Polizeiinspektion Sonthofen.

»Ihm habe ich alles haarklein erzählt, zumindest soweit es diese verdammte Erpressung betrifft.«

Hamann stutzte.

»Was war denn sonst noch?«

»Ach, Kleinkram, aber wenn ich jetzt so daran zurückdenke … vielleicht kam das auch von dem Typen, der mich erpresst.«

»Jetzt erzähl schon!«

»Mal wurde mir ein Stein durchs Kellerfenster geworfen, dann wieder war ein Reifen an meinem Wagen platt. Vor zwei Jahren wurde mir ein Kater vergiftet, und im vergangenen Winter war es kurz vor Weihnachten ziemlich arg: Erst hat jemand einen Stern von meiner Adventsdeko heruntergerissen, und zwei Tage später war mein Werbeschild beschmiert. Da hatte einer ›Mörder‹ draufgeschrieben.«

»Das nennst du Kleinkram? Da hättest du doch schon längst zur Polizei gehen können – so ein Werbeschild kostet ja auch Geld.«

»Na ja, die Buchstaben gingen leicht mit Wasser ab – das Wort war mit … mit Hundescheiße geschrieben.«

Schlitter zuckte mit den Schultern, und Hamann musste lachen. Dann wurde er wieder ernst.

»Wieso eigentlich ›Mörder‹?«

»Wahrscheinlich weil ich jage und die armen Rehlein verwurste, was weiß ich. Es gibt halt auch bei uns Leute, die glauben, dass für Fleisch kein Tier getötet werden muss, wenn es nur schön vakuumverpackt ist und nicht mehr nach Schwein oder Kalb aussieht.«

»Und auch da hast du vermutlich keine Ahnung, wer dir das alles zugefügt hat, richtig?«

Schlitter nickte.

»Hast du irgendetwas aufbewahrt, das deine Geschichte bestätigen kann?«

»Heißt das, dass du mir –?«

»Nein, Karl, ich glaub dir natürlich, aber es geht um die Sonthofener.«

»Na, das Schild hab ich abgewischt, der Kater ist vergraben und wahrscheinlich schon verwest. Den kaputten Stern hab ich noch im Keller, aber der kann ja auch anders beschädigt worden sein.«

»Hat keiner deiner Nachbarn etwas gesehen?«

»Die alte Rosalie von gegenüber, die hat immer alles mitbekommen. Aber die kann keiner mehr fragen: Anfang September ist sie gestorben.«

»Und sonst?«

»Vielleicht hat der eine oder andere etwas gesehen, vor allem das verschmierte Schild sollte einigen aufgefallen sein – aber gesagt hat keiner was.«

»Hm.«

»Außerdem kann ich mir nicht vorstellen, dass jemand, der mir ein Fenster einwirft oder mein Ladenschild beschmiert, mich später um so viel Geld erpresst, sich für seine Drohung ausgerechnet das Jochpass Memorial hernimmt – und vor allem, dass nun plötzlich mit einem Attentat gedroht wird!«

»Und du glaubst, die Drohung ist ernst gemeint?«

»Drauf ankommen lassen will ich es jedenfalls nicht.«

Hamann nickte und wirkte nun sehr nachdenklich.

»Sag mal, Rolf«, begann Schlitter nach einer Weile, »könntest du nicht einen deiner alten Kollegen ... wie soll ich sagen ... dass der sich hier mal einfach so umschaut und ein Auge auf die Rallye hat ...?«

Hamann sah ihn fragend an.

»Na, ich meine: dass da einer irgendwie ... ganz privat hierherkommt, undercover oder wie man das nennt.«

Im ersten Reflex tippte sich der pensionierte Kommissar an die Stirn, aber dann dachte er etwas länger über den Vorschlag seines Schulfreundes nach. Schließlich schüttelte er den Kopf.

»Nur mal angenommen, einer der Kollegen in Kempten würde sich auf so etwas einlassen. Den kennt doch hier vor Ort sicher jemand.«

Jahrelang hatte Rolf Hamann kein Jochpass Memorial verpasst. Er nutzte das Spektakel gern, um mal wieder in der alten Heimat vorbeizusehen, alte Freunde wie Karl Schlitter zu treffen – und bei diesen Gelegenheiten hatte er bis zu seiner Frühpensionierung fast immer Kollegen aus dem Kommissariat mitgebracht. Koller, Frahm, Altmahr, Rabner, sie alle waren schon in Bad Hindelang gewesen, und es war nicht auszuschließen, dass der Bäcker, die Metzgersfrau oder die Buchhändlerin sie wiedererkennen würden.

»Schade«, sagte Schlitter. »Ich hätte da nämlich jemanden, der dringend Fahrer für zwei seiner Sammlerstücke sucht. Den könnte ich einweihen, der würde kein Sterbenswort verraten, und bei dem könnten deine Kollegen auch erst mal ein paar Proberunden drehen, damit sie sich hier im Ort nicht gleich bis auf die Knochen blamieren.«

Rolf Hamann zerbrach sich noch immer den Kopf, ob nicht doch jemand für eine solche gewagte Aktion infrage kam. Dann kam ihm eine Idee.

»Vielleicht kann ich dir doch jemanden vermitteln. Der war meines Wissens noch nie hier, aber ich weiß nicht, ob er mir den Gefallen tun würde. Ich frage ihn, wollte eh mal mit ihm reden, länger schon.«

Hamann grinste, dann klopfte er seinem Schulfreund auf die Schulter und stand auf.

»Versprechen kann ich dir nichts, aber ich werd's versuchen. Morgen früh geb ich dir Bescheid, und bis dahin: Halt die Füße still, ja?«

Drunten vor dem Haus zückte er sein Handy und rief seinen früheren Stellvertreter Hardy Koller an. Der staunte nicht schlecht, als er hörte, nach wessen Adresse der alte Chef fragte.

Hansen war eigentlich kein Freund des Wanderns, aber Resi hatte ihn so lieb darum gebeten, mit ihr ins Salzburger Land zu fahren. Sie hatte ihm so sehr von der kleinen Pension am Ortsrand von Wagrain vorgeschwärmt, von der aus sie das Freibad und die Talstation der Seilbahn »Flying Mozart« zu Fuß erreichen konnten, dass er es nicht übers Herz brachte, sie umzustimmen. Und so zerstoben seine Pläne, Resi ans Steinhuder Meer mitzunehmen, sie im Dorf Klein Heidorn, einem Stadtteil von Wunstorf, den alten Freunden vorzustellen und mit ihr ein paar Lieblingsplätze seiner Jugend zu besuchen.

Wagrain würde sicher auch schön werden. Hauptsache, Resi war dabei. Doch gerade als er die neuen Wandersocken in den Koffer gelegt hatte, rief sie an und sagte ab.

»Wir sind eben im Krankenhaus angekommen. Mein Vater hatte wohl einen Herzinfarkt, und wir warten darauf, dass wir zu ihm können. Es tut mir so leid, Eike, aber du verstehst sicher, dass ich jetzt auf keinen Fall wegkann.«

»Natürlich versteh ich das. Soll ich zu euch kommen?«

»Das ist lieb von dir, aber nein, lass mal. Ich bin mit meiner Mutter hier, und meine beiden Brüder sind auch schon unterwegs, das sollte reichen.«

»Gut, aber du rufst an, wenn du mich doch noch brauchst, ja?«

»Klar, danke.«

Sie ließ eine kurze Pause.

»Und … fährst du jetzt allein nach Österreich?«

»Nein. Das will ich doch mit dir machen. Diese Reise muss jetzt eben noch warten. Ich ruf gleich in der Pension an und bestell das Zimmer ab. Wahrscheinlich bleibe ich hier im Haus und leg die Beine hoch.«

Ignaz, der räudige Kater, mit dem er das Haus am See teilte, tapste herein und sah sich um. Er wirkte, als wolle er irgendeinen Blödsinn anstellen und wisse nur noch nicht, wo er den größten Schaden anrichten könnte. Als er Hansen mit dem Telefon in der Hand stehen sah, verengten sich seine Augen ein wenig, und sein Gesichtsausdruck schien etwas genervter zu werden. Dann stromerte er wieder hinaus.

»Na ja, vielleicht fahre ich ja doch ein bisschen weg«, sagte Hansen, als er sich die Abende allein mit Ignaz vorstellte. »Ich wollte schon immer mal wieder in Wunstorf vorbeisehen. Du kannst mich aber immer auf dem Handy erreichen, okay?«

»Ja, und sobald ich genauer weiß, wie es meinem Vater geht, geb ich dir Bescheid.«

Sie schmatzte einen Kuss durchs Telefon, hauchte noch ein »Ich liebe dich« hinterher und beendete die Verbindung. Hansen stand noch eine Weile mit dem Telefon in der Hand da. Dann wählte er die Nummer von Willy Haffmeyer, doch der hatte ebenso wenig Zeit wie Hanna Fischer – beide hatten Karten für eine Veranstaltung in der Füssener Eishalle.

»Aber morgen oder wann auch immer: gern«, versicherte Haffmeyer, und er schob sogar noch hinterher: »Sehr gern sogar, Chef!«

Auch wenn ihm das für den heutigen Abend nichts brachte, bescherte es Hansen doch ein warmes Gefühl. Im Kühlschrank sah er nach etwas Essbarem, für ein schnelles Nudelgericht sollten die Zutaten reichen, und als er Ignaz am Esstisch sitzen sah, zog er eine Scheibe Lyoner aus der Tüte vom Metzger und warf sie schwungvoll zum Kater hinüber. Ignaz richtete sich blitzschnell auf, angelte die Wurst mit der linken Pfote aus der Luft und saß einen Moment später schon wieder auf seinem Stammplatz und rupfte mit den Zähnen kleine Stücke aus der Lyonerscheibe. Als er alles vertilgt hatte, kletterte er auf den Esstisch, putzte sich genüsslich, sprang auf den Boden und ging nach draußen.

An solche Schauspiele hatte sich Hansen längst gewöhnt. Dem Kater noch Manieren beibringen zu wollen, hatte sich als vergebene Liebesmüh entpuppt, also lachte er nur, wischte den Tisch ab und bereitete dann das Essen vor. Allein am Tisch zu sitzen, hatte ihm noch nie etwas ausgemacht, und als das schmutzige Geschirr in der Spülmaschine verstaut war, ging er mit einem Bier hinters Haus, um noch ein paar Pfeile zu schießen.

Besonders gut war er bisher noch nicht geworden in seinem neuen Freizeitsport, und das irritierte ihn ein wenig, denn bisher hatte er noch alle Sportarten recht zügig gemeistert. Aber immerhin war ihm das Ritual vor dem Schuss inzwischen in Fleisch und Blut übergegangen.

Schulterbreiter Stand seitlich zur Zielscheibe, den Pfeil locker auf den Bogen legen, den Rücken durchdrücken, ruhig atmen, die Augen schließen, langsam die Fingerspitzen gegen die Sehne führen, die Sehne leicht anspannen und dann …

»Herr Hansen?«

Die Stimme kam vom Haus. Hansen drehte sich um. Ein Mann um die sechzig stand vor ihm, dessen freundliches Lächeln sich nun in eine entsetzte Miene verwandelte. Er deutete auf den Pfeil, den Hansen nun direkt auf seinen Kopf gerichtet hielt.

»Äh ... könnten Sie vielleicht ...?«

Hansen ließ den Bogen sinken, lockerte seinen Griff um die Sehne und nahm den Pfeil weg.

»Danke«, sagte der andere und atmete erleichtert auf.

»Solange ich auf Sie ziele, sind Sie in Sicherheit«, versicherte Hansen und grinste. »Ich bemühe mich redlich, aber das Bogenschießen scheint nicht so meins zu sein.«

»Mein Name ist Hamann, Rolf Hamann«, stellte sich der Mann vor. »Wir kennen uns nicht persönlich, aber wir haben beziehungsweise hatten dasselbe Büro.«

Hansen war verblüfft. Ob Huthmacher mit seinem Vorgänger gesprochen und ihm von seiner Einschätzung wegen der Pärchenmorde erzählt hatte? Aber ob Hamann dafür eigens von Hopfen herüberkam?

»Möchten Sie einen Kaffee?«, fragte Hansen.

»Um ehrlich zu sein«, sagte Hamann und nickte auf die Flasche, die auf einem Hackklotz neben dem Haus stand, »ein Bier wäre mir lieber. Ich möchte gerne etwas mit Ihnen besprechen. Das Anliegen, um das es geht, ist etwas ... ungewöhnlich, und das lässt sich besser gemütlich bei einem Fläschchen besprechen. Außerdem ...«

Er hob seine linke Hand, in der er eine Papiertüte hielt.

»Außerdem habe ich etwas Passendes mitgebracht.«

Hansen las auf der Tüte den Namen eines Metzgers und den Werbeslogan »Deftiges aus Bad Hindelang« – hatte Huthmacher nicht erwähnt, dass Hamann in Hopfen am See wohnte?

Jedenfalls schmeckten Speck, geräuchte Würste und Saiten wunderbar. Hansen hatte noch Vesperbretter, Senf und einen großen Rettich mit in den Garten gebracht, und während sie am verwitterten Holztisch aßen und tranken, erfuhr Hansen auch, was es mit Bad Hindelang auf sich hatte.

»Na ja, Koller hat mir am Telefon Ihre Adresse durchgegeben, und dann hat er mir noch erzählt, dass Sie die ganze nächste Woche über Urlaub haben. Da habe ich gehofft, dass Sie vielleicht …«

Hansen kaute und sah seinen Vorgänger forschend an.

»Und das ist Ihr Ernst, Herr Hamann? Da soll sich also jemand undercover unter diese Oldtimer-Freaks mischen? Wissen Sie, mir gefallen diese alten Autos schon, und so, wie Sie mir das Jochpass Memorial geschildert haben, überlege ich mir inzwischen tatsächlich, da mal hinzufahren. Aber so eine Agentenpistole …«

Er schüttelte den Kopf, und dann aßen beide schweigend.

»Ich habe Ihnen ja noch gar nicht erzählt«, setzte Hamann nach einer Weile noch einmal an, »was das Ganze für unseren Undercover-Mann heißen würde. Warten Sie mal kurz.«

Er stand auf. Als er kurz darauf zurückkam, hatte er eine schmale Halbliterflasche in der einen und einen Briefumschlag in der anderen Hand.

»Holen Sie uns Gläser? Aber keine zu kleinen, bitte. Ich habe noch mehr von dem Getränk im Auto.«

Hansen kehrte mit zwei Longdrinkgläsern zurück, und

Hamann schenkte sie etwa zur Hälfte mit der klaren Flüssigkeit voll. Dann hielt er sich das Glas unter die Nase, schloss die Augen und schnupperte. Hansen beobachtete ihn, dann machte er es ihm nach. Ein Duft von Aprikosen oder Pflaumen stieg aus dem Glas auf, durchsetzt mit einer feinen Mandelnote. Er sah in Richtung Flasche, aber die stand so, dass er das Etikett nicht lesen konnte. Hamann hatte Hansens Blick bemerkt und grinste.

»Probieren Sie erst mal, dann sage ich Ihnen, was das ist. Auf unser K1, Prost!«

Dann nahm er einen kleinen Schluck und behielt ihn einen Moment lang im Mund, bevor er ihn genießerisch die Kehle hinunterrinnen ließ. Obwohl Hansen seit seiner Ankunft im Allgäu keinen Schnaps mehr gewohnt war, brannte Hamanns Mitbringsel viel weniger im Hals, als er erwartet hatte. Weich und intensiv schmeckte das, und er nahm gleich noch einen zweiten Schluck.

»Zibärtle«, erklärte Hamann, schob Hansen die Flasche hin und drehte sie mit dem Etikett in seiner Richtung. »Das ist eine inzwischen nicht mehr allzu verbreitete Pflaumensorte, die schon seit dem Mittelalter bekannt ist. Und diese Allgäuer Brennerei macht daraus etwas ganz Feines – aber das wissen Sie jetzt ja auch selbst.«

Dann prostete er Hansen noch einmal zu.

Ignaz hatte die Wurst schon erschnüffelt, als die beiden Männer noch am Tisch im Garten gesessen hatten. Seither hatte er auf eine Gelegenheit gewartet, sich seinen Teil zu sichern. Wegen seines Mitbewohners musste er sich schon lange nicht mehr zurückhalten: Der hatte offenbar endlich eingesehen, wer hier Herr im Haus war – aber den Fremden konnte Ignaz noch nicht recht einschätzen. Er sah gemütlich aus, und mit jedem Schluck aus dem hohen Glas waren seine Bewegungen runder und langsamer geworden, aber zugleich wirkte er auch, als könne er sich durchaus gegen einen Kater wehren, wenn der seinem Vesper zu nahe kam.

Der Mann erinnerte Ignaz an den Kater Flecki, der drüben im Ferienheim lebte und lange Zeit seine Stellung als Platzhirsch auf den Wiesen entlang der Ehrwanger Straße verteidigt hatte. Immer wieder hatte Ignaz von ihm übel Dresche bezogen, bis Flecki allmählich älter und langsamer geworden war – und sich die Machtverhältnisse schließlich umgekehrt hatten. Ignaz fragte sich, ob dieser Besucher seines Mitbewohners noch Platzhirsch war oder schon auf dem Altenteil.

Zur Sicherheit wartete der Kater ab, und als sich die beiden Männer leicht schwankend erhoben und einige Schritte auf die Wiese hinaus machten, jeder sein Glas und einen Kanten Speck in der Hand, schlich Ignaz an den Tisch, sprang auf eine der beiden grob gezimmerten Holzbänke und musterte das vor ihm ausgebreitete Angebot. Immer wieder lugte er zu den beiden Männern, doch die kehrten ihm den Rücken zu. Der Mitbewohner erklärte seinem Gast offenbar das Bogenschießen. Mit den Krallen der rechten Pfote zog Ignaz ein Würstchen zu sich heran und schnappte es mit den Zähnen, sobald das eine Ende über die Tischkante hinausragte. Im Nu war er von der Bank verschwunden und ließ sich seine Beute in einer trockenen Ecke des Schuppens schmecken. Dann kehrte er zum Tisch zurück und holte sich den nächsten Happen, den er dann aber gleich auf der Bank verputzte.

Hansen hatte Hamann gerade sein Glas gegeben und zeigte, wie man den Bogen richtig hielt, dann wechselten die Männer umständlich Gläser und Sportgerät, und Hansen beobachtete Hamann beifällig nickend während seines ersten Schussversuchs. Der Vorgänger traf auf Anhieb in den zweitinnersten Ring, und Hansen verschüttete einen Teil des Zibärtle-Brands, als er mit seinen vollen Händen Beifall zu klatschen versuchte. Es schepperte nur, die beiden lachten und prosteten sich zu.

»Anfängerglück!«, rief Hamann, und tatsächlich verfehlte sein zweiter Pfeil nicht nur die Ringe, sondern gleich die ganze Zielscheibe um mehrere Meter.

»Dafür ist der Pfeil aber ganz schön weit gegangen!«, lobte Hansen, als er das Geschoss ins Wasser des Forggensees platschen hörte.

Sie lachten, schossen abwechselnd und tranken. Am Ende war die Flasche leer, und aus Hansen und Hamann waren Eike und Rolf geworden. Nur zwei von den Pfeilen hatten sie auf die Zielscheibe gebracht, und einer hatte sich so sehr verirrt, dass er glatt in die Gegenrichtung geflogen war. Nun rollte er langsam vom Hausdach herunter und blieb schließlich direkt neben dem Gartentisch federnd im Boden stecken.

Ignaz, vom herabfallenden Geschoss nur um Millimeter verfehlt, stand einen Augenblick lang mit gesträubtem Fell und gekrümmtem Rücken auf dem Platz, auf dem er eben noch genüsslich an einer Wurst genagt hatte. Ihm schlotterten vor Schreck alle Glieder, und mit weichen Beinen quälte er sich von der Holzbank. Dort blieb er noch kurz stehen und warf seinem Mitbewohner, der mit dem Fremden kichernd auf der Wiese stand, zornige Blicke zu.

Als Ignaz wenig später wieder aus dem Schlafzimmer kam, mit ein paar Daunen des zerfetzten Kopfkissens in den Krallen und im Maul, ging es ihm schon wieder besser.

Freitag, 3. Oktober

So schlecht hatte Rudi Groß schon ewig nicht mehr geschlafen. Seit halb fünf wälzte er sich in seinem Bett von der einen auf die andere Seite, und als gegen sechs auch noch die Kopfschmerzen immer ärger wurden, stand er auf, zog sich an und nahm zwei Tabletten. Seine Frau war nur ganz kurz wach geworden, inzwischen lag sie wieder röchelnd und schnarchend und wie so oft mit ausgestreckten Armen im Bett. Immer wieder wachte er deshalb mit Druckstellen am Oberarm auf, manchmal sogar mit einem blauen Fleck, wenn sie ihre Hand beim Umdrehen allzu schwungvoll hatte fallen lassen.

Vor der Hochzeit hatte der Pfarrer ihnen beiden geraten, dem jeweils anderen eine Liste von zehn Punkten zuzugestehen, über die man versprach, sich nicht aufzuregen – das hatte er ihnen als Rezept für eine lang haltende Ehe ans Herz gelegt. Susannes Liste war Rudis Meinung nach schon lange voll, aber es kamen immer neue Eigenheiten dazu, mit denen ihn seine Frau wahnsinnig machte.

Nun ja, er hatte Mittel und Wege gefunden, sich anderweitig zu trösten. Und in gewisser Weise kam das auch ihr zugute, denn die Ehe hielt – noch immer.

Aber Susanne war es nicht, die ihm jetzt zu schaffen

machte. Etwas ganz anderes ging ihm durch den Kopf: Was, wenn Wendelin Knecht ihm auf die Schliche käme? Was, wenn er Schlitter informierte und der ihn womöglich von der Meldeliste nahm? Wer konnte schon wissen, wie ernst es dem war mit seinem verschrobenen Ehrenkodex? Klar war jedenfalls, dass Schlitter seinen alten Rivalen Groß nur allzu gerne ausbooten würde, sobald sich ihm eine Gelegenheit dazu böte.

Rudi Groß ging durch die hintere Küchentür nach draußen. Hinter dem üppig bestückten Kräutergarten seiner Frau konnte er die Wiese sehen, die sein Grundstück von der Landstraße trennte, das altertümliche Wegkreuz, den Baum, die Sitzbank und links davon und jenseits der Romatsrieder Straße die Kühe auf ihrer Weide und weiter hinten die Häuser und die Kapelle von Romatsried. Es war ruhig und naturnah hier in Blöcktach, zugleich konnte man in etwa einer Viertelstunde in Kaufbeuren sein. Er hatte genug Platz zum Schaffen und Schrauben, und in alle Richtungen führten schöne Landstraßen, auf denen er seine Sammlerstücke spazieren fahren konnte.

Das hintere Tor des Schuppens war sorgfältig verschlossen, den Schlüssel trug Groß stets bei sich. Er stemmte sich ein wenig nach hinten, um das große Tor aufzuziehen, und ließ es dann ganz aufschwingen. Keines der Scharniere quietschte oder knarrte – wie seine Fahrzeuge hielt Groß auch den Holzbau, in dem sie untergestellt waren, in Schuss. Das gut geölte Tor hatte außerdem den Vorteil, dass Susanne nicht wach wurde, wenn er mal wieder nachts nach seinen Schätzen sah.

Sie waren mit großen, weichen Decken verhüllt, die sie vor Staub schützten, nur der Wagen direkt hinter dem Tor stand unbedeckt da. Mit einem seligen Lächeln trat Groß hinter das Auto, zog einen Seidenhandschuh über seine rechte Hand, den er meistens in der Jackentasche bei sich trug, und fuhr dann genießerisch die Linien der langen Heckflossen nach, während er langsam am Fahrzeug entlangging. Als er die Stelle erreichte, an der auf der Fahrerseite die vordere und die hintere Tür aneinandergrenzten, schloss er die Augen, schob die Hand ein wenig nach unten und tastete die direkt nebeneinander angebrachten Türgriffe ab, bevor er wieder den Lack streichelte und schließlich mit den Fingerspitzen eine kurze, kreisende Bewegung über die makellos geglätteten Kanten beschrieb, die den linken vorderen Scheinwerfer einfassten.

Als er zwei Schritte zurücktrat, um das Prachtstück seiner Sammlung in seiner ganzen Schönheit zu betrachten, wurde es ihm ganz warm ums Herz. Er lehnte sich an die riesige Werkbank, die er im Schuppen aufgestellt hatte, und seine linke Hand tastete nach hinten, bis er das Kleinod in den Fingern hatte, das er sich gestern gesichert hatte.

Knecht, dieser einfältige Trottel, hatte einen Lancia Florida I wie er, den er allerdings längst nicht mit so großem Aufwand restauriert hatte. Weil Knecht wegen seiner Versicherungsagentur meistens die Zeit fehlte, sich selbst nach originalen Ersatzteilen umzusehen, ließ er sich bisweilen von Groß einige Teile mitbringen, wenn der wieder einmal auf Schnäppchenjagd war.

»Leider, lieber Knecht«, hatte Groß ihm gestern am

Handy durchgegeben, als der Verkäufer gerade nicht dabei war, »leider stammt der Schaltknauf zwar wirklich von einem Lancia, aber nicht von einem Florida.«

Knecht hatte nur die Anzeige im Fachmagazin gesehen, ein Foto des Schaltknaufs war dort nicht abgebildet, also verließ er sich auf Groß und dessen Einschätzung. Zumal er von seinem Sammlerkameraden auch noch nie übers Ohr gehauen worden war. Zumindest glaubte Knecht das.

Groß lachte grimmig. Gleich heute Vormittag würde er den Knauf, den er obendrein auch noch unverschämt günstig ergattert hatte, gegen das Teil austauschen, der in seinem eigenen Florida verbaut war. Dabei handelte es sich tatsächlich um ein Lancia-Ersatzteil, das ursprünglich nicht für dieses Modell hergestellt wurde. Groß freute sich schon darauf, Knecht bei nächster Gelegenheit den falschen Schaltknauf zu zeigen, um seine Lügengeschichte auch wirklich glaubhaft zu machen.

Allerdings konnte er sich nicht mehr daran erinnern, ob Knecht damals, als er ihm in überschäumendem Besitzerstolz seine neueste Erwerbung vorgeführt hatte, den nicht originalgetreuen Knauf bemerkt hatte und ihm deshalb jetzt auf die Schliche kommen könnte. Na ja, das musste er wohl riskieren. Und beweisen konnte ihm Knecht eh nichts, im schlimmsten Fall stand Aussage gegen Aussage – und das konnte selbst Schlitter nicht so ohne Weiteres zu Ungunsten seines Konkurrenten auslegen.

Leidlich beruhigt schob Groß das Tor wieder zu, steckte den Seidenhandschuh weg und ging in die Küche.

Hansen setzte sich auf, bereute die Bewegung aber sofort. Ein Pochen füllte seinen Kopf aus, und schon das Öffnen der Lider stellte eine unerwartet große Anstrengung dar. Es dauerte fast eine halbe Stunde, bis er sich eine Hose und ein Shirt übergezogen, im Bad den Kopf unter den Wasserhahn gesteckt und mit ganz vorsichtigen, kleinen Schritten die Küche erreicht hatte. Dort saß Hamann am Esstisch, eine Bechertasse vor sich.

»Morgen, Eike«, brummte er und fuhr sich mit den Fingern durch das wirre, grau durchsetzte Haar.

Hansen hatte lieber erst gar nicht in den Spiegel geschaut, aber wenn er sich Hamanns gräuliche Gesichtsfarbe und die gebeugte Haltung ansah, konnte er sich recht gut vorstellen, was für ein Bild er selbst heute früh abgab. Hansen schlurfte zur Kaffeemaschine hinüber, goss sich aus der Glaskanne ebenfalls eine Tasse voll und setzte sich zu seinem Gast.

»Rolf …«

Mehr brachte Hansen im Moment nicht hervor, aber der andere schien mit dieser gemurmelten Begrüßung vollauf zufrieden, und sie hoben beide die Tassen. Irgendwann strich Ignaz vorbei, und für einen Augenblick stieg Ärger in Hansen auf, aber er hatte im Moment ganz vergessen, warum er so wütend auf den Kater war. Als eine Daune aus seinen Haaren in seinen Kaffee segelte und dort seine Runden drehte, fiel es ihm wieder ein, aber da war das Mistvieh schon wieder hinausgeschlichen.

»Finde ich übrigens prima, dass du das machst, Eike.«

Hamann sah ihn aus trüben Augen dankbar an, und

Hansen versuchte, sich fieberhaft daran zu erinnern, was sein Vorgänger damit meinen konnte.

»Ich mach dich gleich heute mit meinem Freund bekannt, und der bringt dich mit dem Sammler zusammen, der noch Fahrer sucht. Das ist halt die beste Tarnung. Und ich bin so froh, dass du sogar ein bisschen Ahnung von den alten Fahrzeugen hast.«

Hansen hob die Augenbrauen, ließ sie aber sofort wieder herunter, als sein Kopf die kleine Bewegung mit einem schmerzhaften Stich quittierte.

»Wie jetzt, was für eine Ahnung?«

»Na, was du mir gestern Nacht über englische Oldtimer erzählt hast … alle Achtung! Ich hätte nicht gedacht, dass du da so ein Experte bist.«

Hansen auch nicht. Als Kind hatte ihm mal irgendein Onkel einen Bildband über historische Rennfahrzeuge geschenkt, in dem er einige Jahre lang sehr gern und oft geblättert hatte, aber mehr Vorbildung hatte er auf diesem Gebiet nicht. Langsam drehte er seinen Kopf und sah zu dem Weidenkorb hinüber, in den er seine leeren Sprudel-, Bier- und Saftflaschen stellte, bevor er sie in den Schuppen trug. Dort lagen unter anderem zwei leere Flaschen, deren Etikett mit »Zibärtle« beschriftet war. So schnell wurde man zum Experten …

»Was … ich meine …«

Hansen war es peinlich, Hamann nach seinem offenbar gegebenen Versprechen fragen zu müssen, aber der andere grinste nur müde.

»Nicht schlecht, der Zibärtle, was?«

Hansen zuckte die Schultern und nahm einen Schluck Kaffee. Die Daune blieb an seinen Lippen hängen, umständlich pulte er sie sich aus dem Mund und wischte sich die Finger an der Hose ab.

»Du hast dich gestern Abend von mir überreden lassen, Eike, dass du meinem alten Schulfreund hilfst. Dass du dich undercover ins Fahrerfeld des Jochpass Memorial mischst, dass du mitfährst und in Hindelang die Augen offen hältst – um zu verhindern, dass wirklich noch das Attentat verübt wird, mit dem der unbekannte Erpresser meinem Freund gedroht hat.«

»Das hab ich versprochen?«

»Ja, hast du.«

»Scheiße ...«

Ein finsterer Blick ging zu den leeren Flaschen hinüber.

»Du weißt aber schon, Rolf, dass das eine Schnapsidee ist, oder?«

Hamann lachte krächzend und deutete zum Weidenkorb.

»Und zwar wortwörtlich.«

Hansen lachte mit und trank seinen Kaffee leer.

»Diesen Zibärtle trink ich nie wieder, das schwör ich dir!«

In Blöcktach wurde schweigend gefrühstückt. Rudi Groß hielt den Sportteil der Tageszeitung vor sich, obwohl es ihn herzlich wenig interessierte, dass der TSV Friesenried mit seinem neuen Spielertrainer erfreulich gut in die Saison gestartet war und sich inzwischen wieder gute Chancen auf einen neuerlichen Aufstieg in die Kreisklasse ausrechnen durfte. Aber so musste er seine Frau nicht ansehen oder gar mit ihr reden und konnte versuchen, sich mit Gedanken an das bevorstehende Jochpass Memorial von ihrem beständigen Klappern und Schmatzen abzulenken.

Inzwischen konnte er sich kaum noch vorstellen, dass sie noch vor zehn Jahren miteinander geschlafen hatten – und er dankte insgeheim Gott dafür, dass Susanne in all den Jahren nie schwanger geworden war. Für einen Moment senkte er die Zeitung und tat so, als wolle er sich ein neues Brötchen aus dem zwischen ihnen stehenden Korb greifen. Lockenwickler, Augenringe, ein Marmeladetropfen im Mundwinkel – er hatte für heute wieder genug gesehen und hob schnell die Zeitung wieder hoch.

»Magst jetzt doch keine Semmel?«, hörte er ihre Stimme, die im Grunde sanft und sympathisch klang. Für ihn war sie jedoch mit dem Makel behaftet, dass sie zu der Frau gehörte, die er an manchen Tagen nur noch schwer ertrug. In seinen Augen war sie nicht wohlproportioniert, sondern ausladend. Nicht überarbeitet, sondern schlampig und verwahrlost. Ihre Lippen nicht voll, sondern wulstig. Ihre Augen nicht groß und anziehend, sondern tief in ihren Höhlen liegend.

So ging das schon seit Jahren. Er sagte nichts, schluckte seine Abscheu hinunter, sorgte dafür, dass er nicht oft in ihrer Nähe war, und hoffte, dass sie ihn in Ruhe ließ. Meistens klappte das. Kochen und waschen und putzen konnte sie, das musste er ihr lassen.

»Schon«, brummte er, griff unter der weiterhin aufgeschlagenen Zeitung hindurch zum Brotkorb und nahm sich eine Semmel.

Irgendwann hörte er die Stuhlbeine über den Boden scharren. Sie stellte ihr Geschirr auf der Spüle ab und ging hinaus. Nun senkte er die Zeitung, sah sie noch um die Ecke im Flur verschwinden und griff nun gescheit zu. Zwei Wurstsemmeln und zwei Tassen Kaffee später ging es ihm besser. Er räumte den Tisch vollends ab, putzte sich die Zähne, zog den Blaumann über und ging in den Schuppen hinüber.

Rolf Hamann hatte sich noch einmal hingelegt. Erst gegen halb elf fühlte er sich fit genug, um sich wieder ans Steuer zu setzen. Hansen hatte inzwischen mit Hanna Fischer und Willy Haffmeyer gesprochen. Er hatte sie in den kuriosen Plan eingeweiht, und die beiden hatten sich zu seiner Freude sofort bereit erklärt mitzumachen.

»Ich habe ohnehin noch jede Menge Resturlaub«, hatte Haffmeyer gesagt. »Den kann ich genauso gut jetzt nehmen, und für Oldtimer habe ich ohnehin eine Schwäche.«

Vor seiner Abfahrt rief Hamann noch Karl Schlitter an, der die gute Nachricht erleichtert aufnahm. Er versprach, noch am selben Tag den Kontakt zu Horst Murnauer herzustellen, als dessen Piloten die drei Undercover-Polizisten unter Leitung von Eike Hansen am Jochpass Memorial teilnehmen sollten.

»Ich werde auch vor Ort sein«, sagte Hamann zu Hansen. »Aber ich kann natürlich erst nach Hindelang kommen, wenn die Veranstaltung am kommenden Donnerstag beginnt. Und wir müssen natürlich so tun, als würden wir uns nicht kennen. Ich schlage vor, dass ihr beim Oldietreff am ersten Abend mit dabei seid, dann sitzen wir beisammen und müssen danach nicht mehr ganz so fremd tun.«

Hansen ließ seinen Koffer gleich gepackt, und noch vor dem Mittag gab Karl Schlitter ihm die Anschrift und Handynummer von Horst Murnauer durch.

»Da können Sie eigentlich schon jetzt gleich hin, auf jeden Fall erwartet er Sie. Murnauer weiß auch, dass Sie in Begleitung von zwei Kollegen kommen. Sie werden ihn dann gleich in der Garage treffen, in der er seine Fahrzeuge lagert und pflegt.«

Schlitter schien ziemlich aufgeregt und zugleich heilfroh zu sein, dass sich wirklich jemand um sein Problem kümmerte, und er wollte gar nicht mehr aufhören, sich bei Hansen am Telefon schon im Voraus zu bedanken. Die Türglocke half Hansen, das Gespräch zu beenden. Als er öffnete, stand Hanna Fischer draußen. Haffmeyer klappte gerade den Kofferraum seines Wagens auf und kam dann zu ihnen.

»Haben Sie schon gepackt, Chef?«, fragte er. Dann fiel sein Blick auf Hansens Koffer, und er machte Anstalten, seinem Vorgesetzten das Gepäck hinauszutragen.

»Das mach ich schon selbst«, wehrte Hansen ab, »wir sind ja außerdem eher privat unterwegs. Ich finde es übrigens prima, dass Sie beide mitmachen. Ich habe mich so sehr an unser kleines Team gewöhnt ...«

Willy Haffmeyer grunzte etwas Unverständliches, Hanna Fischer lächelte ihn dankbar an.

»Und Sie haben wirklich nichts Besseres vor, Frau Fischer«, meinte Hansen, »als mit uns beiden alten Männern zu einer Oldtimer-Rallye zu fahren?«

Hanna Fischer hatte im Frühsommer während der Ermittlungen zu dem Dreifachmord im Bauernhofmuseum Illerbeuren den Kollegen Thomas Groß von der Polizeiinspektion Memmingen kennengelernt – und soweit er wusste, waren die beiden seither ein Paar.

»Nein, das passt. Mein Freund Thomas ist auf Fortbildung und kommt erst übernächstes Wochenende wieder zurück. Was soll ich da blöd daheim herumhocken, wenn ich doch mit Willy und Ihnen einen Fall lösen kann?«

»Noch ist es ja kein Fall«, korrigierte Hansen, »aber wir werden sehen. Und in Bad Hindelang soll es auch sehr schön sein – ein paar angenehme Tage sollten also auf jeden Fall herausspringen.«

Hansen bot an, sein Navi mitzunehmen, aber Willy Haffmeyer lehnte dankend ab. Fast hatte er das Gefühl, sein älterer Mitarbeiter fühle sich durch so etwas wie ein Navigationsgerät in seiner Ehre gekränkt, denn Haffmeyer war davon überzeugt, den Zuständigkeitsbereich des Polizeipräsidiums wie seine eigene Westentasche zu kennen. Zwar mochte Hansen auch nach eineinhalb Jahren als Leiter des Kommissariats 1 in Kempten noch immer nicht recht glauben, dass ein Beamter wirklich alle Ortschaften und Landstriche zwischen Günzburg im Norden, dem Bodensee im Südwesten und Halblech im Osten kennen konnte – aber bisher hatte er es tatsächlich noch nicht erlebt, dass Haffmeyers Ortskenntnis an ihre Grenzen gekommen wäre.

Auch die Garage von Horst Murnauer erreichten sie fast auf direktem Weg, nur einmal musste Haffmeyer einen Taxifahrer fragen. Sie stellten den Wagen auch schon in der Dieselstraße im Westen von Marktoberdorf ab. Hier endete das örtliche Industriegebiet, und an Murnauers Gebäude vorbei konnte man die offene Landschaft und zwei recht malerisch zwischen hohen Bäumen liegende Gehöfte sehen.

Der Mann, der in ölverschmierter Latzhose und kariertem Hemd vor einem der Tore stand, sah ihnen gespannt entgegen. Als die drei Beamten ausstiegen, wischte er sich die Hände an der Hose ab, kam zielstrebig auf Hanna Fischer zu, deutete eine altmodische Verbeugung an und gab ihr die Hand.

»Sie müssen Frau Hansen sein, richtig?«

Hanna Fischer sah ihn verblüfft an.

»Frau Eike Hansen, wenn ich es mir richtig aufgeschrieben habe.«

»Nein, ich bin Hanna Fischer, das ist mein Kollege Willy Haffmeyer – und er hier ist unser Chef, Eike Hansen, Leiter des Kriminalkommissariats 1 Kempten.«

Murnauer war ganz verdattert, sah ein paarmal unsicher zwischen Hanna und Hansen hin und her, dann gab er auch dem richtigen Hansen die Hand.

»Tut mir leid«, stammelte er. »Ich dachte, Eike sei ein weiblicher ...«

»Ich komme aus Niedersachsen, da ist mein Vorname natürlich häufiger als hier bei Ihnen im Süden – aber mit Eike kann tatsächlich auch eine Frau gemeint sein, da haben Sie durchaus recht.«

Nun wirkte Murnauer ein wenig erleichtert, aber noch immer lächelte er Hansen unsicher an.

»Herr Schlitter hat uns angekündigt – und ich bin schon ganz gespannt auf Ihre tollen Fahrzeuge!«, sagte Hansen, um das Gespräch auf das Thema zu lenken, dessentwegen sie hergekommen waren. Auf diesem Terrain schien sich auch Murnauer wohler zu fühlen, und er führte seine Besucher in die Garage. Es handelte sich eher um eine sehr geräumige Halle, in der an mehreren Stellen Gruben und hydraulische Rampen, Arbeitsstationen mit Werkbänken und den unterschiedlichsten Maschinen eingerichtet waren. An den Seitenwänden zogen sich hohe Regale entlang, in denen Autozubehör in verschiedener Größe gelagert war, und eine Ecke konnte mit schweren Kunststoffvorhängen vom Rest der Halle abgetrennt werden. Im Moment waren die Vorhänge zu diesem Bereich nicht zugezogen, in dem ein junger Mann damit beschäftigt war, an einem VW Käfer, der dort aufgebockt stand, die Fenster abzukleben.

Murnauer war Hansens Blick gefolgt und erklärte: »Dort können wir die Fahrzeuge lackieren. Die Vorhänge schließen den Bereich ziemlich dicht ab, und ich habe in der Ecke dahinter eine spezielle Be- und Entlüftung einbauen lassen, damit das auch alles seine Ordnung hat.«

»Herr Schlitter hat erzählt, dass Sie Kfz-Mechanikermeister sind. Ist das hier Ihre eigene Werkstatt?«

»Ja, nicht schlecht, was? Mein früherer Chef hat mich vor die Tür gesetzt, weil ich ihm zu alt war. Erst war ich am Boden zerstört, aber dann habe ich mich auf Oldtimer spezialisiert und noch einmal von vorn angefangen. Das ist bald zehn Jahre her, und ich habe meine Entscheidung kein einziges Mal bereut. Anfangs musste ich mein Häuschen bis unter die Dachrinne mit Hypotheken belasten, aber es ging alles gut – und Sie sehen ja, was hier alles los ist.«

Er machte eine umfassende Geste. Die Halle war gut gefüllt mit Oldtimern aus ganz unterschiedlichen Epochen. An manchen wurde gearbeitet oder poliert, und durch ein nach hinten offen stehendes Tor konnte Hansen sehen, dass auf dem Hof hinter dem Gebäude noch weitere Fahrzeuge abgestellt waren.

»Sind das alles Ihre?«, fragte er.

»Nein, nein, die meisten gehören meinen Kunden. Wir bringen die nach der Winterpause wieder auf Trab, reparieren Unfallschäden oder tauschen abgenutzte Teile aus – die Leute kommen inzwischen selbst aus München oder Nürnberg zu mir. Und jeder, der zufrieden ist, empfiehlt meinen Laden weiter – wenn's da mal läuft, dann läuft's. Aber die dort drüben sind meine.«

Er deutete auf die Ecke, die dem Lackierplatz gegenüberlag. Dort standen zwei Oldtimer, die das Klischee vom schönen alten Wagen so perfekt erfüllten, dass Hansens Herz einen kleinen Sprung machte.

Das eine Fahrzeug wandte ihnen die Vorderseite zu: ein knallrot lackierter Flitzer mit hohem Kühlergrill, hinter dem zwei Scheinwerfer zu sehen waren. Die Vorderreifen waren mit Kotflügeln versehen, auf denen ebenfalls jeweils ein Licht angebracht war. Eine niedrige Frontscheibe begrenzte die Motorhaube, das Lenkrad war auf der rechten Seite eingebaut, und das Heck war, soweit es Hansen von seiner Position aus überblicken konnte, betont aerodynamisch geformt.

Mindestens ebenso eindrucksvoll war der andere Wagen, der mit dem Heck zu ihnen abgestellt war. Schneeweiß lackiert, schwangen sich die Kotflügel der Hinterräder links und rechts vom ebenso makellos weißen Heck, auf dem zwei Ersatzräder übereinander montiert waren. Drei mächtige, metallisch glänzende Röhren mündeten seitlich aus dem Motorraum hinunter in ein Abgasrohr, das etwa in der Mitte zwischen den Vorder- und den Hinterrädern unter dem Chassis verschwand. Nur ein ebenfalls weiß lackierter Gepäckträger, der über den Ersatzrädern angebracht war, störte die Schönheit des Oldtimers ein wenig.

»Wenn Sie auf der Probefahrt mit den Fahrzeugen zurechtkommen«, sagte Murnauer, als sich seine Besucher eine Weile an seinen Sammlerstücken geweidet hatten, »wären das die beiden Modelle, die ich Ihnen für Hindelang anvertrauen würde.«

Hansen war sprachlos und sah den Mann an, ob er auch wirklich ernst meinte, was er da gerade sagte. Murnauer begegnete seinem fragenden Blick mit einem Lächeln und einem bekräftigenden Kopfnicken, dann trat er direkt an den roten Flitzer.

»Der hier ist für die Gleichmäßigkeitsprüfung gedacht«, erklärte er. »Das ist ein Healey Silverstone Typ E vom September 1950 und damit eines der letzten Modelle, die überhaupt gebaut wurden. Der Motor ist top in Schuss, der macht mehr als hundertsiebzig Sachen und kommt in elf Sekunden von null auf hundert. Für Rennen in den USA und in Le Mans wurden in dieses Chassis zwar andere, stärkere Motoren eingebaut – aber Sie werden feststellen, dass hier auch ganz schön Kraft unter der Haube steckt.«

Damit ging er zu dem weißen Oldtimer weiter.

»Der hier ist im Moment mein absolutes Schmuckstück, und obwohl er einen stärkeren Motor hat als der Healey, soll der nur in der Rallye starten – dieser Wagen ist mir für ein Rennen den Jochpass hinauf zu schade. Von diesem Mercedes-Benz SSK wurden nur dreiunddreißig Exemplare gebaut, und mit der Rennversion dieses Modells, dem SSKL, gewann Rudolf Caracciola 1931 die Mille Miglia.«

Murnauer hatte ganz glänzende Augen bekommen, und mit einem wehmütigen Lächeln huschte sein Blick über das Heck des Wagens.

»Erst war ich nicht ganz glücklich mit dem Stück. Ich weiß nicht, wie gut Sie sich mit diesem Auto auskennen – aber hier am Heck sehen Sie ein paar Abweichungen von der normalen Ausführung: statt der üblichen zwei sind vier Rückstrahler angebracht, und einen Gepäckträger hatte das Auto ab Werk auch nicht.«

Er ließ seine Finger mit der Rückseite sanft über das Gestänge des Gepäckträgers streifen.

»Aber inzwischen habe ich meinen Frieden damit gemacht. Der Besitzer hatte die Umbauten gleich nach der Auslieferung 1931 ausführen lassen, er war wohl gerne über Land unterwegs und wollte einen Platz für seinen geflochtenen Picknickkoffer haben – den sehen Sie übrigens dort oben, es ist das Original.«

Er deutete zu einem Regalfach in etwa zwei Metern Höhe hinauf. Dort war ein ziemlich großer Koffer aus hellem Weidengeflecht zu sehen. Zwei ebenfalls aus Weidenästen gearbeitete Laschen hingen über den geschlossenen Kofferdeckel, und zwei braune Lederriemen waren um den Koffer geschlungen – vermutlich wurde der Behälter damit auf den Gepäckträger geschnallt.

»Ab und zu mache ich es dem ersten Eigentümer nach, fahre ein bisschen in der Gegend herum und suche mir irgendwo im Wald ein schönes Plätzchen, wo ich mir dann Wurst und Käse, Hähnchenschlegel und eine Flasche Roten oder zwei, drei Bier schmecken lasse.«

Er schaute ganz versonnen auf den Wagen, dann schien ihm erst wieder bewusst zu werden, wem er das gerade erzählte. Er erschrak, beugte sich zu Hansen und raunte ihm zu: »Äh … natürlich nur alkoholfreies Bier, Herr Kommissar.«

»Natürlich.«

»Ja, äh … sollen wir uns mal an die Probefahrt machen?«

Murnauer winkte eine stämmige Frau mit einem langen blonden Pferdeschwanz herbei und schob die beiden Wagen mit ihrer Hilfe vor die Halle.

»Und? Wer will welchen fahren?«

Hanna und Haffmeyer sahen Hansen an, um ihm den

Vortritt zu lassen. Doch er hatte vorher schon mitbekommen, wie sehnsüchtig Hanna auf den geräumigeren Innenraum des Mercedes geschielt hatte.

»Wenn meine Kollegen nichts dagegen haben, würde ich lieber den Roten nehmen«, sagte er. »Mit dem fährt man doch allein?«

Murnauer nickte.

»Ja, in der Prüfung auf jeden Fall, aber für die Probefahrt zwänge ich mich neben Sie.«

Erst drehte Murnauer ein paar Runden und beschrieb Hansen währenddessen, was welche Funktion hatte. Hansen passte genau auf, trotzdem fielen die ersten Runden durchs Industriegebiet etwas holprig aus. Doch nach zwanzig Minuten hatte Hansen den Bogen weitgehend raus, nur die Oberarme schmerzten, weil er vor allem bei langsamer Fahrt unerwartet heftig am Lenkrad zerren musste. Aber der Motor röhrte so herrlich, und der Fahrtwind fuhr ihm so erfrischend durch die Haare, dass alle Bedenken wegen des Undercover-Einsatzes in Hindelang schnell verflogen waren.

Hanna Fischer wartete mit leicht geröteten Wangen darauf, endlich mit dem Mercedes losbrausen zu dürfen, doch als sie sich beim besten Willen nicht hinter das Lenkrad des Oldtimers quetschen konnte, stieg sie schmollend wieder aus und überließ Haffmeyer den Fahrersitz. Der kam mit dem weißen Fahrzeug deutlich schneller zurecht als Hansen mit dem roten: Ihm reichten einige grundlegende Instruktionen durch Murnauer, und schon kurvte er ziemlich souverän vom Hof. Nach wenigen Minuten kam er zurück, und der Eigentümer gab den Beifahrersitz mit einer sehr zufriedenen Miene für Hanna Fischer frei.

Die beiden wollten gerade zu einer weiteren Proberunde aufbrechen, als sich ein hochtouriges Röhren näherte. Kurz darauf rollte ein Oldtimer vor Murnauers Halle aus, der wie Hansens Fahrzeug knallrot lackiert war und das Lenkrad auf der rechten Seite hatte. Dieser Wagen hatte eine noch windschlüpfrigere Form als der Healey. Die Kotflügel waren direkt an der Karosserie angesetzt und verdeckten auch das letzte Stück der Achse bis zum Rad.

Ein Mann um die fünfzig schwang sich aus dem Wagen, zog sich die Lederkappe und die Schutzbrille ab und ließ beides lässig auf den Fahrersitz fallen. Als Hansen fragend zu Murnauer sah, ob der ihm vielleicht den Neuankömmling vorstellen wollte, bemerkte er einen Schatten über Murnauers Gesicht huschen.

»Hallo, mein Lieber!«, tönte der Neue in einem unangenehm gönnerhaft wirkenden Tonfall und streckte Murnauer die rechte Hand hin. Der griff zu, machte dabei aber kein allzu erfreutes Gesicht.

»Willst du mich denn nicht deinen Freunden vorstellen, lieber Horst?«

Murnauer wollte gerade etwas sagen, da fiel ihm siedend heiß ein, dass sie sich noch gar nicht darüber verständigt hatten, unter welchen Namen seine drei neuen Piloten denn in Hindelang antreten sollten. Hansen trat einen Schritt vor und reichte dem Neuen die Hand.

»Hansen«, sagte er, »und das sind meine … Kollegen Fischer und Haffmeyer.«

Er hatte nur eine winzige Pause gelassen, und nun forschte er in der Miene des anderen, ob dem das womöglich irgendwie eigenartig vorgekommen war.

»Groß«, sagte der aber nur, »Rudi Groß, angenehm.«

»Wir dürfen in Hindelang unser Glück versuchen. Herr Murnauer ist so freundlich und stellt uns zwei seiner Prachtstücke zur Verfügung.«

Groß hörte kaum hin, stattdessen maß er Hanna Fischers füllige Figur mit einem kurzen Blick, dann lächelte er ihr ölig zu. Hanna kniff die Augen zusammen und strafte ihn mit einem so herablassenden Lächeln, dass Hansen sich zusammenreißen musste, um nicht zu grinsen. Auch um Haffmeyers Mund zuckte es verräterisch. Murnauer, der die ganze Zeit über Rudi Groß fixierte, bemerkte davon nichts.

»Rudi Groß«, sagte er nun, und seine Stimme vibrierte wie von unterdrückter Wut, »ist Titelverteidiger in Hindelang, und er hat auch in diesem Jahr gute Chancen auf den Sieg in der Gleichmäßigkeitsprüfung.«

Groß winkte nur ab und quälte sich ein souveränes Grinsen ab. »Ach, wir beginnen jedes Jahr wieder bei null. Wer weiß schon, wer in diesem Jahr gewinnen wird – vielleicht ja einer von Ihnen? Sie sind also die neuen Fahrer von unserem Horst? Ich gratuliere. Er hält seine Fahrzeuge wirklich gut in Schuss, auch wenn …« Ein kurzer abschätziger Blick zum Gepäckträger des Mercedes. »Ach, egal. Schöne Fahrzeuge, so oder so.«

Er wandte sich an Hansen. »Welchen der Wagen werden Sie fahren?«

»Hier, den Healey.«

Er tätschelte den linken hinteren Kotflügel mit der bloßen Hand, nahm sie aber gleich wieder weg, als Groß das mit leichtem Entsetzen beobachtet hatte.

»Sie sollten dem lieben Horst nur den Gefallen tun, Handschuhe zu benutzen. Solche Kleinode sollte man nicht mit der bloßen Hand anfassen.«

Er musterte Hansen.

»Kennen wir uns? Ich meine, sind wir schon einmal auf derselben Veranstaltung gefahren?«

»Nicht, dass ich wüsste. Aber Sie hören es ja an meinem fehlenden Dialekt: Ich stamme aus der Nähe von Hannover, und deshalb war ich in den vergangenen Jahren auch eher im Norden unterwegs.«

Hansen klang ruhiger als er war. Was, wenn Leute wie dieser Groß in ganz Deutschland fuhren? Was, wenn er ihn nun nach einem der Rennen oder einer Rallye in Niedersachsen fragte – und Hansen in seiner Ahnungslosigkeit darauf nur Unsinn antwortete? Doch die kritische Situation ging vorüber, ohne dass ihm jemand auf die Schliche gekommen wäre.

»Ah ja«, sagte Groß nur, »dann herzlich willkommen bei uns im schönen Süden. Nicht wahr, Horst, das Jochpass Memorial sollte man auf jeden Fall einmal gefahren sein!«

»Auf jeden Fall, Rudi«, presste Murnauer hervor und wandte sich ab, um Hansen, Hanna und Haffmeyer drei Paar dünner Handschuhe aus der Garage zu holen, die er an seine Fahrer verteilte. Nach dieser kleinen Pause hatte er sich wieder im Griff, und auch Hansens Knie waren nicht mehr so weich wie eben noch.

»Und was kann ich für dich tun, Rudi?«, fuhr Murnauer fort.

»Kleinkram, Horst. Komm, ich zeig's dir. Und es wäre schön, wenn das gleich erledigt werden könnte. Ich möchte mit dem Lancia in Hindelang antreten und muss noch ein paar Kilometer mit ihm fahren.«

Er grinste Hansen an.

»Übung ist ja alles, nicht wahr?«

»Da sagen Sie was!«, versetzte Hansen und sah zu, dass er mit Hanna und Haffmeyer hinter die Halle kam. Von dort aus beobachteten sie Groß und Murnauer so unauffällig wie möglich, doch die beiden kümmerten sich nicht weiter um sie. Murnauer rief die blonde Frau von vorhin zu sich, dann klappten sie die Motorhaube auf, beugten sich über die Maschine und machten sich daran zu schaffen. Keine zehn Minuten später dröhnte Rudi Groß auch schon wieder davon. Die Bändel seiner Lederhaube flatterten im Fahrtwind, und er winkte Hansen und den anderen lässig mit einer Hand zu, ohne sich nach ihnen umzudrehen.

An diesem Abend kamen sie erst sehr spät nach Hause. Haffmeyer setzte Hansen gegen halb zwölf in der Ehrwanger Straße ab, dann fuhr er in Richtung der Füssener Innenstadt davon, um auch Hanna Fischer zu ihrer Wohnung zu bringen, bevor er selbst den Heimweg nach Eisenberg antrat.

Für den nächsten Morgen hatten sie sich auf halb zehn verabredet. Dann würden sie von Horst Murnauer weitere Informationen bekommen, die sie sich einprägen sollten – dabei hatte Hansen schon heute so viel Neues erfahren, dass ihm beinahe der Kopf rauchte. Aber eine heikle Situation wie vorhin im Gespräch mit Rudi Groß wollten sie nicht mehr riskieren. Ein dummes Wort, das einen von ihnen als blutigen Laien entlarvte, und die ganze Undercover-Geschichte war geplatzt.

Die Haustür war zweimal abgeschlossen, obwohl Hansen den Schlüssel in der Regel nur einmal drehte – doch vermutlich war nur seine Vermieterin Walburga Lederer im Haus gewesen. Die Witwe wohnte selbst in einem hübschen Häuschen am nördlichen Stadtrand von Füssen, besuchte mindestens einmal täglich das Grab ihres Mannes auf dem nahe gelegenen Friedhof und machte danach mit ihrem knallrot lackierten Elektrorad oft noch einen Abstecher in die Ehrwanger Straße, um nachzusehen, ob ihr »preußischer« Mieter im früheren Aussiedlerhof ihrer Schwiegereltern auch wirklich zurechtkam. Solche Besuche nutzte sie gern für einen Plausch mit Hansen oder – wenn er nicht da war – für eine kleine Inspektion der Wohnräume.

Auf dem Tisch lag eine Plastiktüte, auf der ein kleiner gelber Zettel klebte.

»Die Tüte hing draußen an der Tür, ich hab sie mit reingenommen. Nicht, dass noch was wegkommt. Die Papiertüte hatte ein Loch, deshalb hab ich sie Ihnen in Plastik gesteckt. Guten Appetit, Ihre Frau Walburga.«

Hansen öffnete die Plastiktüte, in der eine Papiertüte steckte und ein weiterer Zettel.

»Lass Dir das deftige Vesper gut schmecken. Du weißt schon, das ist immer eine gute Grundlage! Grüße, Rolf.«

Daneben war eine Art Smiley gekrakelt. Die Papiertüte hatte an einer Ecke ein recht großes Loch, es wirkte wie hastig aufgerissen, und als Hansen die Tüte vor sich hochhielt, hingen einige Papierstreifen lose herunter. Am oberen Ende war die Tüte mit etwas Klebeband verschlossen, auch da waren die Enden abgerissen – vermutlich von Frau Walburga, die das Vesperpäckchen von der Türklinke gelöst hatte. Hansen sah hinein: zwei knackige Semmeln waren drin, dazu ein leeres Packpapier, wie es Metzger oft verwenden. Er zog es heraus und schnupperte daran: Speck oder eine der gerauchten Würste könnten darin eingeschlagen gewesen sein, wie er und Rolf Hamann sie vor ihrem Zibärtle-Gelage gegessen hatten. Und verschwunden waren sie offenbar durch das Loch in der Tüte, und zwar bevor Frau Walburga eingetroffen war.

Ein leises Geräusch ließ Hansen zur Küchentür sehen. Dort stand Kater Ignaz und leckte sich zufrieden die Schnauze. Obwohl Hansen wusste, dass die Mimik von Katzen das eigentlich nicht hergab, hatte Ignaz wieder diesen Gesichtsausdruck, der einem fiesen Grinsen sehr nahe kam. Hansen nahm die Semmeln heraus, knüllte die Papiertüte leicht zusammen und warf Ignaz den Ball hin. Der sah kurz hin, wandte sich ab und tapste gemächlich hinaus.

Natürlich hatte Ignaz den Wurstgeruch bemerkt, der der Tüte noch anhaftete – aber offenbar wusste das räudige Vieh sehr genau, dass längst nichts mehr drin war.

Fluchend ging Hansen zum Kühlschrank, holte sich ein bisschen Aufschnitt heraus, belegte die beiden Brötchen damit und aß sie im Wohnzimmer vor dem Fernseher. Als Hansen wieder auf dem Sofa erwachte, war es kurz nach halb zwei, und vor ihm flimmerte die Wiederholung eines Schwarz-Weiß-Films über den Bildschirm. Er wuchtete sich verschlafen hoch, wedelte sich einige Brotkrumen von der Hose und rieb sich die Augen.

Dann erst bemerkte er Ignaz, der mitten im Wohnzimmer hockte und ihn aufmerksam beobachtete. Als der Kater Hansens Blick auffing, stupste er mit der Schnauze eine tote Maus an, die vor ihm lag. Bis auf das blutige Genick war das Tier unversehrt, und Ignaz schob es mit der Schnauze vor sich her, bis es einmal herumrollte und ein paar Zentimeter näher an Hansen liegen blieb. Daraufhin sah der Kater erst Hansen an und dann die Maus und schließlich wieder Hansen.

»Dein Friedensangebot kannst du dir sonstwohin stecken«, knurrte der ihn an, stand auf und ging ins Bad hinüber.

Aus den Augenwinkeln hatte er beinahe das Gefühl, dass Ignaz mit den Schultern gezuckt hätte – aber das war natürlich nur Einbildung. Doch als Hansen nach dem Zähneputzen noch einmal ins Wohnzimmer schaute, lagen dort nur noch der Unterkiefer und der Darm der Maus. Von Ignaz keine Spur.

Samstag, 4. Oktober

Willy Haffmeyer fuhr pünktlich wie immer auf den Hof, Hansen ließ sich auf die Rückbank fallen und lehnte sich dösend nach hinten. Im Halbschlaf sah er aus dem Seitenfenster, doch die vorbeihuschende Landschaft machte ihn noch schläfriger, und kurz darauf war er eingenickt.

Er träumte von Ignaz und von schönen Oldtimern, doch allmählich schlich sich Hanna Fischers Stimme in seine Gedanken. Irritiert versuchte er zu verstehen, was sie in seinem Traum sprach. Es klang monoton, kurze Sätze, die immer wieder von längeren Pausen unterbrochen wurden.

Als er die Augen wieder öffnete, sah er Hanna Fischer auf der Beifahrerseite sitzen und angestrengt mal nach vorn und dann wieder auf einen Notizblock schauen, den sie vor sich auf den Schenkeln liegen hatte.

»Links 1, lang«, murmelte sie gerade und fuhr mit dem Finger auf dem Notizblock ein wenig nach unten.

Hansen beugte sich nach vorn. Der Notizblock hatte karierte Blätter, und darauf hatte sie mit schwarzem Kugelschreiber Kürzel wie »200 L2 ll« und kleine Grafiken und Satzzeichen notiert, die für Hansen keinen Sinn ergaben. Im Moment ruhte Hannas Zeigefinger direkt unter einer Zeile, die mit den beiden Buchstaben »AZ« begann, die jedoch ausgestrichen waren. Dahinter stand: »210 L1. 100 R2. 150 L2.« Es gab Hinweise wie nach oben und nach unten zeigende Pfeile, und an einer anderen Stelle waren eine Art abgerundetes »n«, daneben ein Ausrufezeichen und ein gezackt nach unten zeigender Pfeil zu sehen.

Haffmeyer fuhr stoisch auf der B 16 dahin und ließ Hanna reden. Im Rückspiegel konnte Hansen einen genervten Blick von ihm auffangen.

»Was machen Sie da eigentlich, Frau Fischer?«, fragte Hansen.

»Ich bete Willy die Strecke vor«, sagte sie, gab ein kurzes Kommando und hielt dann den Notizblock etwas höher. »Das hier ist das Gebetbuch für die Fahrt nach Marktoberdorf, das Roadbook. Darin habe ich mir die Charakteristik der Strecke mal anhand der Landkarte notiert, und jetzt schau ich mir alles während der Fahrt noch einmal genau an und verfeinere meinen Aufschrieb.«

»Hä? Warum das denn? Herr Haffmeyer hat uns gestern gut zu Murnauers Werkstatt gebracht, und jetzt kennt er die Strecke doch schon.«

»Murnauer hat mir gestern Abend noch ein Roadbook mitgegeben, das er mal für eine seiner Rallyes erstellt hat«, erzählte Hanna, und ihre Stimme bekam einen schwärmerischen Unterton. »Der ist früher nämlich selbst Rallye gefahren, mit Youngtimern, also Opel Kadett und solchen Modellen, wissen Sie?«

»Ach?«, versetzte Hansen wenig begeistert.

»Ja, ja, und er war wohl sehr erfolgreich. Heute will er mir mal einige seiner Pokale zeigen! Und das hier …« Sie griff in ihre Handtasche, die sie im Fußraum abgestellt hatte, und holte eine Kladde hervor, auf deren Umschlag ein Datum und eine Rallye in Luxemburg genannt wurde. »... das hier ist also ein Original-Roadbook, nach dem ihn damals sein Copilot instruiert hat.«

Sie sah hektisch auf ihren Notizblock, dann durch die Frontscheibe.

»Oh, Mist, Willy, jetzt habe ich ganz versäumt, dir diese ›rechts drei‹ anzusagen. Tut mir leid, Willy, wird nicht mehr vorkommen.«

Haffmeyer seufzte, und via Rückspiegel schickte er noch einen genervten Blick zu Hansen.

»Nicht schlimm, Hanna«, brummte er dazu, und die Kollegin war schon wieder ganz beflissen. Sie fuhr mit dem Zeigefinger langsamer zu ihrem nächsten Eintrag, dann ergänzte sie eine Notiz und musterte dabei sehr aufmerksam die Straße vor sich. Hansen folgte ihrem Blick: Die B 16 zog sich in sanften Kurven dahin, und bis zu ihrem Ziel hatte die Strecke, soweit Hansen sich erinnerte, nichts zu bieten, was spektakulärer war als Kreisverkehre, Abzweigungen und ein Bahnübergang, den sie mit rumpelnden Reifen überquerten.

Als der Wagen vor Murnauers Garage zum Stehen kam, klappte Hanna Fischer ihren Block zu, atmete auf, als habe sie gerade eine besonders knifflige Aufgabe bewältigt, stieg aus und hielt auf ein offen stehendes Tor des Werkstattgebäudes zu. Haffmeyer hatte sich gegen die Rückenlehne fallen lassen, und er sah der Kollegin mit heruntergezogenen Mundwinkeln hinterher.

»Sagen Sie mal, Chef«, begann er nach einer Weile. »Könnten wir vielleicht tauschen? Sie nehmen den tollen Mercedes, und ich quetsche mich in den kleinen Roten? Da hätten Sie auch mehr Kraft unter dem Hintern, dieser SSK fährt sich wirklich ganz toll!«

»Ach, nein«, meinte Hansen. »Sie sind so ein gutes Team, da macht es mir nichts aus, allein zu fahren und den kleineren Wagen zu nehmen. Wirklich nicht.«

Ärgerlich stierte Haffmeyer daraufhin in den Rückspiegel, doch als er sah, dass Hansen mit einem breiten Grinsen auf der Rückbank saß, musste er lächeln.

»Sie können mich verstehen, Chef, oder? Wissen Sie, ich mag die Hanna, aber das ...«

Hansen lachte.

»Sie mögen ja schon kein Navi«, sagte er, »und die Kollegin Fischer kündigt Ihnen jetzt nicht nur die nächste Abzweigung an, sondern auch gleich noch alle Kurven.«

»Und sie erklärt mir, dass es jetzt bergauf oder bergab geht – als würde ich das nicht auch selbst sehen!«

Kopfschüttelnd stieg er aus, und langsam gingen Hansen und er ebenfalls zu Murnauers Werkstatt. Es standen ihnen auch ohne Hannas Kommandos noch einige anstrengende Unterrichtsstunden zu den Themen Rallye, Gleichmäßigkeitsprüfung und Oldtimer bevor.

Mittags ließ Murnauer ein paar Pizzen kommen. Von seinen Mitarbeitern waren an diesem Samstag nur zwei gekommen, darunter die Frau mit dem blonden Pferdeschwanz, doch beide waren kurz nach halb zwölf nach

Hause gegangen. Nun saßen Hansen, Hanna und Haffmeyer mit Murnauer in der Teeküche, die in einem kleinen Anbau hinter der Garage untergebracht war. Die Tischplatte aus Kunststoff war an den Ecken schon etwas zerbröselt, und die unbequemen Stühle wiesen an den Beinen, Rückenlehnen und Sitzflächen alte Ölflecken auf.

Immerhin schmeckten die Pizzen gut, und als sich ihr Duft in dem kleinen Kabuff gegen den sonst vorherrschenden Geruch durchgesetzt hatte, gegen Schweiß und Öl und Autoabgase, wurde es fast gemütlich in dem Raum.

Für eine halbe Stunde hatte auch ihr Unterricht Pause, und Hansen erzählte von der alten Heimat in Klein Heidorn, von seiner Zeit bei der Kripo in Hannover und Oldenburg und davon, wie schön das Steinhuder Meer um diese Jahreszeit war. Dann erzählte er von Resi und von dem geplatzten Wanderurlaub in Österreich.

»Na ja, und nun fahre ich eben die Jochpassstraße hinauf«, sagte er schließlich, lachte und biss ein großes Stück von seiner Pizza ab.

Er saß mit dem Rücken zur Tür, die hinüber in die Halle führte. Vom metallenen Türrahmen war jetzt ein Klopfen zu hören. Noch bevor er sich umdrehte, konnte er an Murnauers Gesichtsausdruck ablesen, dass der Neuankömmling kein willkommener Gast war. Er drehte sich um und sah Rudi Groß in der Tür stehen.

»Na, das ist ja mal eine gemütliche Runde«, gab dieser betont jovial von sich. »Darf ich mich dazusetzen?«

Murnauers Miene war ein klares Nein, aber Groß scherte sich nicht weiter darum. Er zog sich einen freien Stuhl heran und setzte sich, dann nickte er grüßend in die Runde, den Hausherrn begrüßte er als Letzten, und dabei wirkte sein Gesichtsausdruck eine Spur abfälliger. Groß beugte sich über den Tisch, musterte die aufgeklappten Pizzaschachteln und schnupperte.

»Mhm«, machte er. »Schade, dass ich gerade gegessen habe – das duftet ja herrlich!«

Ein kurzer Seitenblick zu Murnauer, dann wandte er sich mit einem aalglatten Lächeln an Hanna Fischer.

»Es riecht deutlich besser als sonst bei meinem lieben Horst im Kabinchen.«

Er lächelte Hanna noch breiter an.

»Aber das wissen Sie ja schon. Übrigens, wenn Sie mal meine kleine Sammlung sehen wollen – besuchen Sie mich ruhig.«

Er zauberte eine protzig gestaltete Visitenkarte aus seiner Hemdtasche und hielt sie Hanna hin. Die steckte sie weg, ohne die Miene zu verziehen. Dann nahm sie sich ein neues Stück Pizza und schob es sich in den Mund. Groß merkte nicht gleich, dass er abgeblitzt war, doch dann wandte er sich in einem besonders wichtigtuerischen Tonfall an Hansen und Haffmeyer.

»Ich darf wohl behaupten, dass bei mir das eine oder andere Juwel steht. Und wo immer es geht, setze ich ausschließlich Originalteile ein. Allein der Teile wegen bin ich fast ständig auf Achse.«

Er deutete auf Murnauer.

»Auch mein lieber Horst nimmt meine Dienste gelegentlich in Anspruch. Ich helfe ja gern, wo immer ich kann.«

»Und nimmst auch ordentlich Geld dafür«, entgegnete Horst Murnauer und sah aus, als würde er gleich platzen.

»Na ja«, versetzte Groß mit aufgesetztem Lachen, »umsonst ist der Tod, nicht wahr? Und der ...«

»Und der kostet das Leben«, fiel ihm Murnauer ins Wort und vervollständigte den Spruch, den er von Groß wohl schon oft gehört hatte. »Was willst du, Rudi? Du bist ja wohl kaum hergekommen, um Pizza zu schnorren oder Small-Talk mit meinen Fahrern zu halten.«

Auf Murnauers Gesicht legte sich ein böses Grinsen.

»Oder suchst du womöglich selbst noch einen Piloten und willst mir jetzt meine Leute abschwatzen?«

»Nein«, winkte Groß ab. »Fahrer brauch ich keine, ich setz mich lieber selbst hinters Steuer. Wobei ...«

Er wagte noch einmal einen kurzen Seitenblick zu Hanna, die aber so tat, als bemerke sie es nicht.

»Ich bin gestern nach meinem Besuch bei dir noch ein paar Kilometer mit meinem Lancia gefahren – und mir kam er in den Kurven nicht so stabil vor wie sonst. Könntest du dir mal die vorderen Radaufhängungen ansehen?«

»Kann ich machen, aber das geht nicht mal eben zwischendurch. Vor Montagabend werde ich damit auf keinen Fall fertig sein. Kannst du den Wagen so lange dalassen?«

»Ungern, aber es geht ja wohl nicht anders. Wenn da was nicht in Ordnung ist und es haut mich deswegen noch aus der Kurve, ist mir schließlich auch nicht geholfen.

Außerdem hatte ich mir schon gedacht, dass du es nicht gleich machst: Meine Frau holt mich ab, die müsste jeden Moment hier sein.«

Tatsächlich war draußen ein Wagen zu hören, der vor der Garage hielt. Murnauer begleitete Groß hinaus, und Hansen ging mit. Hanna und Haffmeyer aßen noch fertig, dann stellten sie sich noch einmal neben den weißen Mercedes und sprachen die wichtigsten Bedienelemente am Armaturenbrett durch.

Am Straßenrand stand ein silbern lackierter Kleinwagen, an dessen Steuer eine Frau von Mitte dreißig saß, die mit laufendem Motor darauf wartete, dass Groß zu ihr ins Auto stieg. Der war etwas nervös geworden, weil ihn die beiden nach draußen begleitet hatten. Er verabschiedete sich schnell von ihnen, schlüpfte auf den Beifahrersitz des Kleinwagens und zog die Tür hinter sich zu. Sofort danach flitzte das Auto davon und war schnell hinter der nächsten Kurve verschwunden.

Murnauer sah dem Wagen finster hinterdrein. Dann drehte er sich um und ging auf den roten Lancia Florida zu, den Groß mit steckendem Zündschlüssel auf dem Hof hatte stehen lassen. Als Hansen ihn fragend ansah, zuckte Murnauer nur mit den Schultern und brummte: »Keine Ahnung, wer diese Frau war. Susanne Groß, die Ehefrau von Rudi, war es auf jeden Fall nicht.«

»Salut, Raimond«, hauchte Susanne Groß ins Telefon. »Ich kann heute schon früher weg. Gerade hat Rudi angerufen, dass er unterwegs noch wegen seines Oldtimers aufgehalten wurde und vermutlich nicht vor zehn, halb elf zu Hause sein kann. Hast du Zeit?«

Die sonore Stimme am anderen Ende verursachte ihr Gänsehaut.

»Gerne gleich nachher«, sagte sie noch. »Bis drei sollte ich am Wegkreuz sein können. Ja, ich freu mich auch.«

Als sie aufgelegt hatte, stieg sie in die Dusche, machte sich frisch und zog schwarze Reizwäsche an. Dann schlüpfte sie in einen weit fallenden blauen Overall, der sie nicht sehr vorteilhaft kleidete, und in schwarze Gummistiefel. Den Hausschlüssel und ein Bündel Geldscheine steckte sie in eine der Taschen des Overalls, dann kritzelte sie noch schnell den Namen einer erfundenen Freundin auf einen Zettel, bei der sie sei, und hinterlegte den Zettel für ihren Mann auf dem Küchentisch. Vermutlich würde sie ohnehin früher als er wieder daheim sein, aber schaden konnte die Notiz nicht.

Mit einem breiten Lächeln auf den vollen Lippen verließ sie das Haus durch die Hintertür und marschierte über die frisch gemähte Wiese, die sich zwischen ihrem Grundstück und der Landstraße erstreckte. Neben dem Wegkreuz setzte sie sich auf die Bank und wartete im Schatten des großen Baumes. Ab und zu kam ein Bauer auf seinem Traktor oder ein Bekannter auf dem Weg in die Stadt vorbei, und fröhlich winkte Susanne Groß allen zu. Als schließlich ein Geländewagen mit getönten Scheiben vor der Bank stehen blieb, lächelte sie zum Fahrerfenster hin, obwohl sie nicht hindurchsehen konnte. Dann stand sie auf, ging um den Wagen herum und setzte sich auf den Beifahrersitz. Noch bevor sich Raimond Vanheeren wieder in den Verkehr auf der Landstraße eingefädelt hatte, ließ sie ihre linke Hand seinen rechten Oberschenkel hinaufwandern.

Hansen hatte sich inzwischen recht gut an den roten Oldtimer gewöhnt. Der Sportwagen sprach gut auf Gas und Bremsen an, auch mit Lenkung und Gangschaltung kam Hansen zurecht, und es war trotz des kühlen Wetters angenehm, wie ihm der Fahrtwind ins Gesicht blies. Dazu das Röhren des Motors und die bewundernden Blicke von Passanten, wenn er mit dem Healey durch eine Ortschaft kam – die meiste Zeit über fuhr Hansen mit einem seligen Lächeln dahin.

Als er wieder vor der Halle von Murnauer ankam, gab der gerade Haffmeyer knappe Kommandos und ließ ihn immer und immer wieder zwischen einigen roten Plastikhütchen hindurchfahren, die er auf seinem Hof aufgestellt hatte. Die Hütchen markierten eine schmale Gasse, die vor den Schiebetoren entlangführte, und kaum hatte Haffmeyer die kurze Strecke im Stop-and-Go-Verfahren hinter sich gebracht, da dirigierte ihn Murnauer auch schon wieder zurück an den Anfang der Gasse.

Hanna Fischer saß derweil auf einem Stuhl in der Halle und studierte eines der Roadbooks, die ihr Murnauer zu Übungszwecken überlassen hatte. Und während Haffmeyer zurück zum Startpunkt fuhr, kam Murnauer auf Hansen zu.

»Alles gut, Herr Hansen?«

»Ja, inzwischen macht mir das Fahren richtig Spaß.«

»Wie schön«, versetzte Murnauer grinsend. »Den werden Sie jetzt auch gut gebrauchen können. Sehen Sie, was Ihr Kollege Haffmeyer da gerade macht?«

»Er fährt zwischen den Hütchen entlang und startet und stoppt dabei immer wieder.«

»Genau, und das machen Sie jetzt bitte auch. Rücken Sie ihm einfach so nah auf die Pelle, dass Sie ihn noch nicht ganz touchieren. Und wenn Sie die Gasse hinter sich haben, dann machen Sie die Strecke gleich noch einmal von vorne.«

»Und wozu soll das gut sein?«

»Wir simulieren die Situation am Start der Rallye – bei Ihnen wird der Start für die Gleichmäßigkeitsprüfung ähnlich aussehen. Da rückt man auch mit jedem Fahrzeug, das vor einem startet, ein kleines Stück nach. Deshalb: kurz zum Stehen kommen, dann wieder anfahren, kurz zum Stehen kommen und so weiter. Sie können mir glauben, wenn Ihnen da der Motor ausgeht und Sie mit hochrotem Kopf vor den Zuschauern hinter dem Steuer sitzen, kann es durchaus sein, dass Sie den Wagen gar nicht mehr zum Laufen bringen. Und diese Peinlichkeit wollen wir uns doch sicher ersparen, oder?«

Also reihte sich Hansen ein, bugsierte den Healey zwischen den Plastikhütchen hindurch und fuhr eine Schleife, um erneut durch die Gasse zu zuckeln. In der zweiten Runde ließ er sein Fahrzeug so dicht auf den Mercedes aufrücken, dass Murnauer ganz erschrocken zu ihm herübersah. Kurz darauf bremste Haffmeyer früher als erwartet, und Hansen hatte einige Mühe, einen Zusammenstoß zu vermeiden. Von da an hielt er ausreichend Abstand, und Murnauers Miene entspannte sich zusehends.

Eineinhalb Stunden später saß Hansen mit seinen beiden Kollegen in einem urigen Lokal in der Nähe der Füssener Altstadt, wo sie sich Weizen vom Fass, Bruschette, Hirtensalat und Grillteller schmecken ließen. Hanna Fischer hatte es von der Wirtschaft nicht weit nach Hause, und als Haffmeyer seinen Vorgesetzten zu dessen Haus hinausfuhr, kam ihnen kurz vor dem Kreisel am Waldfriedhof Walburga Lederer auf ihrem Elektrorad entgegen. Aber Hansens Vermieterin erkannte Haffmeyers Auto nicht und flitzte grußlos vorbei.

Hansen hatte eigentlich noch ein paar Pfeile schießen wollen, weil das Wetter entgegen der Prognosen noch immer trocken war, aber nach der anstrengenden Rangiererei auf Murnauers Hof taten ihm die Arme weh, und er ließ den Bogen, wo er war, schenkte sich noch ein Gutenachtbier ein und trollte sich bald ins Bett.

In dem kleinen Hotel im Mindelheimer Gewerbegebiet rollte sich Susanne Groß vom Bett, zupfte sich ihre Unterwäsche zurecht und machte Anstalten, wieder in ihren weit fallenden Overall zu schlüpfen.

»Bitte warte doch noch einen Moment«, sagte Raimond vom Bett her.

Er lag auf dem Rücken und fuhr mit seinem Blick noch einmal ganz langsam die Kurven ihres Körpers entlang.

Grinsend drehte sie sich ein paar Mal um die eigene Achse, ließ dann, als sie seine Reaktion bemerkte, den Overall achtlos auf den Boden fallen und war mit drei schnellen Schritten wieder am Bett.

»Warum denn nur einen Moment?«, gurrte sie und gab ihm einen Kuss.

Und so kam es, dass Rudi Groß an diesem Samstagabend ausnahmsweise vor seiner Frau zu Hause war. Ihm war das ganz recht, denn er konnte sich ja nicht jedes Mal darauf verlassen, dass sie Sinas schweres Parfüm nicht doch einmal bemerkte. Er duschte lange, setzte sich noch eine halbe Stunde mit einem Drink vor den Fernseher, ging dann aber zu Bett.

Als Susanne gegen halb zwölf am Wegkreuz aus dem Geländewagen stieg und mit tänzelnden Schritten die Wiese überquerte, schnarchte Rudi Groß längst laut und regelmäßig.

Sonntag, 5. Oktober

Hansen wurde gegen neun Uhr vom Klingeln seines Handys geweckt. Resi war dran, und nach den knappen Infos, die sie ihm zwischendurch immer wieder per SMS übermittelt hatte, erzählte sie ihm nun ausführlich, wie es ihrem Vater inzwischen ging. Offenbar hatte er wirklich einen Herzinfarkt erlitten, aber mittlerweile wirkte er wieder recht stabil. Noch war nicht abzusehen, wie lange die stationäre Behandlung dauern und ob etwa eine Operation notwendig würde. Aber bis auf Weiteres wollte Resi bei ihrer Mutter in Roßhaupten bleiben und mit ihr tagsüber ins Krankenhaus fahren, um so oft nach dem Vater zu sehen, wie sie es einrichten konnten.

Als Hansen ihr von der Aktion erzählte, auf die er sich gerade vorbereitete, und davon, wer ihn dazu überredet hatte, staunte sie nicht schlecht. Ihre Bedenken, ob das nach der Drohung gegenüber dem Rallye-Veranstalter nicht gefährlich sei, konnte er schnell zerstreuen, und schließlich wünschte sie ihm lachend viel Spaß mit dem Oldtimer und legte auf.

Für heute war kein Training mit den Oldtimern vorgesehen, doch gegen Mittag hatte er schon wieder so große Lust auf eine Spritztour in dem rund achtzig Jahre alten

Gefährt, dass er die Pause beinahe bedauerte. Nur seine Oberarme dankten es ihm, und am Nachmittag schoss er ein paar Pfeile im Garten. Den Käsekuchen, den er sich mit hinausgenommen hatte, behielt er ganz genau im Auge, aber Ignaz ließ ihn diesmal in Ruhe.

Rolf Hamann rief gegen fünf an und erkundigte sich, ob alles nach Plan laufe. Er war sehr beruhigt zu erfahren, dass sich bisher alles bestens entwickelte – und als er hörte, dass offenbar auch Rudi Groß ihnen die Rolle von Murnauers Fahrern abgenommen hatte, lobte er seinen Nachfolger überschwänglich.

»Der Groß hat im vergangenen Jahr gewonnen, und auch diesmal hat er alle Chancen auf den Sieg in der Gleichmäßigkeitsprüfung. Wenn der euch euren Auftritt abkauft, ist das schon die halbe Miete. Ich werde das gleich meinem Freund Karl erzählen – der ruft immer wieder bei mir an und fragt nach euch. Ich glaube, der ist ganz schön mit den Nerven runter.«

»Murnauer meinte, dass er am Dienstag oder Mittwoch mal mit uns nach Hindelang fahren will, damit wir uns schon mal die Strecke zum Jochpass hinauf ansehen können.«

»Gut. Karl Schlitter kennt dich und deine Kollegen ja noch nicht, und falls ich euch im Ort über den Weg laufe, tu ich so, als hätten auch wir uns noch nie gesehen.«

Hamann kicherte, er hatte offenbar großen Spaß an dem Versteckspiel.

»Ich werde das auch Haffmeyer noch einmal einschärfen«, sagte Hansen. »Für ihn ist es sicher besonders ungewohnt, dass er irgendwo mal niemanden kennen soll. Manchmal habe ich den Eindruck, dass der jeden Flecken wie seine Westentasche kennt und überall seine Kontakte hat.«

»In Hindelang hoffentlich nicht. Soweit ich weiß, hatte er mit den Sonthofener Kollegen nur ein-, zweimal zu tun, das ist aber schon einige Jahre her, und der Leiter der Inspektion, mit dem Haffmeyer damals zusammengearbeitet hat, ist im Moment im Urlaub. Ich war gestern übrigens dort und habe mit dem Beamten gesprochen, der neulich meinen Freund Schlitter vernommen hat. Der Kollege hat sich erst ein bisschen geziert, weil ich ja nicht mehr im Dienst bin und er mir als unbeteiligtem Privatmann nicht einfach so von einem Fall erzählen darf. Aber nachdem ich Karl angerufen, das Handy an diesen Jagersch weitergereicht habe und Karl beteuert hat, dass ich ihm in dieser Angelegenheit gewissermaßen als Berater zur Seite stehe, habe ich ihn wenigstens so weit bequatschen können, dass er den Ball flach hält und nichts unternimmt, wodurch der Verdacht gegen Karl oder die Drohung gegen das Jochpass Memorial bekannt werden könnten. Na ja, und bei dieser Gelegenheit habe ich ganz beiläufig den Inspektionsleiter erwähnt und den Umstand, dass wir uns seit Jahrzehnten kennen. Da hat er mir gesagt, dass mir das wenig helfen werde. Der Chef sei nämlich noch bis nach der Rallye im Urlaub, und er habe jetzt hier das Sagen.«

Hamann kicherte wieder.

»Der hat sich richtig in seiner Wichtigkeit gesonnt, als er mir das unter die Nase gerieben hat. Und ich habe ganz zerknirscht getan und bin richtig kleinlaut rausgegangen.«

Nun hörte Hansen ein lautes Lachen am anderen Ende, und als Hamann wieder Luft bekam, verabschiedeten sie sich gut gelaunt voneinander.

Susanne Groß hatte ihren Mann regelrecht dazu überreden müssen, wenigstens noch zum Abendbrot zu bleiben. Sie wusste, dass er wieder eine Freundin hatte, und manchmal versetzte ihr das einen Stich, dann wieder war sie froh, dass ihr jemand die Bürde abnahm, zu der der Sex mit ihrem Ehemann vor einigen Jahren für sie geworden war. Aber wenigstens heute in einer Woche sollte er da sein, wenn sich die ganze Familie hier im Haus versammeln würde. Ihr zuliebe sollte er mitfeiern – oder sich wenigstens dazu überwinden, um der Verwandtschaft und den Freunden gegenüber die Fassade ihrer Ehe aufrechtzuerhalten.

Sie rang lange mit sich, wartete, ob die Stimmung für das anstehende Gespräch vielleicht noch etwas besser würde, aber er saß ihr die ganze Zeit mit abweisender Miene gegenüber, aß schweigend ein Stück Wurst nach dem anderen, spülte mit Bier nach und wischte zwischendurch den Mund mit dem Handrücken trocken.

»Rudi«, begann sie schließlich, und er sah unleidig zu ihr herüber. »Rudi, ich möchte dich noch einmal bitten, am kommenden Sonntag hier zu sein.«

»Da ist das Jochpass Memorial«, knurrte er und aß weiter.

»Und mein fünfzigster Geburtstag«, versetzte sie, halb flehend, halb wütend. Dieser Mann machte sie noch irre! »Die Familie kommt, sogar aus Regensburg kommen sie herüber, und die Nachbarn und Freunde haben auch zugesagt.«

»Ich bin in Hindelang. Wie jedes Jahr. Und das weißt du auch.« Er warf ihr einen vernichtenden Blick zu. »Na ja ... jedenfalls *solltest* du das wissen.«

»Ich kenne das Programm deiner Sch... deiner Rallye. Und ich weiß, dass dieses Bergrennen, an dem du teilnimmst, um halb sieben abends mit der Siegerehrung endet. Falls du wieder gewinnst, kannst du da meinetwegen noch hin, aber wenn du um halb acht in Bad Hindelang losfährst, kannst du gegen halb neun daheim sein.«

»Erstens, meine Liebe, fahre ich in Hindelang kein Bergrennen, sondern eine Gleichmäßigkeitsprüfung. Zweitens werde ich *natürlich* gewinnen. Und drittens dauert die Siegerehrung sicherlich länger als nur eine Stunde, zumal man da auch gern noch auf ein Gläschen zusammensteht.«

Sie schluckte ihren aufkeimenden Zorn hinunter und sah ihn lange an. Früher hatte ihn dieser Blick aus ihren großen Augen immer umgestimmt, und für einen Moment schien sie ihn auch jetzt wieder damit anrühren zu können, doch dann sah er auf den Teller vor sich und griff nach dem letzten Stück Wurst.

»Kannst du nicht in Hindelang ein Gläschen weniger mit deinen Oldtimer-Freunden trinken und gegen acht, halb neun hier sein?«

Er schüttelte den Kopf und kaute weiter.

»Bitte!«, flüsterte sie, und ihre bebende Stimme ließ ihn doch wieder aufschauen. »Mir zuliebe«, fügte sie hinzu.

Um seine Mundwinkel zuckte es, und sie hoffte schon, dass sie ihn endlich überredet hatte. Da brach ein polterndes Lachen aus ihm hervor. Er stand lachend auf und trug seinen Teller zur Spüle, er griff lachend nach seiner Jacke und seinen Schlüsseln, und noch draußen auf dem Weg zum Wagen hörte sie sein nicht enden wollendes Lachen. Es bohrte wie ein Messer in ihr, in der immer gleichen Wunde.

Das Telefon klingelte lange, bis Karl Schlitter endlich drangehen konnte. Nach der misslungenen Geldübergabe am Donnerstag verdächtigte ihn die Polizei, sich die Erpressung selbst ausgedacht zu haben, und seitdem war seine Verdauung völlig durcheinander. Fast jede Stunde rannte er zur Toilette, und manchmal dauerte es ziemlich lange, bis er mit zittrigen Knien wieder aus dem Bad kam.

»Schlitter«, meldete er sich nun atemlos, und die Stimme, die ihm antwortete, ließ ihn augenblicklich erstarren.

»Keine Polizei, hab ich gesagt!«

Nur diese fünf Worte sprach der Unbekannte, dann war die Verbindung unterbrochen. Schlitter stand eine Zeit lang unbeweglich im Flur, das Telefon noch am Ohr. Da meldete sich sein rebellierender Magen wieder. Schlitter ließ das Telefon neben die Ladestation fallen und flitzte ins

Bad. Als er nach zehn Minuten in den Flur zurückkehrte, steckte er das Telefon in die Ladestation. Schon im nächsten Augenblick klingelte es erneut. Schlitter brach der Schweiß aus. Er atmete ein paarmal tief durch, um sich wieder unter Kontrolle zu bringen, dann nahm er den Hörer und redete sofort drauflos, bevor der Unbekannte wieder auflegen konnte.

»Sie können das Geld haben! Ich hab's im Koffer bereitgestellt, ganz wie Sie gesagt haben! Ich bring's Ihnen auch noch einmal anderswo hin, wenn Sie wollen – nur machen Sie um Himmels willen nicht Ihre Drohung wahr!«

»Karl?«, kam die verblüffte Frage aus dem Telefon.

»Bitte!«, fügte Schlitter noch hinzu, bevor er begriff, wessen Stimme er da gerade gehört hatte.

»Karl? Was ist denn los?«

Hamann war dran und wirkte ganz verdattert wegen des unerwarteten Ausbruchs seines Freundes.

»Ich … ich …«

»Hast du erwartet, dass sich der Erpresser wieder bei dir meldet?«

»Ja, der hat erst vor ein paar Minuten wieder angerufen.«

»War deshalb die ganze Zeit belegt? Da muss sich der Typ aber lange mit dir unterhalten haben. Was hat er denn alles gesagt?«

»Nicht viel. Er hat nur gezischt: ›Keine Polizei, hab ich gesagt!‹ Dann hat er wieder aufgelegt.«

»Hör mal, Karl, ich versuche seit einer Viertelstunde, dich zu erreichen, aber es war die ganze Zeit belegt.«

»Ja, ich … ich hab das Telefon gleich nach dem Gespräch

weggelegt und dabei vergessen, die ›Auflegen‹-Taste zu drücken. Ich musste dringend aufs Klo, mein Magen ist im Moment ganz durcheinander.«

»Hm«, machte Hamann, und sogar aus dieser kurzen Äußerung waren die Zweifel an Schlitters Geschichte herauszuhören. »Aber sag mal, du siehst doch meine Nummer, die wird im Display deines Telefons angezeigt, oder? Ich lasse jedenfalls meine Nummer nicht unterdrücken.«

Schlitter nahm das Mobilteil vom Ohr und sah nach. Im Display stand nicht nur die Nummer von Hamann, sondern auch sein Vorname Rolf, unter dem der Eintrag abgespeichert war.

»Stimmt«, sagte er. »Das ist mir wohl nicht aufgefallen in der Eile.«

Hamann schwieg, und in Schlitter stieg Angst auf.

»Mensch, Rolf, du glaubst mir doch, oder?«

Noch immer Schweigen.

»Bitte, Rolf, jetzt unterstell du mir nicht auch noch, dass ich mir diese Erpressung nur ausgedacht habe! Ich bin völlig fertig, weiß nicht mehr ein noch aus wegen dieser Sache – und wenn du jetzt auch noch an mir zweifelst …«

»Doch, ich glaube dir«, versicherte Hamann nach einer kurzen Pause, aber die Beteuerung klang seltsam lahm.

»Ehrlich«, wiederholte Schlitter, »dieser Unbekannte hat mich direkt vor dir angerufen. Er hat nur diese fünf Worte gesagt, dann hat er aufgelegt. Und als es jetzt wieder geklingelt hat, dachte ich, er ist wieder dran. Ich wollte ihm gleich sagen, dass er das Geld meinetwegen haben kann –

und ich wollte es sofort loswerden, bevor er wieder auflegt, verstehst du? Da kann ich doch nicht erst noch in Ruhe ablesen, wer da gerade anruft, oder?«

»Hm.«

Das war zu viel für Schlitter. Seine Schultern bebten, und dann heulte er in den Hörer, bis es Rolf Hamann am anderen Ende schier zerriss.

»Jetzt beruhige dich doch, Karl, bitte!«

Schlitter schniefte, dann heulte er wieder los.

»Karl, jetzt hör schon auf!«

Das Schluchzen wurde etwas leiser.

»Wart mal kurz, Karl, ich bin gleich wieder da.«

Schlitter hörte seinen Freund mit seiner Frau reden, gedämpft, vermutlich hatte er die Hand auf den Hörer gelegt. Nach ein paar Minuten wurde der Klang wieder klarer, und im Hintergrund waren Schritte zu vernehmen, die sich von Hamann entfernten.

»Sag mal, Karl, kannst du mir ein Gästezimmer herrichten?«

»Ja, sicher«, sagte Schlitter schnell, und seine Stimme machte fast einen Satz.

»Ich hab gerade mit meiner Traudl gesprochen. Heute schaff ich es nicht mehr, aber gleich morgen früh fahr ich los und quartier mich bis zur Rallye bei dir ein. Und wenn sich dann dieser Unbekannte noch einmal bei dir meldet, bin ich bei dir. Okay?«

»Natürlich!«

»Gut, dann beruhige dich jetzt, trink zwei, drei Bier, und schau, dass du schlafen kannst. Nicht, dass ich mir morgen einen verschlafenen Trauerkloß ansehen muss, wenn ich bei dir ankomme!«

Hamann lachte leise. Schlitter wischte sich über die Nase und lächelte unter Tränen.

»Danke, Rolf.«

»Schon recht. Dann also bis morgen.«

Das Scharren hinter dem Schuppen fiel Susanne Groß nicht gleich auf. Aber dann erhob sie sich doch von der Couch und sah aus dem Fenster. Vom Wohnzimmer aus fiel das Licht fahl auf den Kräutergarten und die kurzen Grashalme der Wiese. Weiter draußen war es stockdunkel, nur hinten auf der Landstraße fuhr ein Wagen in Richtung Friesenried vorbei.

Da bemerkte sie aus den Augenwinkeln eine schnelle Bewegung, aber als sie hinsah, lag alles ruhig und unbewegt da. Manchmal streunten hier am Ortsrand Katzen herum, aber ihr war es eher so vorgekommen, als wäre ein Mann hinter der Ecke des Schuppens verschwunden.

Typisch, dachte sie, wenn man den Mann mal braucht, ist er nicht da.

Aus der Küche holte sie den hölzernen Handfeger. Der lag gut in der Hand und war vermutlich schwer und hart genug, um einen Eindringling für einige Zeit außer Gefecht zu setzen, ohne ihn gleich so gefährlich zu verletzen wie mit einem Messer. Mit dem kleinen Besen in der rechten Hand ging sie leise in den Hausflur und durch die Verbindungstür direkt in den Anbau. Sie schloss kurz die Augen, um sich an die Dunkelheit darin zu gewöhnen, aber als sie

sie wieder öffnete, war außer Rudis Oldtimer-Sammlung nichts zu sehen.

Ganz langsam schlich sie zwischen den alten Fahrzeugen hindurch, lugte nach jedem Schritt aufmerksam in alle Richtungen, bis sie schließlich die kleine Holztür erreicht hatte, die auf der gegenüberliegenden Seite aus dem Schuppen ins Freie führte. Sie drückte ihr Ohr an die Tür und horchte. Alles war still.

Susanne schob den kleinen Stahlriegel zurück, mit dem die Holztür gesichert war, ganz langsam, damit nur ja kein Quietschen sie verriet. Dann horchte sie wieder, und schließlich, als noch immer kein Laut zu hören war, zog sie die Tür millimeterweise auf. Durch den sich öffnenden Spalt konnte sie niemanden sehen, und als sie hinausgeschlüpft war und sich bis zur Ecke des Schuppens vorgearbeitet hatte, war sie schon fast überzeugt, dass sie sich den Fremden nur eingebildet hatte oder dass er längst über alle Berge war.

Doch dann sah sie ihn vor sich.

Ganz vorsichtig hatte sie sich um die Ecke gebeugt, um freien Blick auf die Rückseite des Wohnhauses zu haben. Vor den erleuchteten Wohnzimmerfenstern zeichnete sich die Silhouette eines Mannes ab, der Turnschuhe, eine enge Hose und eine Windjacke trug. Auf die rechte Hälfte seines Gesichts fiel vom Wohnzimmer aus ein schwacher Lichtschein: ein kurzer, gepflegter Vollbart war zu sehen und eine Nase, die Rudis klobigem Zinken so ähnelte, dass das kein Zufall sein konnte.

Der Fremde drehte sich nicht zu ihr um, sondern schlich

näher an das Wohnhaus heran. Dabei behielt er immer die Wohnzimmerfenster im Blick – womöglich hatte er sie vorhin schon beobachtet und fragte sich nun, wo sie abgeblieben war.

Das Knirschen von Kies unter ihren Hausschuhen verriet sie erst, als sie sich wieder gefasst und sich dem Fremden bis auf wenige Schritte genähert hatte. Nun fuhr er blitzschnell herum und sah die Frau aus dem Wohnzimmer vor sich, die ihn mit erschrockener Miene anstarrte und in ihrer erhobenen rechten Hand einen kleinen Holzbesen hielt. Der Mann hob die Arme und hielt ihr die leeren Handflächen entgegen.

»Machen Sie bitte keinen Quatsch«, sagte er eindringlich, »ich tu Ihnen nichts.«

Einen Moment lang wollte Susanne Groß schon protestieren, schließlich war sie es, die mit dem Handfeger vor ihm stand und jederzeit zuschlagen konnte – aber dann ließ sie langsam den Besen sinken und musterte den Unbekannten. Nicht nur seine imposante Nase erinnerte sie an ihren Mann, als der noch jung und adrett und liebevoll gewesen war.

»Wer sind Sie?«, fragte sie schließlich.

»Sebastian«, antwortete er.

»Und wie weiter?«

»Sebastian Reeger.«

Der Name sagte ihr nichts.

»Und was haben Sie hinter meinem Haus zu suchen? Wieso schleichen Sie hier mitten in der Nacht herum?«

»Das ... das ist etwas kompliziert.«

»Sind Sie ein Spanner oder so was?«

Ein trauriges Lächeln huschte über sein sympathisches Gesicht.

»Nein, da kann ich Sie beruhigen.«

»Gut«, versetzte sie. »Ich könnte ja praktisch Ihre Mutter sein.«

Er lächelte noch etwas trauriger und nickte.

»Stimmt, das könnten Sie wirklich sein.«

Nun musste sie doch lachen.

»Na, und besonders galant sind Sie auch nicht gerade, Herr Reeger. Da hätten Sie mir doch widersprechen können!«

»Oh«, entfuhr es ihm, und er sah peinlich berührt zu Boden, »so hab ich das nicht gemeint, Frau Groß. Ich … äh … ich …«

»Aha, und woher kennen Sie meinen Namen?«

Er kaute auf seiner Unterlippe herum, und schließlich gab er sich einen Ruck.

»Es ist kein Zufall, dass ich gerade hinter Ihrem Haus herumschleiche. Und eigentlich wollte ich nicht Sie beobachten, sondern meinen … sondern Ihren Mann.«

Susanne Groß starrte noch einmal auf seine Nase, dann nickte sie.

»Ich glaube, wir gehen jetzt lieber rein. Ich könnte mir vorstellen, dass das eine etwas längere Geschichte wird – und eine, die man lieber bei einem Glas Wein bespricht.«

Damit ging sie ihm voraus und führte ihn ins Wohnzimmer. Sie bot ihm einen Sessel an, holte eine Flasche Rotwein und zwei Gläser und schenkte ihm und sich ein.

»So, dann erzählen Sie mal.«

Alle Angst war verflogen. Dieser Mann war kein Spanner und kein Einbrecher, und sie hatte auch schon eine Ahnung, worum es in der Geschichte von Sebastian Reeger gehen würde.

Eigentlich wäre Rudi Groß diesmal lieber über Nacht geblieben, aber Sina wollte am nächsten Morgen ausschlafen, und er musste früh raus. Daher lehnte er das letzte Glas Sekt ab und zog sich wieder an. Sina war schon ein wenig angetrunken, und Groß nutzte das aus, indem er ihr am großen Wohnzimmerfenster noch einmal an die Wäsche ging. Schließlich lösten sie sich voneinander, und Sina brachte ihn zur Wohnungstür, wo sie sich zum Abschied ein letztes Mal küssten.

Beschwingt winkte er ihr zu, dann schloss sich die Tür, und er trippelte gut gelaunt die Treppe hinunter. Leise zog er die Haustür hinter sich zu, ging ein paar Schritte und blieb dann mit dem Blick auf Sinas hell erleuchtetes Wohnzimmerfenster stehen. Die Nachtluft war frisch, beinahe kalt, aber das machte Groß nichts aus. In ihm brannte das Feuer, das diese junge Frau so verlässlich zu entzünden wusste. Das würde ihn durch die nächsten Tage bringen, und für Mittwochabend war er wieder mit Sina verabredet. Dann würde er die ganze Nacht bei ihr bleiben und sich direkt von ihr aus zum Jochpass Memorial begeben. Mit federnden Schritten ging er zu seinem Wagen und fuhr zügig davon.

Jochen Mory, der am liebsten nur Jo genannt werden wollte, stand noch im Schatten des großen Busches, als Groß schon längst den Kaufbeurer Stadtteil Neugablonz verlassen hatte und sich für die nächste Begegnung mit seiner Ehefrau wappnete. Jo war von einer eiskalten Wut ergriffen – einer Wut gegen diesen alten Mann, der so schamlos die Frau ausnutzte, die er selbst so sehr liebte. Eine Viertelstunde brauchte er, bis er sich wieder halbwegs in der Gewalt hatte. Dann ging er die paar Schritte bis zum Straßenrand und drehte sich zu dem mehrgeschossigen Wohnblock um.

Das Fenster von Sinas Wohnzimmer, hinter dem er vorhin die beiden eng umschlungen beobachtet hatte, lag jetzt im Dunkeln. Nach einer Weile flackerte ein kurzer Lichtschein auf. Jo wusste, dass Sina jetzt die Badezimmertür geöffnet hatte und nun ins Schlafzimmer gehen würde. Er schloss die Augen, rief sich den Grundriss ihrer Wohnung in Erinnerung, die Möbel, die Tapeten, das große Bett.

Aus Richtung Sudetenstraße näherte sich das Geräusch von Schuhabsätzen, und Jo Mory beeilte sich, in der Gegenrichtung davonzuhuschen.

»Und, Sebastian, wie lange ist das inzwischen her?«

Susanne Groß hatte sich die Geschichte des jungen Mannes lange schweigend angehört, ohne nachzufragen. Nur die zeitliche Einordnung der Ereignisse fiel ihr noch schwer. Sebastian Reeger mochte Mitte oder sogar schon Ende zwanzig sein, vielleicht aber wirkte er nur durch den Bart älter.

»Mein ... Vater lernte meine Mutter vor einundzwanzig Jahren kennen, vor zwanzig Jahren wurde ich geboren, und noch als sie schwanger war, hat er sie sitzen lassen.«

Die Zahlen trafen sie wie Fausthiebe. Vor siebenundzwanzig Jahren hatten Rudi und Susanne Groß geheiratet, vor zweiundzwanzig Jahren hatte sich herausgestellt, dass sie nie würde Kinder bekommen können.

»Soll ich Ihnen was nachschenken?«, fragte Sebastian.

Als sie nickte, füllte er ihr Glas mit Wein, und sie leerte es in einem Zug.

»Noch einmal?«

»Nein, Sebastian, lieber nicht, vielen Dank.«

Er nickte und ließ ein, zwei Minuten verstreichen, bevor er die nächste Frage stellte.

»Da waren Sie und mein Vater schon zusammen, richtig?«

»Ja. Wir hatten vor zwei Jahren Silberhochzeit.«

Sie musste gequält lächeln, wenn sie an die »Feier« dachte. Zwei Bier und ein Schnitzel für jeden im Gasthaus in Friesenried. Aus Protest hatte Susanne Groß noch ein Dessert und ein Glas Sekt bestellt, was ihr für den Rest des Abends bitterböse Blicke ihres Mannes eingetragen hatte. Am Geld fehlte es nicht, Rudi ließ nur keine Gelegenheit verstreichen, um klarzustellen, wie sehr er es verabscheute, wenn Geld aus dem Fenster hinausgeworfen wurde. Wobei er bei allem, was mit seinen geliebten Oldtimern zu tun hatte, natürlich ganz eigene Maßstäbe anlegte.

»Glauben Sie, Ihre Mutter würde mich mal treffen wollen?«, fragte Susanne Groß nach einer Weile, obwohl sie sich nicht sicher war, ob sie selbst das überhaupt wollte.

»Das geht leider nicht mehr. Meine Mutter lebt nicht mehr.«

»Oh, das tut mir leid. Woran ist sie denn gestorben?«

»An Rudi Groß.«

Susanne Groß hob die Augenbrauen.

»Als Ihr Mann mit meiner Mutter Schluss gemacht hat, lebte sie in einer kleinen Wohnung in Ottobeuren, für die er die Miete übernommen hat. Er hatte ihr das Geld immer in bar zugesteckt, und als er nicht mehr zu ihr kam, wurde auch das Geld knapp. Sie arbeitete als Kassiererin in einem Supermarkt, und die nahmen sie auch wieder, als ich geboren war. Trotzdem mussten wir schon bald umziehen, immer eine Stufe schlechter als zuvor, und seit sieben Jahren wohnten wir in einem winzigen Loch am Stadtrand von Memmingen – nicht gerade die beste Wohngegend, wenn Sie verstehen. Durch Vermittlung des Marktleiters in Ottobeuren fand sie auch in Memmingen eine Stelle als Kassiererin, und eine Zeit lang ging alles recht gut. Ich wurde dann leider immer wieder mal krank, meine Mutter kümmerte sich um mich, hatte dadurch aber irgendwann zu viele Fehlzeiten im Supermarkt. Da haben die sie rausgeschmissen. Als arbeitslose alleinerziehende Mutter hat man heutzutage eigentlich kaum eine Chance. Meine Mutter jedenfalls ist nicht mehr auf die Füße gekommen. Von Rudi Groß wollte sie mir lange nichts erzählen – immer hieß es, mein Vater sei durch einen Verkehrsunfall ums Leben gekommen und ich solle nicht nach ihm fragen, weil ihr die Erinnerung an ihn sonst das Herz zerreiße. Na ja ... vom Unfall abgesehen, stimmte das ja auch.«

Seine Augen schimmerten feucht, und er brauchte einen Moment, bevor er weiterreden konnte.

»Ich rechne ihr bis heute hoch an, dass sie nicht angefangen hat zu trinken. Aber sie hat heimlich Tabletten genommen, das habe ich erst nach ihrem Tod herausgefunden. Vor zwei Jahren hat sie zum ersten Mal wieder mit Ihrem Mann Kontakt aufgenommen. Sie hat ihn um Hilfe angefleht, hat ihn um Geld angebettelt und ihm schließlich sogar gedroht, ihn auf Unterhalt zu verklagen und Ihnen alles zu erzählen. Zwei Tage später war sie tot. Sie baumelte im Heizungskeller von einem Versorgungsrohr. Etwa zwei Meter von ihr entfernt lag ein kleiner umgekippter Hocker, die Hauslatschen waren ihr von den Füßen gerutscht und lagen direkt unter ihr.«

»Wollen Sie damit etwa sagen, dass mein Mann ...?«

Sebastian Reeger hob beschwichtigend die Hände.

»Die Polizei hat routinemäßig ermittelt, aber nichts deutete auf etwas anderes als auf Selbstmord hin. Es gab zwar keinen Abschiedsbrief, aber überall im Schlafzimmer meiner Mutter waren Tabletten verteilt, die auf große psychische Probleme schließen ließen. Außerdem lag da ihr Tagebuch, in das sie noch am Morgen ihres Todes den letzten Eintrag geschrieben hatte. Demnach war sie ziemlich verzweifelt, und sie war völlig am Boden zerstört, weil Ihr Mann sie wohl recht rüde hat abblitzen lassen.«

»Das passt zu ihm.«

»Aus dem Tagebuch weiß ich auch überhaupt erst, dass Rudi Groß mein Vater ist.«

»Und jetzt wollten Sie ihn sich mal ansehen?«

»Meine Mutter ist seit zwei Monaten tot. Heute sogar auf den Tag genau seit zwei Monaten. Ich habe sie am 5. August im Keller gefunden. Seither war ich schon dreimal hier und habe Ihren Mann auch schon mal zu Gesicht bekommen. Drüben hinter diesem Baum und dem Wegkreuz habe ich mich versteckt und habe ihn durchs Fernglas dabei beobachtet, wie er an seinem roten Oldtimer herumgeschraubt hat.«

Er lächelte und zuckte mit den Schultern. Sie senkte den Kopf und dachte eine Weile nach.

»Meinetwegen können Sie jederzeit vorbeikommen«, sagte sie dann, »nur meinem Mann würde ich an Ihrer Stelle aus dem Weg gehen. Er ist kein guter Mensch, doch das wissen Sie ja selbst. Aber dass er Ihrer Mutter kein Geld gegeben hat, ist das Allerletzte!«

Sebastian Reeger stutzte.

»Wir sind recht wohlhabend. Uns sind ein paar Tanten gestorben, alles fürchterliche Beißzangen, aber alle vermögend. Da kommt mit den Jahren schon etwas zusammen.«

Susanne Groß stand auf und ging an den Wohnzimmerschrank. Hinter einigen Weingläsern holte sie eine unscheinbare Holzschatulle hervor. Sie stellte sie auf den Couchtisch, klappte den Deckel auf und zog ein kleines Bündel Hundert-Euro-Scheine heraus, die von einem roten Gummi zusammengehalten wurden.

»Da, nehmen Sie, Sebastian. Und wenn Sie wieder Geld

brauchen, kommen Sie einfach vorbei, ich gebe Ihnen gern noch mehr.«

Sebastian Reeger zögerte und sah Susanne Groß unsicher an. »Jetzt nehmen Sie schon. Lieber gebe ich es Ihnen, als dass mein Mann das alles für seine blöden Karren ausgibt!«

Sie zog einen Hunderter aus dem Bündel und schrieb eine Mobilfunknummer drauf.

»Das ist meine Handynummer. Rufen Sie kurz an, bevor Sie herkommen, dann riskieren Sie nicht, doch noch meinem Mann über den Weg zu laufen, okay?«

Er nickte, steckte das Geld in die Hosentasche und drückte ihr zum Dank die Hand. Draußen war ein Motor zu hören und gleich danach eine zuschlagende Autotür.

»Das ist Rudi«, sagte sie. »Gehen Sie hinten raus, und beeilen Sie sich, bitte.«

Sebastian Reeger nickte ihr an der Hintertür zum Abschied noch einmal dankbar zu und verschwand eilig in der Dunkelheit.

Susanne Groß trug gerade die beiden Weingläser aus dem Wohnzimmer, als ihr Mann hereinkam. Er sah sie, wirkte enttäuscht und brummte: »Noch wach?«

»Ja, aber ich wollte eh grad schlafen gehen.«

Jetzt erst fielen ihm die beiden benutzten Gläser auf, die Weinflasche stand noch auf dem Couchtisch.

»Du hattest Besuch?«

Du hast es gerade nötig!, hätte sie ihn am liebsten angeschrien. Oder sie hätte ihm eiskalt im Vorübergehen gesagt: Ja, dein Sohn war hier.

Aber sie tat gleichgültig und ging in die Küche. Von der Spüle her sagte sie: »Die Nachbarin war hier, ist vor einer Viertelstunde gegangen.«

Es hatte ihn wohl nicht wirklich interessiert. Noch bevor sie zu schwindeln begonnen hatte, war er schon im Wohnzimmer verschwunden, wo er sich den Rest Rotwein in ein frisches Glas einschenkte und den Fernseher andrehte.

Montag, 6. Oktober

Die morgendliche Besprechung im Kommissariat 1 der Kripo Kempten war schnell abgehakt. Es gab keine neuen Fälle, die Arbeit an den alten war schon recht weit gediehen, und so konnte Koller, der als Vertreter des im Urlaub weilenden K1-Chefs Hansen die Besprechung leitete, schon nach zehn Minuten zum letzten Punkt kommen.

»Vorhin haben Haffmeyer und Fischer angerufen. Sie haben mich gefragt, ob sie in dieser Woche Urlaub haben könnten, und ich habe keinen Grund gesehen, ihre Anträge abzulehnen.«

Die anderen grinsten. Willy Haffmeyer und Hanna Fischer waren jahrelang eine Art Resterampe des Kommissariats gewesen, stets zum Innendienst verdonnert, niemals an wirklich wichtigen Ermittlungen beteiligt. Erst seit Hansen der Chef des Kommissariats geworden war, hatte sich das geändert, und dass dieser ausgerechnet Haffmeyer und Fischer für besonders knifflige Fälle auswählte, gefiel Koller nicht besonders, und manch anderem der Kollegen erging es nicht anders.

Im Gegensatz zu Hansen hatte niemand vom Kommissariat auch nur eine Ahnung von den speziellen Hobbys der beiden – sie wussten weder, was Hanna in der Eishalle trieb, noch, was Haffmeyer mit all den Fliegen anstellte, die er fing, aber auch so galten sie im Kommissariat als Sonderlinge.

Hansen hingegen wusste sehr genau, warum er nur Hanna und Haffmeyer von seinen Versuchen als Bogenschütze erzählt hatte und davon, dass seine Sportarten, in denen er es als Jugendlicher immerhin auf Landeskader-Niveau gebracht hatte, Eisstockschießen und Rhönradturnen gewesen waren. Und tatsächlich machte Koller zum Ende der Besprechung einige üble Witze auf Kosten von Hanna Fischer und Willy Haffmeyer, woraufhin alle lachend an die Arbeit gingen.

Haffmeyer holte seine Kollegin Hanna Fischer zu Hause ab, und wenig später rollte der Wagen auf den Vorplatz von Hansens Haus. Als ihr Chef sich wieder auf die Rückbank hatte fallen lassen, ging es auch schon los in Richtung Marktoberdorf. Haffmeyer blickte stoisch geradeaus und machte sich nur manchmal einen Spaß daraus, ein Kommando der aus ihrem Roadbook »vorbetenden« Kollegin übertrieben penibel umzusetzen, indem er plötzlich heftig in die Bremsen stieg oder das Gaspedal schwungvoll durchdrückte. Und so kamen sie bestens gelaunt an der Werkstatt von Horst Murnauer an.

Vor der Halle standen einige Fahrzeuge, die sie bisher noch nicht gesehen hatten: direkt an der Straße zwei Youngtimer mit Straßenzulassung, zwei weitere ohne Kennzeichen auf einachsigen Anhängern daneben.

Murnauer ging gerade mit einigen seiner Mechaniker

durch die Halle, und wie er zwischen den Fahrzeugen hindurchschritt und den Männern, die ihm als kleiner Pulk folgten, hier und da Anweisungen und Tipps gab, erinnerte die Szene sehr an die Chefarztvisite in einem Krankenhaus. Als Murnauer die drei Beamten bemerkte, winkte er ihnen kurz zu und machte noch fünf Minuten weiter, bevor er zu ihnen kam.

»Na, alles klar?«, fragte er und gab ihnen die Hand.

An seinen kräftigen Händedruck und daran, dass sie sich hinterher Öl- und Schmutzflecken von den Händen reiben mussten, hatten sie sich schon gewöhnt.

»Ich bin in einer halben Stunde fertig, dann können wir los. Schenkt euch doch bitte so lange einen Kaffee ein, hinten in der Teeküche müsste noch welcher sein.«

Mit dem Duzen hatten sie am Samstag begonnen. Kurz vor dem Ende ihres Trainings hatte Murnauer sie darauf hingewiesen, dass in der Oldtimer-Szene fast alle per Du seien. Ein Sie verrate, dass sich zwei überhaupt nicht leiden konnten.

»Meistens duzen sich sogar die größten Rivalen, während sie sich hinter dem Rücken am liebsten den Seitenspiegel abschlagen würden«, hatte Murnauer lachend gesagt.

Und so wurde er für sie zum Horst, und da sie alle schon dabei waren, sich als Hanna, Willy und Eike die Hände zu geben, führten die drei Beamten auch gleich noch untereinander das Du ein. Hansen hatten erst Bedenken, aber als Fischer und Haffmeyer auch als Hanna und Willy respektvoll und höflich blieben und kein bisschen kumpelhaft wurden, machte er bald seinen Frieden mit der neuen Anrede.

Als die drei sich auf den Weg in die Teeküche machten, kamen sie am roten Lancia von Rudi Groß vorbei, an dem noch gearbeitet wurde. Ein Fahrzeug desselben Modells kam gerade angefahren, allerdings in einer blauen Lackierung mit schwarzem Dach.

Murnauer brauchte nur zwanzig Minuten, bis er den Blaumann in seinen Spind hängte und sich die Hände mit einer Spezialseife wusch. Kurz darauf stiegen sie in einen Siebzigerjahre-Jeep, der vor der Halle bereitstand. Murnauer bemerkte Hansens fragenden Blick in Richtung Nummernschild, das mit »MOD« begann.

»Die Abkürzung steht für Marktoberdorf«, erklärte er, während Hansen sich neben Haffmeyer auf die Rückbank quetschte. »Als das alte Kennzeichen im Juli vergangenen Jahres wieder erlaubt wurde, habe ich mir als eingefleischter Marktoberdorfer natürlich sofort eins geholt!«

Er lachte und gab Hanna, die neben ihm Platz nahm, ein Roadbook. Dann trat er das Gaspedal durch. Hanna war wie immer eifrig bei der Sache, und mal quittierte Murnauer ihre Kommandos mit einem zufriedenen Kopfnicken, dann wieder beugte er sich in voller Fahrt weit zu ihr hinüber und zeigte auf einige Einträge, die sie anders deuten sollte. Die beiden hatten ihren Spaß, und wenn es Hansen zu arg wurde, wie Murnauer um die Kurven preschte, ohne nach vorne zu sehen, schloss er die Augen oder sah angestrengt aus dem Seitenfenster.

In Bad Hindelang angekommen, holten sie sich beim

Kirchebäck in der Ortsmitte eine Kleinigkeit, und dann ging es auch schon die Straße zum Jochpass hinauf. Nun saß Hansen auf dem Beifahrersitz, während Hanna und Haffmeyer hinten das Panorama genossen und sich gegenseitig immer wieder auf besonders schöne Ausblicke aufmerksam machten. Überall ragten bewaldete Hänge und schneebedeckte Gipfel empor, und Haffmeyer erzählte von Wanderungen, die er hier vor vielen Jahren unternommen hatte, und von einem herrlichen terrassenartigen Wasserfall, an dem er auf dem Weg zum Hirschberg vorbeigekommen war.

Die Straße führte in einer langen, geraden Steigung aus dem Ort heraus, vor der ersten scharfen Kurve zeigte Murnauer kurz nach links auf ein Lokal, in dem wie jedes Jahr der Oldietreff am ersten Abend des Memorial stattfinden würde. Hansen hatte das Gebäude kaum in Augenschein genommen, als der Jeep auch schon um die enge Rechtskurve flitzte. Hansen wurde in seinem Gurt erst nach links geworfen und kurz darauf in der nächsten Kurve nach rechts, dann trat Murnauer das Gaspedal wieder durch, und unter lautem Röhren ging es an einem Gebäudekomplex mit grüner Fahne und großem Parkplatz vorbei weiter hinauf. In der nächsten Linkskehre lehnte sich Hansen rechtzeitig gegen die Kurvenrichtung, und als er sich auch noch in der direkt darauffolgenden Rechtskurve gut ausbalancierte, warf ihm Murnauer einen anerkennenden Blick zu.

Nach einem Waldstück öffnete sich nach links der Blick weit ins Tal hinaus, und Hansen war überrascht, wie weit unter ihnen Hindelang bereits lag – und wie malerisch es von Wiesen und Wäldern eingefasst war. Die Wolken hingen heute dicht über den Bergen, aber er konnte sich gut vorstellen, wie ein sonniger Tag dieses Tal zum Leuchten brachte. Er war so fasziniert von der Aussicht, dass ihn die nächste scharfe Kurve fast auf Murnauer gedrückt hätte, und es dauerte die ganze kurvige Strecke bis zur nächsten Rechtskehre, bis sich Hansen wieder auf Murnauers ruppigen Fahrstil eingestellt hatte.

Die Drohung des unbekannten Erpressers kam Hansen in den Sinn. Wie würde ein Attentat auf das Jochpass Memorial wohl aussehen? Würde jemand auf einen der Fahrer schießen oder auf einen Zuschauer? Hansen sah den Hang hinauf, so gut es bei dem Gerüttel und Geschüttel des Jeeps ging. Hier gab es sicher auch während der Veranstaltung viel mehr Plätze, die sich als Versteck für einen Scharfschützen eigneten, als die Polizei hätte überwachen können.

Und was, wenn einer der Piloten in der Nähe einer scharfen Kurve getroffen wurde? Wenn er die Kontrolle über sein Fahrzeug verlieren und der Oldtimer von der Strecke abkommen würde? An vielen Stellen ging es direkt neben dem Straßenrand steil nach unten, und gelegentlich lagen die einzelnen Passagen so nah übereinander am Hang, dass ein ausbrechender Wagen durchaus auch in eine Zuschauergruppe weiter unten stürzen konnte.

Meistens war der Straßenrand talwärts mit stählernen Leitplanken versehen, weiter oben war ein Teil der Strecke nur mit Randsteinen und einem Konstrukt aus kleinen

Steinpodesten gesäumt, auf die dicke Holzbalken montiert waren. Er dachte an den roten Sportwagen, den er auf dieser Strecke fahren würde, dann sah er in Gedanken den bulligen Mercedes vor sich, für den Hanna und Willy vorgesehen waren. Ob sich solche Oldtimer wirklich von einer Leitplanke oder einigen Holzbalken aufhalten ließen? Je mehr er darüber nachdachte, desto mulmiger wurde ihm. Er konnte nur zu gut verstehen, dass Karl Schlitter wegen des angedrohten Attentats völlig von der Rolle war.

Nach einigen weiteren Haarnadelkurven und Waldstücken sah Hansen auf den Streckenplan, den er vor sich auf dem Schoß liegen hatte. Dort vorne, gleich zu Beginn der nächsten Linkskehre, ging ein Waldweg nach rechts von der Jochstraße ab. Wenn er sich richtig an Hamanns Beschreibung erinnerte, musste dieser Weg zu der Stelle führen, an der Schlitter den Geldkoffer abgestellt hatte.

Murnauer reizte die Bodenhaftung des Jeeps aus. Gegen Ende der Kehre musste er den Wagen ganz nach außen an den Straßenrand steuern, um nicht doch noch ins Rutschen zu kommen. Die direkt folgende Links-Rechts-Kombination nahm er ähnlich sportlich, aber obwohl sie den Streckenabschnitt im Nu hinter sich hatten, fragte sich Hansen, warum das Attentat genau für diese Stelle angedroht worden war. In der Kehre konnte ein führerloses Auto zwar sehr spektakulär gegen die Felsen donnern, die hier die Strecke säumten, aber auf dem Hang über der Straße boten nur wenige Bäume ein Versteck für einen möglichen Schützen – und diese waren von der Polizei mit recht wenig Aufwand gut zu überwachen.

Wenig später hatten sie auch schon den Zielbereich der Gleichmäßigkeitsprüfung erreicht, und Murnauer ließ alle aussteigen, damit sie sich nach der rasanten Fahrt ein wenig die Beine vertreten und die Aussicht genießen konnten. Sie packten die Tüten aus und ließen sich ihr Vesper schmecken, dabei fachsimpelte Murnauer über die wichtigsten Streckenabschnitte des Jochpass Memorial und gab Hansen einige Tipps, wie er diese oder jene Kurve mit dem Healey Silverstone am besten nehmen konnte.

»Muss ich eigentlich so schnell den Berg hinauffahren?«, fragte Hansen nach einer Weile.

»Nein, eigentlich nicht. Nach den Trainingsfahrten absolvierst du einen Referenzlauf – die Zeit, die du in dieser einen Fahrt von Start bis Ziel benötigst, gibt die Marke vor, die du in den Wertungsläufen möglichst genau erreichen solltest. Die Zeitdifferenzen zwischen dem Referenzlauf und allen Wertungsläufen werden addiert, und wer am Ende am wenigsten danebenliegt, hat gewonnen. Dazu musst du die Strecke möglichst gleichmäßig fahren – daher auch der Name ›Gleichmäßigkeitsprüfung‹.«

»Ich könnte also auch besonders langsam fahren, oder ich könnte, wenn ich noch früh dran bin, die letzten Meter verbummeln – und könnte auch auf diese Weise gewinnen?«

Murnauer lachte.

»Das stimmt im Grunde genommen, du Schlaumeier. Allerdings müsstest du die Zeit schon ziemlich gut schätzen können, denn eine Uhr darfst du bei der Fahrt nicht im Wagen haben. Und ganz ehrlich, wenn du es so angehst, brauchst du dich bei der Siegerehrung erst gar nicht blicken zu lassen! Wir Oldtimer-Freunde haben einen ziemlich strengen Ehrenkodex, und Schummeleien, wie du sie beschrieben hast, kommen da gar nicht gut an.«

Er biss in seine Semmel.

»Und das versucht auch keiner von denen, die in Hindelang an den Start gehen. Ich bin eher ein Heizer, das hast du ja vorhin sicher gemerkt.«

Hansen nickte grinsend.

»Wenn ich nicht selbst eine Werkstatt hätte, in der ich das verschlissene Material hinterher einigermaßen günstig wieder auf Vordermann bringen kann, würde ich mir das sicher verkneifen. Die meisten anderen fahren ganz vernünftig, manche eher langsam, manche zügig, aber richtige Heizer wie ich sind selten. Zu schnell darfst du ohnehin nicht sein: Wer nicht mindestens 4:45 Minuten für die Strecke braucht, wird sofort disqualifiziert – das entspricht einer Durchschnittsgeschwindigkeit von achtzig Stundenkilometern, die nicht überschritten werden darf. Außerdem bin ich mit meinem Fahrstil jahrelang abgeschmiert, unter die ersten fünf bin ich kein einziges Mal gekommen, weil ich im Training immer sehr ehrgeizig unterwegs war. Wenn dir dann ein Stein in der Kurve, ein Verschalten oder ein halb runtergefahrenes Ersatzteil die Zeit versaut …«

Murnauer zuckte mit den Schultern.

»Aber so macht's mir halt Spaß. Und seit ich eingesehen habe, dass ich in Hindelang damit nichts reiße, lasse ich andere für mich fahren – diesmal dich. Ich bin wirklich gespannt, was du für mich rausholen wirst.«

»Versprich dir lieber nicht zu viel von mir. Und du weißt ja, dass ich eigentlich aus einem ganz anderen Grund hierherkomme.«

»Ja, schon klar, aber ein klein bisschen Ehrgeiz wirst du doch auch haben, oder?«

Hansen hielt seine rechte Hand vor Murnauers Gesicht und spreizte Daumen und Zeigefinger etwa drei Zentimeter auseinander.

»So viel – oder etwas mehr, wir werden sehen.«

»Egal. Bring mir nur den Healey heil den Berg hinauf und wieder herunter, das ist die Hauptsache. Und du kannst fahren, wie du willst – mit dem Rudi Groß kannst du eh nicht mithalten. Das ist wirklich ein Heizer vor dem Herrn, der fährt mir noch davon, und er ist der Einzige, der mit seinen Vollgasfahrten zugleich knapp unter dem Tempolimit bleibt und fast immer genau die Zeit aus dem Referenzlauf erreicht. Wir reden da über Differenzen von acht oder neun Zehntelsekunden – in der Summe aller fünf Wertungsläufe, wohlgemerkt.«

Er stierte vor sich auf den Boden.

»Das ist eigentlich bewundernswert. Wenn der Groß nicht so ein Arschloch wäre ...«

»Schlitter scheint ihn auch nicht zu mögen. Was habt ihr denn alle gegen ihn?«

»Dass er ein unangenehmer Zeitgenosse ist, hat ja auch Hanna schon erfahren müssen.«

Sie verzog zur Bestätigung genervt den Mund.

»Außerdem schmeißt er für seine Autosammlung mit Geld nur so um sich. Wenn der ein Fahrzeug haben will und er dem Verkäufer einen guten Preis macht, können die wenigsten mithalten. Der hat vor Jahren ein paarmal geerbt, und das nicht zu knapp.«

Murnauer verschränkte die Arme vor der Brust.

»Und dann bescheißt er, wo er nur kann. Nicht im Rennen, versteh mich nicht falsch. Da gewinnt er jedes Mal zu Recht, das muss man ihm lassen, aber sonst ... Was der schon versucht hat, mir an angeblich originalen Ersatzteilen unterzujubeln! Mir, das musst du dir mal vorstellen!«

Er schüttelte den Kopf.

»Nach jeder Reparatur krittelt er an dem Preis rum, den ich ihm nenne, ich mach mich schon auf was gefasst, wenn er seinen Lancia heute Abend wieder abholt! Und das müsste er gar nicht, an Geld mangelt es ihm ja nicht. Ich glaube, der macht das nur, weil er Spaß hat an Machtspielchen aller Art. Und das Bitterste an seinem Verhalten ist, dass ihn nicht einmal jeder durchschaut. Schlitter, ich und viele andere wissen seit Langem, was wir von ihm zu halten haben – aber andere vertrauen ihm und lassen ihn sogar für sich nach Ersatzteilen suchen. Wendelin Knecht ist so eine arme Wurst, auch ein Stammkunde von mir. Der hat heute früh seinen Lancia zu mir gebracht, vielleicht habt ihr es mitbekommen. Dasselbe Modell wie Rudi, nur blau statt rot lackiert. Sehr schöner Wagen, aber ein paar verbaute Teile sind keine Originale. Wendelin macht das nichts aus. Er hält zwar immer Ausschau nach Originalen, aber wenn er nichts findet, hat er trotzdem seinen Spaß an dem Wagen.«

Murnauer lächelte.

»Ihr solltet den Wendelin mal fahren sehen, der bekommt das Grinsen gar nicht mehr aus dem Gesicht, wenn er auf Tour ist.«

Er unterbrach sich.

»Ach, was red ich da! Ihr werdet ihn ja am Wochenende sehen, er will mit seinem Lancia in der Rallye mitfahren. Wie gesagt, der Groß hat dem Wendelin schon jede Menge Originalstücke abgeluchst, und dem fällt das nicht mal auf! Immer wieder überlege ich mir, es ihm mal zu stecken – aber dann lass ich es doch wieder sein. Ich weiß ja nicht mal, ob Wendelin mir glauben würde, wenn ich ihm über seinen angeblichen Freund Groß die Augen öffne ... Und um so große Beträge geht es zwischen den beiden auch nicht, da richtet Rudi nicht wirklich viel Schaden an. Aber eine Sauerei ist es halt trotzdem!«

Er stierte ins Tal, der Monolog über Rudi Groß hatte ihm offensichtlich die Laune verhagelt. Dann hatte er sich wieder im Griff und klatschte Hansen seine Pranke auf die Schulter.

»So, Eike, jetzt setzt du dich mal ans Steuer. Wir fahren erst mal langsam durch Oberjoch, damit du dich an die Strecke gewöhnen kannst. Dann drehst du um und chauffierst uns so gemütlich, wie du magst, hinunter nach Hindelang.«

Siebenmal fuhr Hansen an diesem Tag nach Oberjoch hinauf und wieder hinunter nach Hindelang. Als die Zeiten, die er für die letzten beiden Durchgänge benötigte, sich bis auf wenige Sekunden angenähert hatten, ließ es Murnauer gut sein. Er setzte sich wieder ans Steuer und fuhr in Richtung Marktoberdorf davon. Sie kehrten unterwegs noch auf Kaffee und Kuchen ein, und als sie kurz vor halb sechs vor Murnauers Werkstatt aus dem Jeep kletterten, standen die beiden Lancia Floridas einträchtig nebeneinander vor der Halle.

Knecht stand neben dem roten Wagen von Groß und schaute interessiert durch das heruntergelassene Fenster an der Fahrerseite. Murnauer verabschiedete sich von Hansen und den anderen und ging auf Knecht zu, der sich sofort an ihn wandte.

»Grüß dich, Horst. Mein Wagen ist schon fertig, hat dein Mechaniker gesagt. Sehr schön, vielen Dank, dass es so flott ging. Was bekommst du?«

Murnauer nannte ihm einen fairen Preis, und Knecht holte seine Brieftasche hervor und zählte ihm den leicht aufgerundeten Betrag auf die Hand.

»Sag mal«, fragte er dann, »hat Rudi in letzter Zeit bei dir Teile für seinen Lancia gekauft?«

»Nein, nur den Kleinkram, der beim Service so anfällt. Aber du weißt ja selbst, dass Rudi in solchen Dingen recht eigen ist und lieber selbst auf die Suche nach Ersatzteilen geht. Warum fragst du?«

»Ach, ich hab gerade mal in seinen Wagen reingeschaut – musst es ihm ja nicht verraten.«

Knecht kicherte und boxte Murnauer mit dem Ellbogen spielerisch in die Seite.

»Einen schönen Schaltknauf hat er da«, fügte er beiläufig hinzu und deutete auf das Detail.

Murnauer beugte sich durch das offene Fenster und besah den Knauf genauer.

»Stimmt, ein schönes Teil. Fast wie neu, und es scheint ein Original zu sein. Ich bin für eure Lancia-Modelle nicht gerade der größte Experte, aber das sieht schon sehr authentisch aus.«

»Hatte er den Knauf schon immer?«

»Keine Ahnung. Rudi lässt den Wagen wie gesagt nur zum Service bringen, das mach ich nicht selbst, deshalb habe ich schon ewig nicht mehr am Lancia gearbeitet. Aber dass meine Leute wüssten, ob der Knauf schon älter ist oder eher neu, kann ich mir nicht vorstellen.«

»Na ja, mir kommt er eher nicht so alt vor.«

»Du weißt doch, Rudi achtet sehr auf seine Fahrzeuge. Mehr als auf seine Frau. Vielleicht war der Knauf schon vorher drin, und er hat ihn zuletzt etwas aufpoliert.«

Knecht hob die Augenbrauen, sah noch einmal zum Schalthebel und brummte: »Ja, so wird's wohl gewesen sein.«

Damit verabschiedete er sich und fuhr mit seinem Oldtimer davon. Keine fünf Minuten später hielt ein Taxi vor Murnauers Halle. Rudi Groß stieg aus, sah erst prüfend auf seinen roten Wagen und steuerte dann auf die Werkstatt zu. Murnauer unterhielt sich gerade mit einem seiner Mechaniker, doch Groß kümmerte sich nicht weiter darum, sondern sprach den Werkstattbesitzer direkt an.

»Na, Horst, fertig mit meinem Schmuckstück?«

Murnauer beendete noch seinen Satz und gab dem Mechaniker einen Auftrag mit, dann drehte er sich zu Groß um, der seitlich neben ihm stand.

»Grüß Gott erst mal, Rudi. Und ja, dein Lancia ist fertig. War nichts Großes, ein bisschen abschmieren und fertig.«

»Na, dann wird's ja auch nicht viel kosten. Was macht's denn?«

Murnauer nannte ihm einen etwas weniger fairen Preis.

»Oha! Für das bisschen Schmierfett? Na, ich muss schon sagen! Kannst du da bitte noch einmal mit dem ganz spitzen Bleistift drangehen?«

Der überhebliche Tonfall seines Kunden ließ ihn innerlich kochen, aber nach außen blieb Murnauer ruhig. Er schloss die Augen, als müsse er gründlich nachdenken, dann ging er um ein Drittel runter, und Groß schlug grinsend ein.

»Schick mir die Rechnung, Horst.«

»Geht klar«, antwortete der und verkniff sich seinerseits ein Grinsen, weil er so noch immer zwanzig Prozent mehr bekam, als er anderen Kunden für dieselbe Arbeit berechnete. »Schlüssel steckt, kannst gleich losfahren.«

»Prima, dann dreh ich noch ein paar Runden. Ich muss ja testen, ob ihr alles richtig gemacht habt.«

Mit dröhnendem Lachen zog Groß die Fahrertür auf, ließ sich in den Sitz fallen und streichelte über den Schaltknauf, den er am Freitag gegen sein altes Teil ausgetauscht hatte.

»Ist der neu?«, fragte Murnauer durch das Beifahrerfenster.

Groß erschrak, ließ aber die Hand auf dem Schalthebel ruhen und sah Murnauer prüfend an.

»Was meinst du?«

»Den Schaltknauf. Der sieht ganz neu aus.«

»Ach, der! Nein, nein, das ist der Alte, ich hab ihn nur ein bisschen blank poliert – am Wochenende in Hindelang soll ja alles tiptop aussehen, nicht wahr?«

Murnauer musterte Groß noch kurz, dann nickte er und brummte eine Verabschiedung.

»Warum fragst du?«, hakte Groß noch nach.

»Ach, nur so. Wendelin war vorhin hier, dem ist aufgefallen, dass der Knauf irgendwie schöner aussieht als bisher.«

Groß schluckte.

»Aber wenn du ihn geputzt hast, ist das ja auch kein Wunder. Also, mach's gut, man sieht sich in Hindelang!«

Rudi Groß legte den Rückwärtsgang ein, stieß auf die Straße zurück, schaltete etwas zu ungestüm in den Ersten und rauschte davon. Ganz in Gedanken versunken, bemerkte er nicht, dass auf dem Firmenparkplatz kurz vor dem Bahnübergang ein blauer Lancia Florida mit schwarzem Dach stand. Wendelin Knecht lehnte an der Fahrertür, hielt sich mit der einen Hand eine herausgerissene Zeitungsannonce vors Gesicht und mit der anderen das Handy ans Ohr.

»Ah ja«, sagte er, als Groß mit seinem roten Sportwagen über die Gleise rumpelte. »Dann hab ich meinen Bekannten sicher nur falsch verstanden. Vielen Dank, auf Wiederhören!«

Nachdenklich sah Knecht dem roten Lancia hinterher, dann fuhr er nach Hause.

Allzu gern spielte Susanne Groß nicht mehr Squash. Aber alle zwei Wochen überwand sie sich trotzdem, zwängte sich in ihre Sportsachen, packte Schläger und Bälle ein und fuhr nach Kaufbeuren. Seit bald fünfundzwanzig Jahren traf sie ihre Freundinnen in dem schmucklosen Hallenbau am Stadtrand, und wenn nicht gerade eine von ihnen krank oder im Urlaub war, hielten sich alle an das Ritual.

Seit die Sportart etwas aus der Mode gekommen war, mussten sie den Court nicht mehr so lange im Voraus reservieren, obwohl einige der Squashboxen inzwischen aufgelöst und an ihrer Stelle eine Indoor-Kletterwand aufgebaut worden war. Gespielt wurde nicht mehr so viel wie früher, aber nach wie vor saßen die pausierenden Freundinnen bei Weißweinschorle und Studentenfutter zusammen und tratschten, während sich die beiden anderen in der etwas heruntergekommenen Box abmühten.

Sebastian Reeger hatte sie nicht wegfahren sehen, und als er sie auf ihrem ausgeschalteten Handy anrief, sprang nur der Anrufbeantworter an. Er wollte unbedingt mit ihr reden, das Gespräch am Vorabend hatte ihm gutgetan, und er wollte sich bei ihr dafür und für das Geld bedanken. Wenn er sie recht verstanden hatte, war ihr Mann abends oft nicht daheim – vielleicht hatte er Glück und würde sie auch heute allein antreffen.

Zur Sicherheit ließ er seinen Wagen ein Stück vom Großschen Haus entfernt am Fahrbahnrand stehen und ging den Rest zu Fuß. Von außen wirkten das Wohngebäude und der Schuppen verlassen, aber er konnte von der Straße aus nicht sehen, ob sie sich vielleicht doch im Wohnzimmer oder in der Küche aufhielt. Also ging er langsam um den Schuppen herum, genauestens darauf bedacht, kein lautes Geräusch zu verursachen – für den Fall, dass sein Vater doch da wäre.

Das hintere Tor des Holzbaus war leicht geöffnet. Vorsichtig schlich Sebastian weiter an der Rückwand entlang. Er konzentrierte sich darauf, auf der geschotterten Fläche möglichst leise voranzukommen. Ganz gelang es ihm trotzdem nicht, und als der Schotter unter seinem Schuh knirschte und Sebastian im nächsten Moment den Rücken seines Vaters im Schuppen sah, war es schon zu spät.

Rudi Groß blickte erst über seine Schulter nach hinten, als er aber den jungen Mann mit dem gepflegten Vollbart entdeckte, fuhr er herum wie von der Tarantel gestochen und rannte die paar Schritte zu Sebastian hin. Ohne lange zu fragen, was der andere überhaupt hinter dem Haus zu suchen habe, packte er ihn mit beiden Händen an der Jacke und starrte ihn wütend an.

»Na, du Milchbubi, willst wohl zu meiner Frau, was?«

»Ja, ich …«

Weiter kam Sebastian nicht, da wurde er von Groß schon so heftig geschubst, dass er Mühe hatte, nicht rückwärts hinzuschlagen.

»So, da hat die saubere Susanne sich ja mal einen ganz jungen Hengst gegönnt, was?«

Groß trat direkt vor Sebastian und klatschte ihm beide

Hände flach gegen die Brust. Sebastian taumelte von der Wucht der Bewegung noch ein, zwei Schritte nach hinten. Sofort war Groß wieder dicht vor ihm und schlug ihn erneut gegen die Brust, diesmal mit der geballten rechten Faust.

»Hat sie dir schon Geld gegeben?«

»Ich ...«

»Also, ja. Und? Bist du teuer? Einen jungen Stricher nimmt sie sich, ich glaub's ja nicht!«

Wieder ein Schlag gegen die Brust. Rückwärts stolpernd hatte Sebastian inzwischen schon die Wiese erreicht.

»Ich weiß schon lange, dass sie es sich von anderen Männern besorgen lässt, die Schlampe. Ist mir grad recht, dann muss ich sie nicht anfassen. Aber dass sie sich ihre Stecher jetzt schon ins Haus kommen lässt! In mein Haus!«

»Aber Susanne ...«, setzte Sebastian an.

Doch ein Kinnhaken brachte ihn zum Schweigen, ein satter Schlag in den Magen nahm ihm den Atem, und nach einem weiteren Schwinger, der krachend gegen sein Jochbein donnerte, verlor Sebastian die Balance und kippte rückwärts aufs Gras. Schon war Rudi Groß über ihm und prügelte wie von Sinnen mit beiden Fäusten auf ihn ein, bis Sebastian sich nicht mehr regte. Groß rappelte sich auf, spuckte aus, trat noch einmal zu, dann wankte er zurück ins Haus und ließ den jungen Mann liegen.

Als Groß, noch immer schwer atmend und seine wunden Fingerglieder massierend, die zweite Flasche Bier öffnete, sah er durchs Küchenfenster, wie in die Gestalt des jungen Mannes allmählich wieder Leben kam. Nach mehreren vergeblichen Versuchen gelang es ihm endlich, sich zu erheben. Gekrümmt wie ein geprügelter Hund wischte Sebastian mit lahmen Bewegungen einige Staubflecken von seiner Jacke, dann trollte er sich langsam und vorsichtig über die Wiese.

Groß wandte sich mit einem grimmigen Lächeln ab. Das würde dem Bürschchen hoffentlich eine Lehre sein – und seiner Frau auch. Niemals wieder, das würde er ihr auch noch ins Gesicht sagen, solle sie sich einen ihrer Stricher in sein Haus bestellen. Er ging ja schließlich auch zu Sina und ließ sie nicht hierherkommen.

Sebastian Reeger schleppte sich bis zum Wegkreuz und ließ sich auf die Bank unter dem Baum sinken. Dort saß er lange und starrte erst mit leerem Blick zum Haus seines Vaters hinüber, dann verschwamm das Bild hinter Tränen. Schließlich erhob er sich mühsam und humpelte zu seinem Auto.

Mittwoch, 8. Oktober

Rudi Groß hatte seine Frau dann doch nicht mehr zur Rede gestellt. Ihr junger Lover würde ihr schon alles erzählen, und wenn er sich nach der Abreibung trollte und nicht mehr mit ihr zusammenkam, war es ihm nur recht. Vielleicht würde sie dann denken, der junge Mann habe sie doch für zu alt befunden und habe nicht einmal mehr für Geld Lust, mit ihr ins Bett zu gehen. Der Gedanke gefiel Groß so gut, dass er grinsend aus dem Bad kam und sich an dem erstaunten Blick weiden konnte, mit dem Susanne seine prächtige Laune quittierte. Sie zog aus seiner Heiterkeit allerdings die falschen Schlüsse.

»Du fährst schon heute nach Hindelang?«, fragte sie nach einer Weile.

Er ließ die Zeitung sinken und musterte sie. Wusste sie etwa, dass er die Nacht vor dem Jochpass Memorial noch bei Sina in Neugablonz verbringen wollte?

»Ja, so gegen fünf werd ich mich wohl auf den Weg machen«, sagte er lauernd.

»Oldtimer-Kumpels treffen und so, nehme ich an?«

Er nickte. Susanne hatte in ungewohnt freundlichem Ton gefragt, sie schien nichts von dem geplanten Besuch bei Sina zu wissen.

»Dann könntest du doch am Sonntag etwas früher heimkommen, oder? Ich meine, wenn du dich schon einen Tag vor dem Rennen mit deinen Freunden triffst, habt ihr doch am Sonntag vielleicht nicht mehr so viel zu bequatschen.«

Ihr Blick hatte wieder etwas Flehendes bekommen, und der junge Mann auf der Wiese kam ihm in den Sinn. Für einen Moment war er drauf und dran, sie auf ihren Toyboy anzusprechen, dann schüttelte er nur den Kopf.

»Ich hab dir das schon so oft erklärt«, sagte er mit eisiger Stimme, »dass sogar du das inzwischen begriffen haben solltest: Ich werde am Sonntag erst spätabends wieder daheim sein.«

Und vielleicht, ging es ihm durch den Kopf, würde er sogar erst spät in der Nacht eintreffen. Nach einem Sieg in Hindelang könnte es mit Sina noch anregender sein als sonst.

»Du kannst meinetwegen deinen …« Er maß sie noch einmal mit aller Verachtung, die er spürte. »… deinen *runden* Geburtstag in *meinem* Haus feiern – aber ich werde der Feierlichkeit nicht … *beiwohnen* können, tut mir leid.«

Der höhnische Unterton, den er einigen Wörtern verlieh, ließ ihr für einen Moment den Atem stocken. Dann nahm er ohne einen weiteren Kommentar die Zeitung wieder auf und sagte nichts mehr, bis sie ihr Geschirr zur Spüle trug und die Küche verließ, um sich mit der Arbeit in ihrem Kräutergarten abzulenken.

Der Lancia war bereit zur Abfahrt. Nicht das kleinste Staubkorn haftete an seinem glänzenden Lack, die Sitze waren gereinigt, und nicht einmal im Fußraum war auch nur der Hauch eines Fussels oder eines Flecks. Der Besitzerstolz wärmte ihn, als er den Wagen wieder und wieder ganz langsam umrundete und mit den Augen und den Handschuhspitzen die schönen Linien der edlen Karosserie nachfuhr.

Kleider und Waschzeug hatte er schon in seine Reisetasche gepackt. Nach einem letzten langen Blick auf den Wagen verließ er den Schuppen durch die Verbindungstür zum Haus. Ein paar Minuten später hatte er sein Gepäck im Kofferraum verstaut, die Meldeunterlagen für das Jochpass Memorial steckten zusammen mit dem Laptop in einer schmalen Aktentasche, die er hinter dem Beifahrersitz auf den Boden stellte.

Er trat durch das hintere Tor des Schuppens und atmete ein paarmal tief ein und aus. Die Luft war frisch und würzig, und über die Wiese hinweg ließ er seinen Blick in die Umgebung schweifen. Unter dem Baum am Wegkreuz stand ein Geländewagen mit getönten Scheiben. Daneben schien ein Mann auf etwas oder auf jemanden zu warten. Groß kniff seine Augen zusammen, aber er konnte nicht mit Sicherheit sagen, ob der Fremde wirklich zu ihm herübersah. Doch als der Mann einen Feldstecher hob und vor die Augen hielt, war der letzte Zweifel verflogen.

Wut kochte in ihm hoch. Hatte das denn nie ein Ende? Und mit wie vielen verschiedenen Männern ging diese Schlampe denn eigentlich ins Bett?

Groß marschierte auf die Wiese. Der Mann am Geländewagen nahm den Feldstecher herunter und stand kurz unschlüssig neben seinem Fahrzeug, dann kam Bewegung in ihn. Er zog die hintere linke Autotür auf und warf den Feldstecher in den Wagen. Dann schlug er die Tür zu, griff nach der Klinke der Fahrertür und wollte sie gerade aufziehen, als Rudi Groß ihn auch schon fast erreicht hatte.

»Wollen Sie zu Susanne?«, rief ihm Groß zu.

Raimond Vanheeren öffnete die Tür und sah sich ängstlich um. Groß machte die letzten Schritte und stand nur noch etwas mehr als eine Armlänge von ihm entfernt.

»Wollen Sie zu Susanne?«, wiederholte er. »Sie ist leider nicht da.«

Vanheeren war überrascht. Er hatte eine Schimpftirade erwartet, hatte befürchtet, Susannes Mann werde auf ihn losgehen – und jetzt? Rudi Groß stand vor ihm, scheinbar recht gefasst, wenn auch etwas außer Atem, wohl vom schnellen Gehen, doch von Zorn oder Hass konnte er in der Miene des anderen nichts ablesen. Er ahnte nicht, wie viel Mühe Susannes Ehemann dieser scheinbare Gleichmut kostete, und dass er ganz sicher nicht wegen des kurzen Fußmarsches schwer atmete.

»Ja, ich …«

Raimond Vanheeren musterte den Mann und versuchte, aus ihm klug zu werden. Susanne hatte ja erzählt, dass ihre Ehe im Eimer sei, aber Raimond hatte den Eindruck gehabt, dass sie ihrem Mann trotzdem nichts von ihren Treffen erzählte – und dass er sie nicht daheim abholen sollte, sondern dass Susanne immer hier am Wegkreuz in seinen Wagen stieg, sprach ebenfalls dafür. Aber das Verhalten ihres Mannes …

»Sie hat mir gar nicht gesagt, dass Sie sie heute Vormittag abholen wollen.«

»Wie …? Ich meine … Sie erzählt Ihnen von mir?«

Raimonds Gesicht war ein einziges Fragezeichen. Rudi Groß grinste.

»Aber sicher«, sagte er dann. »Wir sind doch erwachsene Leute.«

Klang die Stimme von Susannes Mann nun etwas aggressiver? Raimond meinte, in den Augen des anderen ein leichtes Funkeln zu entdecken, das er nicht recht einordnen konnte. Groß streckte seine Hand aus.

»Rudi«, sagte er.

»Raimond«, antwortete der andere und erwiderte den Gruß.

»Ja, Raimond. Und wie war noch mal der Nachname? Ich habe so ein schlechtes Namensgedächtnis, wissen Sie?«

»Vanheeren«, antwortete Raimond mechanisch, obwohl ihm der etwas stechende Blick von Susannes Mann nicht ganz geheuer war.

»Ja, genau, das war's: Vanheeren. Und was machen Sie so, beruflich, meine ich?«

»Ich … nun ja, ich bin so eine Art Gesellschafter.«

Groß sah ihn fragend an.

»Ein stilvoller Begleiter, wenn Sie so wollen«, erläuterte Raimond und zuckte lächelnd die Schultern. Er hatte seinen Beruf bisher nur Frauen beschreiben müssen.

»Ah … ein Begleiter also. Hm.«

In Groß arbeitete es, schließlich nickte er und sah Raimond merkwürdig an.

»Sie gibt Ihnen also Geld?«

»Das müsste sie nicht, aber ja … manchmal lässt es sich nicht vermeiden, dass sie mir was gibt.«

»So, so, sie müsste Ihnen eigentlich kein Geld geben …« Sein Blick wurde lauernder. »Sie mögen sie?«

Raimond fühlte sich zunehmend unwohl.

»Ich … ja, ich mag sie. Ich glaube sogar, dass ich sie liebe, aber …«

Er hob abwehrend die Hände.

»Aber was?«, hakte Groß nach.

»Ich weiß nicht recht. Ich stehe hier mit Susannes Mann und rede über meine Beziehung zu seiner Frau. Finden Sie das nicht auch seltsam? Ehrlich gesagt, müsste ich dann auch wieder …«

Er nickte zu seinem Wagen und machte Anstalten einzusteigen, da packte ihn Groß an der Schulter und wirbelte ihn herum. Nun sah Susannes Mann deutlich weniger gefasst aus: In nur einem Moment hatte sich sein Gesicht zu einer Maske des Hasses verzerrt, und seine Augen schienen Blitze auf Raimond Vanheeren abzuschießen.

»Du bleibst hier, du Wurst!« Seine Stimme klang nun gepresst vor Wut. »Fickst meine Frau, hältst mit mir einen gemütlichen Plausch, weil sie vergessen hat, dass du sie heute in dein Bett holen wolltest, und dann fährst du wieder zurück in deinen Puff oder wo sonst ein ›stilvoller Begleiter‹ seinen Arbeitsplatz hat!«

Raimond wurde bleich. Solche Situationen waren das Schlimmste für ihn, und dass sie nun über ihn hereinbrach, nachdem er sich schon gewundert hatte, dass Susannes

Mann sich so friedlich mit ihm unterhielt, machte es noch schlimmer.

»Ich …«

»Du? Du hältst jetzt deine Schnauze und hörst mir zu! Du lässt deine Finger von meiner Frau, du wirst sie nicht noch einmal anrufen oder hier abholen, verstanden? Du wirst irgendwelche anderen Weiberruinen ›begleiten‹, ist das klar? Und meiner Frau ziehst du nicht länger das Geld aus der Tasche! Du fickst sie nämlich für *mein* Geld, du armseliger Witwentröster!«

Raimond schlüpfte auf den Fahrersitz, zog die Tür hinter sich zu und verriegelte das Schloss. Das war so schnell gegangen, dass Rudi Groß mit seiner Tirade erst fertig war, als er schon die Verriegelung einrasten hörte. Das verspiegelte Fenster war geschlossen, und dass Vanheeren es für ihn öffnen würde, wenn er dagegenklopfte, war nicht zu erwarten. Stattdessen wurde nun der Motor des Geländewagens gestartet. Rudi Groß trat ganz nah an den Wagen heran und drückte seine Stirn gegen die Scheibe der Fahrertür.

»Wenn ich dich noch einmal hier in der Gegend erwische«, knurrte er laut genug, dass ihn Raimond Vanheeren hören musste, »oder wenn ich noch einmal erfahren muss, dass meine Frau mit dir rumhurt, dann brech ich dir alle Knochen. Darauf kannst du dich verlassen!«

Groß hob den Kopf und starrte in das geschlossene Fenster. In dem verspiegelten Glas konnte er nur das hämische Grinsen sehen, das er jetzt aufsetzte.

»Erst vorgestern hab ich einen anderen Lover meiner lieben Susanne verdroschen. Vielleicht weiß du ja gar nicht, dass du nicht ihr einziger Betthase bist – und der andere war auch noch deutlich jünger als du, so ein schlanker Typ mit gestutztem Vollbart, das scheint mir moderner als deine Aufmachung. Aber leider: Für eine heiße Nacht ist dieser Typ bis auf Weiteres nicht mehr zu gebrauchen.«

Groß hielt eine geballte Faust hoch.

»Und ich habe kein Problem damit, dir auf dieselbe Weise klarzumachen, dass du dich von Susanne fernhalten sollst!«

Raimond Vanheeren trat das Gaspedal durch und schoss mit seinem Geländewagen in Richtung Friesenried davon. Er zitterte am ganzen Leib und war froh, diesem Irren ohne blaue Flecken entkommen zu sein. Ein paarmal sah er noch in den Rückspiegel, doch Rudi Groß ließ sich erst auf die Bank sinken, als der andere schon aus seinem Blickfeld verschwunden war.

Nur ganz allmählich beruhigte sich sein Atem wieder. Er schloss die Augen, dachte an Sina, dann zogen nacheinander die Gesichter der anderen Frauen vorüber, und am Ende Susanne, wie sie jung und schön und blühend vor ihm stand und ein glückliches »Ja« hauchte. Er schlug die Augen wieder auf, sah das Haus am Wiesenrand stehen, den kleinen Flecken dahinter. Die Tränen, die ihm über die Wange rannen und vom Kinn tropften, irritierten ihn. Unwillig wischte er sich das Gesicht trocken und stand auf.

Der rote Lancia fuhr dröhnend los, und Susanne, die sich nach dem Mittagessen hingelegt hatte, war im Schlafzimmer geblieben, bis Rudi endlich das Haus verlassen hatte. Nun sah sie ihm durchs Fenster hinterher.

Sobald der Wagen um die nächste Ecke verschwunden war, ging sie ans Telefon. Nach und nach sagte sie allen Verwandten und Bekannten ab, sogar die nächsten Nachbarn rief sie an, statt zu ihnen hinüberzugehen. Sie werde ihren fünfzigsten Geburtstag am kommenden Sonntag leider nicht feiern können, sagte sie, weil es ihr momentan gar nicht gut gehe und sie vermutlich das ganze Wochenende im Bett verbringen müsse.

Dann rief sie Raimond an, um ihm zu beschreiben, wie sie das Wochenende im Bett verbringen wollte. Die Vorfreude zauberte ihr ein Lächeln aufs Gesicht, doch Raimond ging nicht ans Telefon. Per Anrufbeantworter sprach er von einer kurzfristigen Reise, wegen der er leider für einige Tage nicht erreichbar sei. Raimonds Stimme klang seltsam gehetzt, längst nicht so entspannt und sonor, wie sie sie kannte. Fast eine halbe Stunde lang rief sie ihn wieder und wieder an, aber immer war nur der Text seiner Ansage zu hören.

Dann fiel ihr ein, dass sie für heute Vormittag eigentlich mit ihm verabredet gewesen war, das Treffen aber nach dem Ärger beim Frühstück völlig verschwitzt hatte. War Raimond nun sauer auf sie? Saß er daheim, womöglich enttäuscht oder unglücklich, und zweifelte an ihrer Liebe? Das arbeitete noch eine Weile an ihr, dann schnappte sie sich ihren Schlüsselbund und holte den Kombi aus dem Schuppen.

Heute würde sie zum ersten Mal selbst zu Raimond fahren. Sie würde sich zum ersten Mal nicht verkleiden, und sie würde ihn zum ersten Mal nicht in dem kleinen Hotel im Gewerbegebiet treffen, sondern in seiner Wohnung in der Mindelheimer Innenstadt.

Mit offenen Fenstern war Rudi Groß durch den frühen Abend gebraust, und um sich von den ständig wiederkehrenden Gedanken an die beiden Geliebten seiner Frau abzulenken, die er heute und vorgestern getroffen hatte, war er extra noch einen größeren Umweg gefahren und hatte den kühlen Wind genossen, der ihm in seinen Oldtimer um die Nase wehte. Deshalb kam er erst nach halb sieben in Neugablonz an. Den roten Wagen stellte er direkt vor dem Haus ab, in dem Sina ihre kleine Wohnung hatte, und als er ausstieg, sah er sie schon oben am Fenster stehen.

Er nahm die Blumen vom Beifahrersitz – natürlich hatte er unter ihnen eine aufgeschnittene Plastiktüte ausgebreitet, um den Sitzbezug zu schützen – und ging zum Haus. Der Öffner summte, Groß schob die Tür auf und nahm auf dem Weg hinauf immer zwei Stufen auf einmal. Den kommenden Abend und die Nacht mit seiner kleinen, schlanken Freundin hatte er sich auf der ganzen Fahrt von Blöcktach hierher schon in den schönsten Farben ausgemalt, und so stand er nicht nur erhitzt, sondern auch erregt vor Sina, als sie ihm oben öffnete.

Sie erwiderte seinen drängenden Kuss, dann nahm sie ihm die Blumen aus der Hand und ging in die Küche, um sie in eine Vase zu stellen. Groß stellte sich schon in der

Küche eng hinter sie und begann, mit seinen Händen ihren knabenhaften Körper zu streicheln. Sie ließ es sich gefallen, wand sich aber noch einmal aus seiner Umarmung, um die Vase mit Wasser zu füllen und sie im Wohnzimmer auf ein schmales Schränkchen zu stellen.

Dann aber ließ sich Groß nicht mehr länger hinhalten, er schob Sina zur Couch hin und nestelte ihr dabei bereits die Bluse auf. Sie schlüpfte aus der Hose, half auch ihm aus den Kleidern und legte sich ein Kissen zurecht. Ungestüm begann Groß, fast ein wenig grob, und der Gedanke daran, wie er diesen beiden Typen eingeheizt hatte, steigerte sein Tempo noch. Er sah den jungen Mann vor sich auf dem Acker liegen, er sah den anderen mit dem Geländewagen vor ihm fliehen. Ein Gefühl von Macht stieg in ihm auf, und Sinas Bitte, es doch etwas ruhiger angehen zu lassen, hörte er erst beim dritten Mal.

Er versuchte sein Bestes, doch die kleine Störung hatte schon genügt, um ihn aus dem Tritt kommen zu lassen. Wenig später saßen sie auf der Couch nebeneinander. Sina tröstete ihn, während er zwischen Frustration und Wut, zwischen Enttäuschung und Verwirrung schwankte.

Das Haus, in dem Raimond wohnte, stand in der Fußgängerzone der Mindelheimer Altstadt, aber Susanne Groß fand ganz in der Nähe einen Parkplatz. Nur ein paar Minuten später stand sie in der Kornstraße und sah zu dem Haus hinauf, in dem sie noch nie gewesen war. Eigentlich war es keine große Sache gewesen, seine Privatadresse herauszufinden. Im Telefonbuch stand er nur mit seinem

Nachnamen, eine Anschrift wurde dort nicht genannt, aber im Internet musste sie nicht allzu lange suchen, bis sie seine Adresse hatte.

Vor der Haustür stand sie eine kleine Weile regungslos, spürte ihren Puls schnell und kräftig gehen, dann fasste sie sich ein Herz und drückte den Klingelknopf neben »Vanheeren«. Ein leises Knacken war zu hören, als die Sprechanlage aktiviert wurde. Raimonds sonore Stimme fragte: »Ja?«

Sie hielt kurz den Atem an, dann beugte sie sich vor und sagte: »Susanne.«

Wieder ein Klacken, keine Antwort. Susanne Groß wartete, ob er sich vielleicht noch melden würde, doch er sagte kein Wort.

Als sie sich schließlich mit hängenden Schultern abwandte, ertönte plötzlich das Summen des Türöffners. Schnell lehnte sie sich gegen die Tür und drückte sie auf. Im Hausflur war es dämmrig, und die Luft roch etwas abgestanden, aber nicht wirklich muffig. Nirgendwo stand etwas herum, auch geputzt wurde offenbar regelmäßig.

Die Tür fiel hinter ihr ins Schloss. Sie sah sich noch einmal um, dann ging sie die ersten Treppenstufen hinauf. Im Erdgeschoss wohnte er nicht, in der ganzen Straße wurden die ebenerdigen Räume für Lokale und Ladengeschäfte genutzt. Und auf dem Weg nach oben konnte sie ja die Türschilder lesen, bis sie seine Wohnung gefunden hatte.

Das stellte sich als überflüssig heraus. Schon in der ersten Etage stand eine Tür offen, und in der Tür stand Raimond Vanheeren, elend bleich und gekleidet in einen verwaschenen Bademantel. Er sah ihr unsicher entgegen, beinahe ängstlich wirkte er, und Susanne war ganz irritiert, weil sie ihn bisher nur selbstbewusst erlebt hatte, als einen Mann, der etwas darstellte und der wusste, was er wollte. Der auch wusste, was sie wollte, manchmal schneller und besser als sie selbst.

Wortlos wandte er sich um und ging ihr voraus ins Wohnzimmer. Sie zog die Wohnungstür leise hinter sich zu, folgte ihm und setzte sich auf den Sessel, den er ihr mit einer eigenartig reservierten Geste anbot. Eine Weile sagte niemand etwas, dann hielt es Susanne Groß nicht mehr aus.

»Ich hab dich anrufen wollen, aber du bist nicht rangegangen.«

Er nickte, sah sie traurig an und brauchte ein, zwei Minuten, bis er selbst zu reden begann.

»Ich habe heute Vormittag mit deinem Mann gesprochen.«

»Du hast … was?«

Sie war in der ersten Schrecksekunde etwas laut geworden, und als sie sah, wie er zusammenzuckte, tat es ihr sofort leid. Trotzdem …

»Warum hast du mit Rudi geredet?«

»Ich stand mit dem Wagen am Wegkreuz, wo du mich immer triffst. Du bist nicht gekommen, aber er schon.«

»Ich hatte unsere Verabredung ganz vergessen. Und als es mir wieder eingefallen ist, habe ich versucht, dich anzurufen. Aber da ging nur der Anrufbeantworter ran.«

Sie musterte ihn. Er wirkte wie ein Häuflein Elend. Und

auch das Wohnzimmer passte nicht so richtig zu dem Bild, das sie sich von Raimond gemacht hatte.

»Ich hatte beim Frühstück eine Auseinandersetzung mit meinem Mann«, erklärte sie, »danach war ich für Stunden neben der Spur. Jetzt ist er, Gott sei Dank, endlich losgefahren zu dieser bescheuerten Oldtimer-Rallye in Hindelang.«

Raimond zupfte den Bademantel zurecht. Er kam ihr hier in seiner eigenen Wohnung ein wenig prüde vor.

»Und was wollte Rudi von dir?«

»Du hast ihm von uns erzählt?«, fragte er zurück.

»Um Himmels willen, nein! Warum sollte ich das tun? Meinem Mann erzählen, dass ich dich treffe? Dass ich mit dir schlafe? Dass ich dich … mag?«

Sie lächelte ihn an, doch er schien noch nicht überzeugt.

»Du magst mich?«, fragte er nach einer kurzen Pause.

»Aber natürlich, das weißt du doch.«

»Und den anderen?«

Sie riss ungläubig die Augen auf.

»Welchen anderen?«

»Dein Mann hat mir erzählt, dass du noch weitere Liebhaber hättest, und dass er auch von denen wüsste.«

Susanne lachte, es klang etwas nervös.

»Und das glaubst du? Ich denke, der ist uns auf die Schliche gekommen und wollte dich verletzen – da behauptet man so was schon mal. Das könnte ich mir jedenfalls bei Rudi vorstellen.«

»Einen anderen Mann, der dich besuchen kommt, konnte er jedenfalls ganz gut beschreiben.«

Raimonds Miene hatte jetzt etwas Trotziges an sich.

»Einen ... der mich besuchen kommt? Hallo? Geht's noch?«

»Jung, deutlich jünger als ich auf jeden Fall, gepflegter Vollbart, schlank.«

Susanne stutzte, dann öffnete sie den Mund, schüttelte den Kopf und schloss die Lippen wieder.

»Und was ist nun mit diesem Typen? Hat dein Mann sich den etwa ausgedacht?«

»Nein, ausgedacht nicht, aber ...«

Sie zögerte. Raimond sah sie gespannt an, und ihr wurde klar: Wenn sie ihn jetzt nicht verlieren wollte, musste sie mit der ganzen Wahrheit rausrücken.

»Das ist Sebastian Reeger – Rudis Sohn. Mein Mann hatte früher mal eine Affäre mit Sebastians Mutter. Sebastian war am Sonntagabend tatsächlich in Blöcktach, wir haben eine Weile geredet, aber da war Rudi gar nicht da.«

»Mir hat er erzählt, dass er ihn verdroschen hat. Und zwar vorgestern.«

»Vorgestern Abend? Mist, da war ich Squashspielen, und Rudi war allein daheim. Wenn er ihn wirklich erwischt hat ...«

Sie massierte sich mit beiden Händen die Schläfen.

»Dein Mann verprügelt seinen eigenen Sohn?«

Und dann erzählte Susanne ihm die lange, traurige Geschichte von Sebastian und seiner Mutter. Nach einer Weile kam Raimond zu ihr herüber, setzte sich auf die Lehne ihres Sessels und legte einen Arm um sie. Als sie fertig war, stand er auf und zog Susanne zu sich hoch. Er umarmte sie, drückte seine Wange an ihre und löste sich wieder von ihr.

»Hast du Hunger?«, fragte er.

Sie nickte und war sehr erleichtert, dass sie ihm das alles hatte erzählen können.

»Ich koch uns schnell was«, sagte er. »Leg doch eine CD ein oder schau zum Fenster raus. Man hat hier einen schönen Blick.«

Damit war er auch schon aus dem Zimmer gegangen, und Susanne öffnete eines der Fenster zur Straße. Es war ziemlich kühl, aber der Wind hatte sich gelegt. Die Häuser in der Straße waren alle hübsch hergerichtet. Die Ladengeschäfte waren schon geschlossen, aber die Fenster der Gastwirtschaften verbreiteten ein heimeliges Licht. Es waren noch einige Menschen unterwegs, ein Pärchen hatte sich untergehakt und studierte die Speisekarte eines Lokals, und schon von weither konnte man das Lachen und Rufen einiger Jugendlicher hören, die mit Dosenbier und Pizzaschnitten näher kamen.

Wenn sie nach rechts sah, hatte sie in etwa hundert Metern das Ende der Straße vor sich. Dort stand ein eigenartiger weißer Turm: unten mit einem Durchfahrtsbogen, darüber war eine Nische eingelassen, in der so etwas wie eine Heiligenfigur stand, und oben wurde das Bauwerk wie ein Burgfried mit Zinnen abgeschlossen. Der Turm schien Teil der Stadtbefestigung zu sein.

»Das ist das Westernacher Tor«, sagte Raimond ihr direkt ins Ohr. Er war so nahe an sie herangeschlichen, dass sein Atem sie beim Reden an der Wange kitzelte.

»Schön, nicht wahr?«

Sie drehte sich um, küsste ihn und drückte sich dann mit geschlossenen Augen an ihn. Es dauerte einen Moment, dann legte er wieder die Arme um sie.

»Du musst entschuldigen, ich habe hier sonst keinen Frauenbesuch.«

Sie hob den Kopf und lächelte ihn an.

»Frauenbesuch – wie das klingt!«

Er lächelte zurück.

»Und außerhalb meiner Wohnung habe ich auch nie diesen alten Bademantel an – den trage ich nur nach Feierabend.«

Susanne fuhr mit den Fingerspitzen über den Kragen des Bademantels. Er war sehr weich, zog an ein paar Stellen aber schon Fäden.

»Dann hast du jetzt also Feierabend?«

Er nickte.

»Und ich darf trotzdem bleiben?«

Sie grinste ihn frech an, hatte aber auch ein bisschen Angst, mit ihrer Frage zu viel riskiert zu haben.

»Dürfen? Du *musst* bleiben. Das Essen ist fertig.«

Schließlich waren sie zu dem Schluss gelangt, dass ihnen auch Rotwein, Pizza und Salat einen schönen Abend bescheren würden. Und wer wusste schon, was sich später noch ergeben würde? Rudi Groß hatte für die Fahrt zur Pizzabude Sinas Kleinwagen genommen, und als er mit zwei großen Pappschachteln und einer transparenten Plastikbox voller Salat zurückkehrte, hatte Sina schon den

Tisch gedeckt, Kerzen angezündet und das elektrische Licht im Wohnzimmer gelöscht.

Groß hatte den Kleinwagen direkt hinter seinem Lancia abgestellt, und bevor er in Sinas Wohnung ging, hatte er sich noch einen langen, zufriedenen Blick auf den Oldtimer gegönnt, mit dem er ab morgen alles für seine Titelverteidigung geben würde.

Nun aber waren die Gedanken an das Jochpass Memorial erst einmal weg. Pizza und Salat schmeckten wunderbar, Sina hatte einen teuren Bordeaux aus dem Keller geholt, den er vor einigen Wochen für genau einen solchen Abend mitgebracht hatte, und ihre Gespräche kreisten bald um Ausflüge, die sie gemeinsam machen würden, und um Veranstaltungen, zu denen er sie mitnehmen würde.

Die Zeit verging wie im Flug, und sie unterhielten sich so aufgekratzt, dass Sina die heruntergebrannten Kerzen irgendwann durch zwei neue ersetzte und sie noch eine Weile am Esstisch sitzen blieben.

Vor allem das flackernde, gelblich warme Licht der Kerzen war es, das unten vor dem Haus Jo Mory zu schaffen machte. Wie so oft war er auch heute am späten Abend vor dem Haus herumgeschlichen und hatte zu Sinas Fenster hinaufgeschaut. Manchmal war er schon kurz davor gewesen, einfach bei ihr zu läuten und sie zu fragen, ob sie Lust auf einen abendlichen Spaziergang habe, aber getraut hatte er sich dann doch nie. Wenn sie Besuch hatte, kam das eh nicht infrage. Manchmal wusste er nicht, wer oben bei ihr in der Wohnung war, dann wieder erkannte er eine

Freundin oder Kollegin wieder. Von Rudi Groß wiederum wusste er inzwischen sogar den Namen, und dass der spießermäßig hochglanzpolierte Oldtimer Groß gehörte, war ihm auch bekannt.

Fast eine Stunde lang starrte er aus seinem Versteck auf der anderen Straßenseite zu Sinas Fenster hinauf, aber es war die ganze Zeit nichts anderes zu sehen als das Kerzenflackern. Nur einmal wurde es für einen Moment etwas dunkler, doch dann flackerte und leuchtete alles wie zuvor.

Schließlich trat er aus dem Schatten heraus und überquerte die Straße. In Sinas Kleinwagen konnte er durch die Fenster das übliche Chaos auf der Rückbank sehen. Zerknüllte Papiertüten lagen dort, im Fußraum auch mal eine leere Wasserflasche, dazu Päckchen mit Pfefferminzbonbons und Papiertaschentüchern. Einmal, als sie vergessen hatte, das Auto abzuschließen, hatte er sich nachts eine Weile auf die Beifahrerseite gesetzt. Er schloss die Augen und rief sich die Aromen in Erinnerung: Sinas fruchtiges Parfüm und dazwischen ganz leichter Fliedergeruch, den der verkümmerte Rest des Duftbäumchens am Rückspiegel noch zustande brachte.

Heute war der Kleinwagen verschlossen, und Jo ging weiter zu dem direkt davor geparkten roten Oldtimer. Hier sah im Inneren alles aufgeräumt aus, nur eine schmale Aktentasche stand hinter dem Beifahrersitz auf dem Fußboden. Einen Augenblick lang dachte Jo daran, die hintere Seitenscheibe des Oldtimers mit dem Ellbogen einzuschlagen und die Tasche an sich zu nehmen. Dann ließ er es doch sein und fuhr mit seinen Fingern langsam über den Lack des alten Autos. Eine solche Karre kostete sicher einen Haufen Geld, und der Motor schluckte vermutlich eine ganze Menge – nichts, was sich Jo von seinem Arbeitslosengeld leisten konnte.

So wie Sina, die er sich auch nicht leisten konnte.

Er ballte seine rechte Hand zur Faust und klopfte ein paarmal leise gegen das rote Chassis des Oldtimers. Der alte Mann, sicher schon über fünfzig, musste reichlich Kohle haben, und vermutlich hielt er sich Sina wie ein Hündchen, das zur Stelle war, wenn er gerade Zeit und Lust hatte.

Sina … warum ließ sie sich nur auf so etwas ein? Warum hörte sie nicht auf ihr Herz? Das ihr sicher schon lange sagte, dass sie Jo nicht hätte abblitzen lassen dürfen, dass sie mit ihm glücklicher als mit jedem anderen würde – glücklicher jedenfalls als mit einem alten Mann, der außer seinem Geld nichts zu bieten hatte.

Jo bückte sich und hob einen kleinen Kiesel auf. Er wendete ihn in alle Richtungen, bis er eine Kante gefunden hatte, die weniger abgerundet war als die anderen. Wie ein Stück Kreide nahm er den Stein in die rechte Hand, die Kante nach vorne. Er sah noch einmal lange und traurig hinauf zu Sinas Wohnzimmerfenster, hinter dem noch immer das heimelige Licht der Kerzen flackerte. Dann drückte er die Kante des Kiesels leicht gegen die Karosserie des Oldtimers. In aller Ruhe ging er nun an dem Wagen entlang, drückte mit der Zeit ein bisschen fester, aber als ein leises Knirschen zu hören war, verharrte er mitten in der Bewegung und sah sich um, ob jemand das Geräusch bemerkt hatte.

Niemand war zu sehen, alles blieb still und starr. Auch oben hinter Sinas Fenster gab es keine Bewegung. Jo ließ den Kiesel fallen, fuhr den Kratzer noch einmal mit der Fingerspitze nach, dann schlug er den Kragen seiner Jacke hoch und ging nach Hause.

Donnerstag, 9. Oktober

Wendelin Knecht kam zehn Minuten vor der verabredeten Zeit. Hansen, Hanna und Haffmeyer saßen in der Teeküche noch mit Murnauer zusammen und besprachen bei frisch gebrühtem Kaffee die letzten Details. Knecht setzte sich kurz zu ihnen, dann bat er sie, mit ihm vor die Werkstatt zu kommen. Er hatte einen imposanten Sattelschlepper mitgebracht, der nun am Straßenrand stand. Ein muskulöser Mann, der trotz der kühlen Witterung nur ein ärmelloses Shirt zur Jeans trug, fügte gerade mehrere Stahlschienen zu einer Auffahrtsrampe zusammen.

Das geöffnete Heck des Aufliegers gab den Blick frei auf mehrere solcher Schienen, die im Inneren des Hängers befestigt waren und auf denen bereits zwei Oldtimer standen: Knechts blauer Lancia auf der oberen Rampe und darunter ein grauer Cabrio mit zugeklapptem braunen Faltdach.

»Das ist der MG von Romina«, erklärte Knecht.

»Ah, wie schön«, sagte Murnauer erfreut. »Sie fährt in diesem Jahr auch mit?«

»Ja, aber sie kommt heute etwas später. Sie kann erst gegen Mittag von der Arbeit weg. Heute Abend in der Schnitzelalm wird Romina aber mit dabei sein, Ehrensache!«

Knecht und Murnauer strahlten um die Wette, und weil Hansen die beiden fragend ansah, erklärte ihm Murnauer, was es mit dem Oldietreff auf sich hatte, die einige Teilnehmer des Jochpass Memorial am ersten Abend in Bad Hindelang feierten.

»Romina werdet ihr mögen«, versprach Murnauer seinen Fahrern. »Die ist immer lustig, und auf der Strecke heizt sie fast so sehr wie ich – und hat ähnlich wenig Erfolg damit. Aber das ist ihr egal – Hauptsache, sie hat Spaß mit ihrem Flitzer.«

Der Trucker war fertig mit der ersten Auffahrtsrampe. Die beiden Spuren waren ziemlich steil, und es sah ganz danach aus, als müsse man mit den Oldtimern sehr gut umgehen können, um sie heil dort hinaufzubringen. Hansen sah unsicher zu Murnauer hin, aber der klatschte ihm nur lachend auf die Schulter.

»Keine Sorge, das mach ich schon selbst.«

Er schwang sich in den Healey, ließ den Motor ein paarmal aufheulen und fuhr noch eine kleine Runde um den Sattelschlepper herum, bevor er ganz vorsichtig auf die Rampe zurollte. Knecht gab ihm Zeichen, wedelte mal nach links, mal nach rechts und hielt den ausgestreckten Daumen in die Höhe, als Murnauer mit beiden Rädern zwischen den Kanten der Rampenspuren stand. Nun gab er mehr Gas, ließ sehr langsam die Kupplung kommen und fuhr die steile Rampe hinauf, als wäre das gar nichts. Im Handumdrehen hatte er den Stellplatz für seinen Sportwagen erreicht, und zusammen mit dem Lastwagenfahrer begann er, den Oldtimer auch gleich mit Spanngurten zu sichern, unter denen an allen Stellen Schaumstoff geklemmt wurde, an denen die Gurte sonst den Lack beschädigt hätten.

Danach wurde die Rampe umgebaut, und als der Mercedes auf der unteren Ebene Millimeter hinter dem MG zum Stehen gekommen und ebenfalls gesichert worden war, schloss der Trucker das Heck des Aufliegers, verabschiedete sich von allen und fuhr behutsam davon. Murnauer instruierte noch seine Mechaniker, dann fuhren sie in seinem Jeep ebenfalls los.

Knecht hatte den Sattelschlepper wie jedes Jahr eigens für das Jochpass Memorial angemietet. Natürlich beteiligten sich Murnauer und Romina an den Kosten, obwohl Knecht darauf nie bestanden hätte.

In der Nähe von Görisried holten sie den Truck ein. Der Fahrer fuhr kurz nach dem Ortsausgang an den Straßenrand und bremste ab, um sie leichter überholen zu lassen. In Hindelang angekommen, nahmen sie in einer kleinen Pizzeria ein frühes Mittagessen zu sich und warteten darauf, dass der Trucker bei Knecht anrufen würde, sobald er im Ort eingetroffen und bereit zum Ausladen der Oldtimer war. Als der Anruf eingegangen war, machten sie sich auf den Weg, und Murnauer schaltete wie immer sein Handy auf stumm, bevor er in den Jeep stieg.

Schon um halb zwei war alles erledigt, und nachdem sie ihr Gepäck aus dem Jeep ins Hotel gebracht hatten, rüsteten sich Hansen, Hanna und Haffmeyer für eine erste Testfahrt. Haffmeyer hätte zwar schon seit eins die Abnahme- und Anmeldeprozedur angehen können, aber Murnauer riet ihm, damit lieber noch ein, zwei Stunden zu warten und stattdessen mit dem Mercedes die direkte Umgebung des Ortes zu erkunden. Das ließen sich Hanna und er nicht zweimal sagen, und wenig später hatten sie die Lederkappen, die ihnen Murnauer für die Rallye besorgt hatte, aufgesetzt, hatten sich in ihre Jacken und Schals gemummelt und dröhnten winkend auf der Bundesstraße aus dem Ort, die hier unten noch Alpenstraße hieß, weiter oben aber in die Jochstraße mündete.

Auch Hansen sollte die Strecke, die er im Jeep schon kennengelernt hatte, nun auch im Healey fahren, und Murnauer zwängte sich neben ihn ins Cockpit und gab ihm unterwegs noch einige Tipps, an welchen Stellen er mit dem roten Sportwagen anders fahren musste als mit dem Geländewagen. Er hatte ihm auch einen für die Gleichmäßigkeitsprüfung vorgeschriebenen Integralhelm besorgt, und nachdem Hansen ihn anfangs noch unangenehm gefunden hatte, gewöhnte er sich überraschend schnell daran.

Als sie nach der zweiten Bergfahrt oben standen und plaudernd ins Tal hinunterschauten, kam auch Wendelin Knecht heraufgefahren. Er war viel langsamer unterwegs als Hansen, schien aber jeden Meter der Fahrt zu genießen. Als er Hansen und Murnauer neben der Fahrbahn stehen sah, winkte er ihnen lachend zu.

Während der technischen Abnahme sahen sie sich alle wieder. Nachdem die Formalitäten erledigt waren, ließen sie sich von den Rallye-Helfern empfehlen, wo es jetzt besonders gute Torte für einen verspäteten Nachmittagskaffee gab. In diesem Moment brauste ein giftgrün lackiertes Motorrad heran. Vom Sozius kletterte eine schlanke, eher kleine Gestalt im knallengen Overall, die einen modischen Rucksack umgeschnallt hatte. Sie nahm den Helm ab und schüttelte den Kopf, woraufhin eine gut schulterlange Mähne weißgrauen Haars zum Vorschein kam.

»Romina!«, rief Knecht erfreut und stürmte mit ausgebreiteten Armen auf sie zu.

Ehe sie Knecht ebenso herzlich begrüßte, winkte die Dame dem Motorradfahrer, der mittlerweile vom Tank vor sich eine prall gefüllte Reisetasche gelöst hatte und sie neben sich auf den Boden stellte. Dann ließ er den Motor seiner Maschine aufheulen und gab so schnell Gas, dass er die ersten zehn, fünfzehn Meter nur auf dem Hinterrad anfuhr, bevor auch das Vorderrad wieder auf den Asphalt kam.

»Ach«, sagte sie und lachte, »mein Enkel ist schon ein ziemlicher Angeber. Hoffentlich hat er das nicht von mir!«

Romina Sattler war wirklich schon auf den ersten Blick eine überaus sympathische Person. Sie hatte einen festen und trockenen Händedruck, mochte mit den weißgrauen Haaren und den vielen Lachfalten im Gesicht schon Ende sechzig oder noch etwas älter sein – und ließ doch in jeder Bewegung, in jeder Geste und in jedem Augenzwinkern erkennen, dass ihr das herzlich egal war.

Sie ließen sich Torte und Kaffee schmecken und trugen der jung gebliebenen Dame noch die Reisetasche und den Rucksack ins Hotel, was diese sichtlich genoss. Ein wenig übertrieben stolzierte sie vor ihren männlichen Begleitern her, die ihr wie ein Tross Bediensteter durch den Ort folgten, und ab und zu zwinkerte sie Hanna zu, bei der sie sich untergehakt hatte. In Rominas Hotel verabschiedeten sich alle voneinander und verabredeten sich für den Abend zum Oldietreff.

Hansen erkundigte sich bei Murnauer, was man denn zu dieser Party am ehesten anziehen solle, aber der winkte nur ab: »Komm einfach, wie es dir bequem ist. Wir Oldtimer-Freunde sind da nicht so kompliziert. Aber bring Hunger mit!«

Als sich Hansen gegen sieben auf den Weg zu der beschriebenen Gastwirtschaft machte, knurrte ihm schon der Magen. Haffmeyer und Hanna wollten später nachkommen, sie warteten im Foyer des Kurhauses schon ganz gespannt darauf, ob sie auch wirklich auf der Liste der zugelassenen Teilnehmer stehen würden, die gegen Viertel nach sieben ausgehängt werden sollte. Ab halb acht war für die Rallye-Teilnehmer dort auch eine Fahrerbesprechung angesetzt.

Hansen war auf den Oldietreff schon ziemlich gespannt. Horst Murnauer hatte die Veranstaltung ein paarmal erwähnt, eher beiläufig zwar, aber immer war sein Tonfall so schwärmerisch gewesen, dass Hansen nun recht hohe Erwartungen an den bevorstehenden Abend hatte.

Das Gasthaus stand links der Bundesstraße unmittelbar vor der ersten scharfen Rechtskurve der Memorial-Strecke. Hansen sah auf den Stellplätzen daneben nur wenige Autos stehen. Offenbar kamen die meisten Teilnehmer des Oldietreffs zu Fuß, was darauf schließen ließ, dass sie nicht nur

Sprudel trinken wollten. Hansen betrat das Lokal und fand die Luft nach dem Marsch durch den sehr kühlen Abend angenehm warm. Essensduft und leises Gelächter hießen ihn willkommen, und sein erster Blick fiel auf die eine Wand des Flurs, die mit gestapeltem Brennholz, einem Paar altmodischer Schnürstiefel, zwei nebeneinander gelehnten Ski und anderen Details auf rustikale Art gemütlich hergerichtet war.

Eine Bedienung huschte vorbei, und als sie zurückkam, erkundigte sich Hansen bei ihr, wo denn der Oldietreff stattfinde. Sie deutete knapp in eine Richtung, Hansen folgte ihrer Geste und betrat einen Gastraum, der ganz in hellem Holz gehalten war. Massive Tische, Stühle mit verzierten Lehnen und bequemen Sitzpolstern, holzverkleidete Wände und Lampenschirme aus Stoff, die mit Kordeln und einem dunkelbraunen Saum versehen waren. Hansen fühlte sich sofort wohl.

Die linke Hälfte des Raums dominierte eine große Tafel, die von einer wuchtigen Eckbank und Stühlen umgeben war. In der rechten Hälfte des Zimmers standen zwei kleinere Tische. Sie waren wie die Tafel mit roten Servietten, Besteck, verschiedenen Gläsern und kleinen Blumengestecken hübsch eingedeckt. Zwischen den beiden Raumhälften war ein breiter Gang für die Bedienungen freigelassen worden, der hinten durch eine Tür in ein weiteres Nebenzimmer führte.

Ob dort hinten der Oldietreff stattfand? Hier vorne war nämlich nicht viel los: Ein Mann um die vierzig stand in Socken auf der Bank neben der langen Tafel und hantierte an einem Flachbildfernseher herum, der über der Bank in der Ecke angebracht war. Zu seinen Füßen saßen zwei Frauen und ein Mann beisammen, die sich angeregt und unterbrochen von häufigem Lachen unterhielten und sich dabei immer wieder zuprosteten.

»Entschuldigung«, wandte sich Hansen an eine der Frauen, die ihn sofort freundlich musterte. »Wo finde ich denn den Oldietreff? Ist das dort hinten im Raum oder …?«

Sie lachte und deutete auf die freien Plätze um die lange Tafel. »Setzen Sie sich, Sie sind hier richtig. *Wir* sind der Oldietreff.« Ihre Geste umfasste alle am Tisch, auch den Mann in Socken.

»Ja, setzen Sie sich doch. Herzlich willkommen.« Der ältere Mann stand auf, so gut es der schmale Platz zwischen Bank und Tisch zuließ, und reichte Hansen die Hand.

Auch die beiden Frauen begrüßten ihn, und der Mann in Socken, der gerade keine Hand frei hatte, nickte Hansen kurz zu, dann arbeitete er weiter. Hansen überlegte noch, ob er sich wirklich einfach so zu den Leuten an diesen Tisch setzen durfte, als Horst Murnauer hinzutrat und ihn ohne viele Umstände auf ein Sitzpolster der Eckbank drückte.

Murnauer wurde an der Tafel mit großem Hallo begrüßt, und weil der Mann mit Socken nun offenbar mit seiner Arbeit fertig war, grüßte auch er den »lieben Horst« lautstark, kletterte von der Bank und schlüpfte in seine Schuhe. Die Bedienung eilte herbei, nahm die nächste Getränkebestellung auf und flitzte gleich wieder davon.

»Das ist Eike, er fährt in diesem Jahr für mich die Gleichmäßigkeitsprüfung«, erklärte Murnauer.

»Ah gut«, sagte eine etwas dickere Frau mit schulterlangen braunen Locken, »dann bleibst du also vernünftig und fährst weiterhin nicht selbst.« Sie zwinkerte Hansen zu. »Ich hatte schon immer Angst um sein Material, wenn der liebe Horst seinen schönen Healey so gewalttätig in die Kurven jagte.«

Dann lachte sie Hansen an. »Ich bin die Maria, herzlich willkommen in unserer kleinen Runde.«

»Na, etwas mehr darf der Eike schon von euch wissen, oder?«

Murnauer sah aufgeräumt in die Runde und rieb sich die Hände. Hansen war erleichtert, dass er ihm auf diese geschickte Weise gleich zu Beginn des Abends die Informationen zu seinen Tischnachbarn gab. Murnauer deutete erst auf Maria und dann auf die drei anderen am Tisch.

»Maria Priems lebt in Passau, und vor ihr musst du dich in Acht nehmen: Sie ist einer der heißesten Feger auf der ganzen Oldtimer-Tour.«

Alle lachten, Maria am lautesten, und sie warf ihm einen gekünstelten Kussmund zu.

»Außerdem ist sie hier am Tisch die beste Fahrerin – ich hoffe, ich trete euch anderen damit nicht zu nahe?«

»Nein, nein«, winkte der jüngere der beiden Männer ab.

Er war groß, schlank und hatte das volle Haar zu einem schwungvollen Seitenscheitel geföhnt.

»Du hast gut reden!«, knurrte der Ältere. »Du fährst ja selbst gar nicht mit!«

Er warf dem anderen einen gespielt finsteren Blick zu und lachte danach sofort wieder los.

»Gestatten«, mischte sich Murnauer ein, »Waldemar Kugler, Pressesprecher des Jochpass Memorial, und Robert Heigerl, einer unserer treuesten Teilnehmer, mit seiner Frau Doris.«

Heigerl war ein hagerer Mann jenseits der sechzig, seine Frau eine fröhliche Endfünfzigerin mit einem blonden Pagenschnitt. Ihre Haare wippten bei jedem herzhaften Lachen lustig auf und ab.

»Und ich habe gleich an Ihrer …«, setzte sie an, doch Murnauer fiel ihr gleich ins Wort.

»Doris, wir sind alle mit Eike per Du!«

»… gleich an deiner Sprache gehört«, korrigierte sie sich lächelnd, »dass wir beide nicht von hier sind. Mein Mann und ich haben ein kleines Häuschen in Burgwedel …«

»Das ist dort, wo auch der …«, setzte Kugler grinsend zu einer Erklärung an, aber Doris Heigerl hob nur kurz die Hand, und er verstummte.

»Nicht diesen Namen! Danke. So, wir wohnen also in Burgwedel, und du klingst auch so, als würdest du aus der Nähe von Hannover kommen, finde ich.«

»Klein Heidorn, das gehört zu Wunstorf«, sagte Hansen und prostete ihr zu.

Es wurde ein wunderbarer Abend, das Essen war lecker, und kein einziger der von den Memorial-Veteranen empfohlenen Schnäpse entpuppte sich als Fehlgriff.

Romina Sattler traf kurz nach Murnauer ein. Sie plauderte im Hereinkommen mit Karl Schlitter, der von Rolf

Hamann begleitet wurde. Schlitter stellte seinen alten Schulfreund am Tisch vor, und Hamann reihte sich in die Duzerei ein und bat die anderen, ihn einfach Rolf zu nennen. Auch Hansen tat, als sähe er seinen Vorgänger in diesem Moment zum ersten Mal. Schon bald waren alle miteinander so vertraut, dass kein Außenstehender mehr hätte sagen können, wer wen schon vorher gekannt hatte oder nicht.

Später kam noch Claus Dautel dazu, den die anderen vollmundig als »Stimme des Jochpass Memorial« vorstellten, der sich selbst aber viel bescheidener als freiberuflichen Sprecher bezeichnete. Er hatte von Freitag bis Sonntag die Aufgabe, im gemeinsamen Startbereich von Rallye und Gleichmäßigkeitsprüfung die jeweils antretenden Fahrzeuge und ihre Piloten dem Publikum entsprechend anzupreisen und später auch die Sieger vorzustellen.

Schließlich stießen auch Hanna und Haffmeyer zur Runde. Sie gaben sich ihrem alten Chef gegenüber so unbefangen, wie es halt ging, wobei ihnen das »Rolf« nicht ganz so leicht über die Lippen ging. Auch sie bekamen noch etwas zu essen, obwohl sich der Koch gerade auf den Heimweg machen wollte. Er brachte die Schnitzel selbst an die Tafel und blieb gleich bei den Gästen sitzen, und als sich alle schließlich satt und nicht mehr durstig voneinander verabschiedeten, wankten Hansen, Murnauer, Hanna und Haffmeyer schwatzend und lachend dem Dorf und ihrem Hotel entgegen.

Freitag, 10. Oktober

»Sag mal, Horst«, fragte Hansen am nächsten Morgen, als sie etwas zerknittert beim Frühstück saßen, »warum ist Rudi Groß gestern Abend eigentlich nicht erschienen? So wie du ihn mir beschrieben hast, hätte ich erwartet, dass er sich diese Bühne nicht entgehen lässt.«

»Hat mich auch gewundert«, brachte Murnauer zwischen zwei Bissen hervor. »Aber gefreut hat's mich auch – der Rudi spielt sich beim Oldietreff immer so unangenehm auf, dass er uns damit manchmal fast die Stimmung versaut. So lange wie heute Abend ging's auf jeden Fall beim letzten Mal mit Rudi nicht.«

Er lächelte Hanna, Hansen und Haffmeyer zu.

»Und das dürft ihr ruhig als Kompliment verstehen.«

Hanna und Haffmeyer beeilten sich, rechtzeitig im Startbereich zu sein, um das Vorausfahrzeug kurz nach halb neun abfahren zu sehen. Sie selbst hatten eine Startnummer bekommen, für die Murnauer den Start auf etwa elf bis halb zwölf schätzte – da reichte es allemal, wenn sie sich gegen zehn am Fahrzeug einfanden, die letzten Punkte durchsprachen und sich dann in die Schlange vor der Startlinie einreihten.

Also hatten sie noch genügend Zeit, die ersten Rallye-

Teilnehmer bei der Abfahrt zu beobachten, die ab kurz nach neun nacheinander auf die Strecke geschickt wurden. Vor allem Hanna war ganz erpicht darauf, die besondere Atmosphäre im Startbereich in sich aufzunehmen – Hansen war sich allerdings sicher, dass Haffmeyer an diesem Morgen auch nur halb so cool war, wie er tat.

Murnauer und Hansen blieben noch auf eine letzte Tasse Kaffee sitzen.

Die Antwort auf Hansens Frage nach dem Verbleib von Rudi Groß bekamen sie, als Murnauer in seinem Zimmer zum ersten Mal seit Längerem auf sein Handy sah. Katja, seine blonde Mechanikerin, hatte am Vortag gegen vier Uhr nachmittags eine ziemlich lange Nachricht auf der Mailbox hinterlassen. Ihre Stimme klang seltsam gedämpft, vermutlich hielt sie sich die Hand halb vor den Mund, um nicht belauscht zu werden. Im Hintergrund war Geklapper und das wütende Schimpfen eines Mannes zu hören.

»Hallo, Chef, können Sie mich kurz zurückrufen, wenn Sie das hier abhören? Rudi Groß ist hier und macht einen Riesenaufstand. Irgendjemand hat ihm gestern Abend oder heute früh einen Kratzer in den Lack gemacht, und jetzt will er unbedingt, dass wir alles stehen und liegen lassen und ihm den Schmarrn sofort wegzaubern.«

Das Schimpfen im Hintergrund wurde lauter, und nach einer kurzen Pause raunte Katja in den Hörer: »Sorry, Chef, wenn ich das über einen Kunden sagen muss – aber dieser Groß ist so ein Arsch!«

Sie unterbrach sich kurz, legte die Hand auf den Hörer und rief etwas in die Halle, was auf der Aufzeichnung nicht zu verstehen war. Jedenfalls hatte das Schimpfen danach ein Ende.

»Mann!«, fauchte Katja noch in den Hörer, als sie die Hand vom Mikrofon nahm, dann räusperte sie sich und fuhr fort: »Also, Chef, ich weiß, dass wir von dem Lack noch was da haben, aber wir bekommen morgen noch einen anderen Lancia rein, für den der Lack eigentlich gedacht war. Deshalb bräuchte ich bitte kurz eine Entscheidung von Ihnen. Bis gleich, hoffe ich. Ciao!«

Murnauer rief sofort zurück. Es dauerte einen Moment, bis Katja dran war.

»Danke für den Rückruf. Ich habe Groß gestern wieder weggeschickt, seinen Wagen aber gleich dabehalten. Groß wurde übrigens von einer jungen Frau abgeholt, ich glaube, ihr silberner Kleinwagen war auch schon mal hier. Gleich danach habe ich noch mit dem anderen Lancia-Besitzer telefoniert. Der braucht das Auto erst in einer Woche, und bis dahin bekommen wir den Originallack noch einmal geliefert – das hat unser Lieferant uns hoch und heilig versprochen. Martin und ich haben uns gleich heute früh an die Arbeit gemacht und bessern den Kratzer am Lancia von Groß gerade aus. Wir werden in gut einer Stunde fertig sein. Ich hoffe, das war okay so?«

»Ja, gut gemacht, Katja, danke. Ich nehme an, Rudi Groß steht euch schon auf den Zehen, richtig?«

»Richtig, Chef«, erwiderte die Mechanikerin und seufzte.

»Hol ihn mir doch bitte mal ans Telefon.«

Es entstand eine kurze Pause, Schritte waren zu hören und dann ein knappes: »Der Chef, für Sie.«

»Ja?«, meldete sich Groß in seinem üblichen harschen Ton.

Murnauers Gesicht nahm eine etwas kräftigere Farbe an.

»Horst, bist du das? Ich muss schon sagen: Bis deine Mechanikerin endlich mal in die Pötte kam …«

»Rudi!«

Hansen, der danebenstand und das Gespräch, so gut es ging, mithörte, schrak zusammen, so laut war Murnauer geworden.

»Was fällt dir eigentlich ein, am hellen Morgen meine Werkstatt dermaßen in Aufruhr zu versetzen? Spinnst du eigentlich? Wir haben Termine zu halten, und wenn du zu blöd bist, deinen Wagen so zu parken, dass kein Kratzer reinkommt, kann das doch nicht mein Problem sein!«

»Aber Horst, ich …«

»Halt den Mund. Lass meine Leute in Frieden. Und dafür, dass du dich ohne meine Erlaubnis einfach vorgedrängt hast, nur um dich hier beim Memorial nicht mit einer verkratzten Karosserie zu blamieren, wirst du einen satten Aufpreis zahlen. Hast du mich verstanden?«

»Pah! Ich zahle dir nicht mehr, als dir für diese Kleinigkeit zusteht. Ich lass mich doch von dir nicht über den Tisch ziehen.«

Murnauers Stimme wurde nun sehr viel leiser, was sie noch bedrohlicher klingen ließ.

»Du wirst nie mehr an meinen Preisen herumkritteln, Rudi! Du wirst die Rechnung bezahlen, wie ich sie dir schicke! Und irgendwelche Sonderbehandlungen kannst du dir künftig in die Haare schmieren.«

»Wie redest du eigentlich mit mir? Behandelst du so deine Kunden? Da muss ich mir wohl eine andere Werkstatt suchen!«

»Mach das. Lieber heute als morgen. Und weil du ja wahrscheinlich nachher gleich mit deinem frisch gerichteten Auto hier in Hindelang aufkreuzen wirst: Bleib mir bloß vom Leib und versau mir nicht mein Memorial-Wochenende.«

Er beendete die Verbindung, ohne sich zu verabschieden, steckte das Handy weg und holte es auch nicht mehr hervor, als es wieder klingelte. Der Anrufer gab nach einer Weile auf, und Murnauer stierte schwer atmend vor sich auf den Boden.

Gegen zehn fanden sich Murnauer und Hansen am Stellplatz des Mercedes SSK ein. Hanna und Haffmeyer standen schon neben dem Fahrzeug und hatten ihre Lederkappen und Handschuhe an, die Schals waren umgelegt und die Jacken bis unters Kinn zugezogen. Es war bisher trocken geblieben, manchmal kam sogar kurz die Sonne durch, aber es war ziemlich kühl.

Haffmeyer und Hanna hatten verabredet, dennoch mit offenem Verdeck zu fahren – und Murnauer, der sich darum sorgte, wie die Sitzbezüge starken Regen oder gar Graupel wegstecken würden, hatte ihnen das Versprechen abgenommen, bei einer Regenprognose in der Stunde vor ihrem Start das Dach doch noch zu schließen. Nun sah es weniger nach Niederschlag aus als am Morgen, und Murnauer gab für das Fahren im offenen Wagen grünes Licht.

Hanna las – wie schon während des Frühstücks – die meiste Zeit über in dem Roadbook, das hier Bordbuch hieß und den Rallye-Teilnehmern am Vorabend während der Fahrerbesprechung ausgehändigt worden war. Sie war etwas aufgeregt, konnte sich aber damit ablenken, dass sie die Angaben zur Streckenführung mit einer Straßenkarte verglich, anhand derer sie gestern ein wenig in der Gegend um Bad Hindelang herumgefahren waren.

Allmählich zeigte auch Haffmeyer eine gewisse Nervosität. Als er sich hinter das Steuer setzte, fuhr er ein paarmal mit den Handschuhen über die obere Hälfte des Lenkrads und sah mit zusammengepressten Lippen nach vorn. Murnauer trat neben ihn und klopfte ihm auf die Schulter.

»Du machst das schon, Willy, keine Sorge.«

Haffmeyer lächelte ihn dankbar an, dann legte er den Gang ein und fuhr langsam ans Ende der Schlange. Alles passte: Vor ihnen hatten sich die Fahrzeuge passend zu ihren Startnummern eingereiht, und kurz hinter Haffmeyers Mercedes kam auch schon das Auto mit der nächsthöheren Startnummer.

Hansen und Murnauer gingen derweil zum Start und sahen den anderen bei der Abfahrt zu. Vom Kabinenroller aus den Fünfzigern über betagte VW Bullis bis hin zum ausladenden amerikanischen Straßenkreuzer waren alle Arten von Oldtimern vertreten. Ein zitronengelber VW-Porsche aus den Siebzigern und ein orangerot lackierter

Opel Kadett Caravan von 1976 waren die jüngsten Modelle, die sie losfahren sahen.

Dem Fahrer eines Bugatti aus den späten Zwanzigern mit leuchtend blauer Karosserie starb der Motor ab, als er etwas zu sportlich starten wollte. Mit hochrotem Kopf saß er hinter dem Steuer, bis es ihm und seiner Beifahrerin endlich gelungen war, die Maschine wieder zum Laufen zu bringen. Diesmal kamen sie vom Fleck, wenn auch etwas holprig, doch die Abzweigung nach rechts, die im Streckenplan vorgesehen war, ließen sie vor lauter Aufregung aus und preschten stattdessen auf der Bundesstraße hinauf. Vier Rallye-Starts später sah man sie den Berg wieder herunterkommen und doch noch in die richtige Richtung abbiegen.

Haffmeyer machte seine Sache besser. Er fuhr exzellent an, beschleunigte zügig, aber nicht überhastet, und Hanna dirigierte ihn wie selbstverständlich nach rechts auf die Strecke. Als die beiden aus ihrem Blickfeld verschwunden waren, beobachteten Hansen und Murnauer den Sprecher Claus Dautel, der mit Mischpult und Mikrofon in einem Transporter untergebracht war. Unermüdlich betete er die Namen der Fahrer und ihrer Fahrzeuge herunter und ging dabei immer wieder ins Detail und schwärmte von den Vorzügen eines besonderen Modells, vielleicht auch von der kleinen Stückzahl, in der das Auto nur noch existierte. Er referierte über Vorgänger- und Nachfolgemodelle, und soweit Hansen es durch die Fensterscheiben des Transporters beobachten konnte, las er all diese Informationen nicht ab. Nur für den Namen des nächsten Starters und für

Baujahr und Modellname des Autos wanderte sein Blick kurz auf die Liste vor ihm, ansonsten schien er frei zu reden.

»Der macht das gut, nicht wahr?«, fragte Murnauer, als er Hansens bewundernden Blick bemerkt hatte.

»Allerdings. Was der alles weiß!«

»Na ja, Claus ist ja nicht erst seit gestern Sprecher auf solchen Veranstaltungen. Schau mal, er winkt uns zu sich.«

Tatsächlich fuchtelte Dautel mit den Armen und machte einladende Gesten, ohne in seinen beeindruckenden Redefluss auch nur die kleinste Pause einzulegen. Murnauer ging Hansen voraus, und wenig später kletterten sie durch eine Seitentür in den Transporter. Sie lehnten sich an den Tisch von Dautel, der eben noch die letzten Informationen zum aktuellen Starter durchsagte, sich dann seinen Besuchern zuwandte und sie gleich in seine Reportage mit einbezog.

»Meine Damen und Herren«, begann er, »ich habe hier ganz besondere Gäste. Viele der Fahrer, die heute für unsere historische Rallye auf die Strecke gehen, kennen ihn: Horst Murnauer, von vielen Oldtimer-Freunden auch ›Professor Brinkmann der Motorenwelt‹ genannt.«

Dautel zwinkerte seinem Gesprächspartner zu und stellte ihm einige Fragen zu den Fahrzeugen, mit denen er in diesem Jahr in Bad Hindelang vertreten war. Er wollte gerade auf den neuen Fahrer Eike Hansen aus Wunstorf bei Hannover zu sprechen kommen, da gab der vor, dringend auf die Toilette zu müssen, und verließ den Transporter eilig.

»Ja, meine Damen und Herren, mit Eike Hansen müssen wir wohl ein anderes Mal reden – er muss dringend mal dahin, wo selbst Oldtimer-Freunde zu Fuß hingehen. Ob er wohl schon etwas nervös ist, lieber Horst? Aber erzähl doch mehr von deinen beiden Prachtstücken. Dein Healey zum Beispiel, der bei der Gleichmäßigkeitsprüfung von Eike Hansen gefahren wird …«

Prächtig gelaunt und bestens informiert führte Claus Dautel durch die gesamte Startprozedur. Hansen konnte ihn noch drüben vor dem Kurhaus hören und war froh, dass er das Risiko hatte vermeiden können, sich im Interview womöglich doch noch als Oldtimer-Laie zu verraten.

Als Hanna und Haffmeyer gegen siebzehn Uhr von der Rallye zurückkehrten, standen Murnauer und Hansen am Healey und nahmen an dem teil, was der Veranstalter »Präsentation der Fahrzeuge« nannte. Es kamen viele vorbei, die mit Horst Murnauer ein Schwätzchen halten wollten, manche holten sich vom »Professor Brinkmann der Motorenwelt« auch einfach nur Tipps, wie sie ein Problem vielleicht selbst lösen konnten, dessen Behebung sie sonst womöglich ein kleines Vermögen gekostet hätte. Murnauer gab geduldig Auskunft, es war ihm aber anzusehen, dass er mit seiner Zeit auch Besseres hätte anfangen können.

Sobald aber ein Passant mit bewundernden Blicken die Linien der Healey-Karosserie nachfuhr und von ihm womöglich sogar den genauen Farbton der Lackierung wissen wollte, schien Horst Murnauer um mehrere Zentimeter zu wachsen und gab bereitwillig und freudig Auskunft bis ins letzte Detail.

Einige Stunden später trafen sie sich alle im Kurhaus zum Festabend, der die Siegerehrung der Rallye würdig einrahmte. Haffmeyer war in Hochstimmung: Mit Hannas Hilfe hatte er so gut abgeschnitten, dass sie mehr als zehn andere Teams hinter sich gelassen hatten – Haffmeyer wollte gar nicht mehr aufhören, seine Kopilotin hochleben zu lassen.

Entsprechend zufrieden gingen sie alle an diesem Abend zu Bett.

Samstag, 11. Oktober

Hansen hatte bis Samstag früh nicht viel zu tun.

Die Straße zum Jochpass hinauf war seit Freitag ab dreizehn Uhr nicht mehr befahrbar gewesen, weil die Strecke für die Gleichmäßigkeitsprüfung vorbereitet wurde. Hansen hatte die Zeit genutzt, den ganzen Rummel und die Personen, die daran unterschiedlich großen Anteil hatten, möglichst genau zu beobachten. Das Ergebnis teilte er den anderen am Samstagmorgen beim Frühstück mit.

»Wenn wir annehmen, dass Schlitter tatsächlich erpresst wird, sehe ich in Hindelang bisher niemanden, der sich als Verdächtiger anbietet.«

»Glaubst du ihm denn nicht?«, fragte Horst Murnauer mit hochgezogenen Augenbrauen. »Ich kenne Karl schon seit vielen Jahren, und ich kann mir beim besten Willen nicht vorstellen, dass er sich das alles nur ausgedacht hat. Er müsste doch befürchten, dass ein Journalist Wind von der Sache bekommt und über die Erpressung und vor allem über das für dieses Wochenende angedrohte Attentat berichtet – und damit würde er ausgerechnet das Jochpass Memorial gefährden, das ihm so sehr am Herzen liegt.«

»Da hast du natürlich auch wieder recht«, meinte Hansen und strich nachdenklich Butter auf eine Brötchenhälfte. Dann wandte er sich an Hanna und Haffmeyer.

»Und euch ist auch nichts aufgefallen, was mit der Erpressung zu tun haben könnte?«

»Nein«, sagte Hanna. »Schlitter scheint überall sehr beliebt zu sein, und alle – ob Teilnehmer oder Leute aus dem Veranstalterteam – loben ihn und sein Engagement in den höchsten Tönen.«

»Alle bis auf Rudi Groß, diesen Angeber«, brummte Haffmeyer. »Der meckert an allem herum und spielt sich auf, als wäre er hier der Allerwichtigste. Bei dem habe ich den Eindruck, dass er es keinem anderen gönnt, im Mittelpunkt zu stehen. Der könnte natürlich neidisch sein auf Schlitter, auch wenn er immer ganz freundlich tut, wenn er direkt mit ihm spricht. Aber eine Erpressung? Mag sein, dass er Schlitter den Gewinn in diesem Fernsehquiz nicht gönnt – aber er braucht ganz sicher nicht mehr Geld, als er schon hat.«

Hansen tupfte etwas Honig auf die Butter.

»Na ja, schauen wir uns halt weiter um. Aber jetzt müsst ihr beide die Augen noch mehr offen halten als bisher – ich werde mit meinen Fahrten zum Pass hinauf nämlich gut zu tun haben.«

Vor dem Referenzlauf war Hansen sehr nervös. Auf dem Weg vom Stellplatz zum Start fühlte er sich wieder unsicher und fremd in Murnauers rotem Flitzer, ganz wie zu Beginn, als er sich das erste Mal hinter das Steuer des Healey gesetzt hatte. Selbst der Helm schien ihn an Stellen zu drücken, an denen er bisher perfekt gepasst hatte. Zweimal verschaltete er sich, und einmal ging ihm sogar der Motor aus. Murnauer und Haffmeyer redeten ihm gut zu, und schließlich riss sich Hansen zusammen und bekam sein Nervenflattern einigermaßen in den Griff. Ohne weitere Zwischenfälle erreichte er das Ende der Starterschlange, und mit zunehmender Wartezeit wurde er etwas ruhiger.

Seltsam, dachte Hansen, eigentlich war er hier, um sich nach einem möglichen Erpresser umzusehen, aber die Atmosphäre dieses Oldtimer-Spektakels hatte ihn inzwischen völlig in ihren Bann gezogen. Die Lautsprecherdurchsagen von Claus Dautel, die Spannung im Startbereich, die gepflegten Fahrzeuge, die netten Menschen um ihn herum, die auf ihn wirkten wie eine große harmonische Familie …

Vor ihm standen zwei Motorräder in der Schlange, davon eines mit Beiwagen. Während des Oldietreffs war ihm erklärt worden, dass nur eine einzige Maßgabe für teilnehmende Fahrzeuge gelte: Sie dürften nicht jünger als Baujahr 1979 sein. Natürlich mussten alle eine Zulassung für den Straßenverkehr haben, Motorräder und Autos wurden zusätzlich zur Gesamtwertung auch noch in Gruppen eingeteilt, innerhalb denen es eine eigene Wertung gab. Aber am Start standen sie alle bunt gemischt.

Weiter vorne sah er Rudi Groß in seinem Lancia Florida starten. Claus Dautel hatte bereits seine bisherigen Erfolge aufgelistet, und die Zahl der Preise, die er eingeheimst hatte, war in der Tat beeindruckend. Groß flog geradezu die lange Gerade aus dem Ort hinaus, und das Röhren des Motors entfernte sich langsam, bevor es in der scharfen Rechtskurve bei der Schnitzelalm kurz leise wurde und auf der darauffolgenden Passage wieder lauter zu hören war. Viele der Zuschauer folgten dem roten Lancia mit bewundernden Blicken, und selbst Dautel kommentierte die Fahrt von Groß, so lange er ihn von seinem Sprecherplatz aus sehen konnte. Er endete gerade noch rechtzeitig, bevor der nächste Fahrer auf die Strecke geschickt werden musste.

Direkt vor den beiden Motorrädern stand der MG von Romina Sattler. Sie hatte das Verdeck geöffnet, und als sie auf der Geraden den Hang hinaufdonnerte, mindestens so schnell wie zuvor Rudi Groß, lösten sich die ersten Strähnen aus ihrem Haarknoten, und schon vor der ersten Kurve flatterten sie im Fahrtwind fröhlich hinter ihr her.

Hansen schloss die Augen, drückte sich mit gestreckten Armen vom Lenkrad ab und horchte in sich hinein. Nun fühlte er sich wieder ruhig – bis er hörte, wie seine Startnummer aufgerufen wurde. Er sah nach vorn. Eben röhrte das zweite Motorrad davon, und er beeilte sich, den Gang einzulegen und langsam zur Startlinie vorzurollen.

»Sie sehen hier einen Healey Silverstone«, stellte Claus Dautel den Wagen vor. Unter dem Helm hörte Hansen die Stimme des Sprechers nur gedämpft, und durch die rund um den Startbereich aufgestellten Lautsprecher schien sie von überallher zugleich zu kommen. »Benannt wurde das Modell nach der 1947 eröffneten englischen Rennstrecke in Silverstone, zwischen Northampton und Oxford. Es handelt sich bei diesem Healey Silverstone um einen Typ E, ausgeliefert im September 1950, und damit eines der letzten Modelle, die überhaupt gebaut wurden.«

Hansen musste schmunzeln. Mit genau denselben Worten hatte ihm Murnauer den Wagen vorgestellt. Dann war er auch schon an der Reihe, Dautels weitere Durchsagen beachtete er nicht weiter. Er drückte aufs Gaspedal und ließ die Kupplung kommen.

Jetzt nur nicht den Motor abwürgen, ging es ihm durch den Kopf, aber alles ging gut, und er ließ den Startbereich, den Transporter mit dem unentwegt weiterredenden Dautel und die Zuschauer hinter sich. Vor der ersten Rechtskurve musste er sich noch kurz die schweißnassen Hände nacheinander an der Hose trocken wischen, dann kam er allmählich in den Rhythmus, den er schon in der letzten Trainingsfahrt in sich gespürt hatte.

Eine Kurve nach der anderen nahm er zügig und gleichmäßig, die Geraden donnerte er mit Vollgas entlang, in immer derselben Entfernung zur nächsten Kurve ging er vom Gas und bremste allmählich auf die Geschwindigkeit herunter, die er sich für diese Passage gemerkt hatte. Und als er oben die Ziellinie überquerte, stand Hanna am Straßenrand, sah auf die Zeitanzeige und hielt dann lachend die rechte Hand mit dem ausgestreckten Daumen nach oben.

Er ließ seinen Wagen langsam ausrollen, fuhr noch an der Tankstelle vorbei und parkte den Healey neben Romina Sattlers Oldtimer. Hansen stieg aus, lehnte sich ans Auto und nahm den Helm ab. Hanna kam vom Zielbereich herangeeilt, Romina Sattler näherte sich ihm von der anderen

Seite, eine Coladose in der einen und einen nicht angezündeten Zigarillo in der anderen Hand.

»Na, Eike, hat alles gut geklappt?«, fragte sie.

»Ist, glaube ich, ganz gut gelaufen, danke.«

»Darauf stoßen wir an.«

Sie drehte sich so zur Seite, dass er die beiden Coladosen sehen konnte, die sie sich unter den rechten Arm geklemmt hatte.

»Nimm dir eine«, sagte sie, und Hanna, die in diesem Moment ebenfalls bei ihnen ankam, bot sie die zweite an.

Mit leisem Scheppern stießen sie die Dosen gegeneinander und nahmen einen großen Schluck.

»Bier wär mir lieber, aber das muss bis heute Abend warten. Und der Zigarillo natürlich auch.«

Grinsend hob sie ihn hoch, dann roch sie mit geschlossenen Augen daran und steckte ihn in eine Brusttasche ihres Rennoveralls.

»Hast du mitbekommen, wie es für Rudi Groß gelaufen ist?«, erkundigte sich Hansen.

Romina wiegte den Kopf. »Er tut so, als ärgere er sich über seine Zeit, aber ich fand, dass er klasse gefahren ist. Kam im Start top weg, dann flott den Hang hinauf, und soweit ich das vom Startbereich aus sehen konnte, hat er sofort die Ideallinie erwischt. Den werde ich auch in diesem Jahr nicht knacken können. Na, egal, zweiter Platz in der Gesamtwertung ist auch nicht schlecht. Und in meiner Altersgruppe werde ich eh gewinnen.«

»Liegen eure Fahrzeuge denn vom Alter her nicht recht dicht beieinander?«

Romina Sattler lachte so schallend, dass sich einige Zuschauer zu ihr umdrehten.

»Du bist klasse, Eike! Stimmt, Rudis Wagen ist nur vier Jahre neuer als meiner, aber weil der 1. Januar 1954 die Grenze zwischen den Gruppen B und C markiert, starten unsere Autos in verschiedenen Wertungen. Aber auf die Autos habe ich gerade gar nicht angespielt.«

Sie ließ eine kurze Pause und grinste breit.

»Ich habe *meine* Altersklasse gemeint, mein Lieber.«

Sie sah sich nach allen Seiten um, dann beugte sie sich etwas vor und raunte ihm mit Verschwörermiene zu: »Die ganzen anderen Fahrer jenseits der siebzig sind alles alte Knacker, die sich vor jeder Kurve krampfhaft am Lenkrad festklammern und hoffen, dass ihnen in der nächsten Kehre nicht die Hüfte rausspringt.«

Sie lachte wieder, dann trank sie ihre Dose aus und klopfte Hanna und Hansen auf die Schultern.

»Bis später, Leute, ich muss da drüben mal mit jemandem reden.«

Damit war sie auch schon in einem Pulk verschwunden, der sich in der Nähe des Zielstrichs gebildet hatte.

Nachdem gegen fünf Uhr nachmittags der letzte Memorial-Starter seinen Referenzlauf und die beiden Wertungsläufe des Tages absolviert hatte, versammelten sich ab Viertel nach fünf die meisten Piloten im Fahrerlager, das im Busbahnhof eingerichtet war, und plauderten angeregt, um sich das Warten auf die Ergebnislisten des ersten Tages zu vertreiben.

Als die Zeiten schließlich ausgehängt waren, stand Rudi Groß auf dem ersten Platz, ohne dass das irgendjemanden überrascht hätte. Romina Sattler folgte auf Rang zwei in der Gesamtwertung, hatte allerdings schon eine deutlich größere Abweichung in den einzelnen Fahrzeiten. Wendelin Knecht hatte viel länger ins Ziel gebraucht als die beiden, aber seine Differenz war recht gering, und so reihte er sich hinter Romina auf Platz drei ein. Es folgten einige Fahrer, die Hansen nicht kannte – und schon auf Rang 23 er selbst.

Romina Sattler klopfte ihm wieder auf die Schulter.

»Respekt, Eike, das erste Mal auf dieser Strecke unterwegs und schon so gut dabei! Ich gratuliere! Darauf wirst du uns wohl heute Abend ein Fläschchen ausgeben müssen!«

Lachend ging sie weiter, und Hansen sah sich nach weiteren bekannten Gesichtern um. Ein Stück entfernt beobachtete er, wie Wendelin Knecht zunächst versuchte, dem auf ihn zukommenden Rudi Groß aus dem Weg zu gehen, wie die beiden dann aber doch beieinander stehen blieben.

Schließlich kam Horst Murnauer in Begleitung von Hanna und Haffmeyer. Sie hatten ihm eine Flasche Bier mitgebracht und stießen nun mit ihm an. Murnauer sagte ihnen, dass sie sich gegen halb acht vor der Kirche in der Ortsmitte einfinden sollten.

»Ich hab einen Tisch in einem sehr schnuckeligen Restaurant reserviert. Da essen wir schön, trinken was und gehen dann früh ins Hotel, um morgen fitter zu sein als heute.«

Er strahlte Hansen an.

»Wobei ... wenn ich mir deine heutigen Zeiten so ansehe, sollte ich wohl lieber dafür sorgen, dass du auch ausreichend Schnaps zu trinken bekommst, was?«

Er grinste, und Hansen ließ sich den Scherz auf seine Kosten gern gefallen.

Aus einiger Entfernung war lautes Lachen zu hören. Hansen sah, wie sich Rudi Groß schier ausschüttete, während ihm Wendelin Knecht nicht sonderlich amüsiert gegenüberstand. Dann versperrten ihm die anderen Gäste wieder die Sicht, und Hansen bekam nicht mehr mit, wie Knecht sich plötzlich mit wütender Miene vorbeugte und Groß ein paarmal energisch mit dem Zeigefinger auf den Brustkorb tippte. Dann rief er ihm noch eine bissige Bemerkung zu, wandte sich abrupt ab und stapfte zornig davon.

Groß sah ihm für einen Moment sprachlos hinterher, dann fiel ihm auf, dass einige Umstehende alles mit angesehen haben mussten. Er hob die Hände, als wüsste er gar nicht, was hier eben los gewesen sei. Dabei lächelte er gekünstelt und ging dann los, um sich etwas zu trinken zu holen.

Das Lokal befand sich mitten im Ort, von ihrem Treffpunkt vor der Kirche hatten sie nur wenige Schritte zu gehen. Im Sommer bot die Fläche vor dem Restaurant Raum für Tische und Stühle, und von dem kleinen Platz ging eine Tür in den Gastraum und eine zweite in die benachbarte Buchhandlung.

Die Bedienung hatte zwei Tische zusammengeschoben, um die Hanna, Romina, Haffmeyer, Hansen, Murnauer, das Ehepaar Heigerl und Maria Priems Platz nahmen. Nach einer Viertelstunde stieß auch Rolf Hamann dazu, und er und Hansen hielten sich wie schon die anderen Male zuvor an die Vereinbarung, sich nicht zu vertraut zu geben.

Im ersten Moment wirkte das Lokal ein wenig kühl auf Hansen: Strenge Formen dominierten den großen Tresen, über dem schwarze Lampen von der Decke hingen. Dazu das helle Holz der Tischplatten und die weiß gestrichenen Betonstützen – das sah alles sehr modern aus, und Hansen wunderte sich, dass Horst Murnauer, der für ihn eher in ein rustikales Dorfgasthaus passte, gerade hier einen Tisch reserviert hatte.

Doch bald bemerkte er die Details, die den strengen ersten Eindruck auflockerten: den einen roten Barhocker zwischen all den schwarzen, die runden Leuchten in Orange- und Brauntönen oberhalb der Tische, die in unterschiedlichen Farben gehaltenen Sitzkissen – und die aufmerksame Bedienung, die schon auf den kleinsten Wink hin mit dem Gewünschten an den Tisch gehuscht kam, ohne dabei Hektik zu verbreiten. Obendrein machte sich die Frau einen Spaß daraus, den Gästen am langen Tisch jedes Mal, wenn sie etwas brachte, den Namen eines alten Rennwagens zu nennen. Sie hatte mitbekommen, dass am Tisch lauter Oldtimer-Freunde saßen – und nach zwei Stunden löste sie das Rätsel um ihr überraschendes Fachwissen auf: Sie brachte einen Stapel Quartettkarten mit, den ihr Sohn vor zwei Tagen bei einem Besuch im Lokal vergessen hatte und auf dem allerlei berühmte und weniger berühmte Modelle abgebildet und mit ihren technischen Details beschrieben waren.

Karl Schlitter als Mitveranstalter und Pressemann Waldemar Kugler waren noch durch eine Besprechung des Memorial-Teams aufgehalten worden. Sie kamen gerade dazu, als Murnauer mit schon etwas schwerer Zunge den Hubraum eines Maserati-Rennwagens aus den Fünfzigern abfragte und Doris Heigerl unter großem Applaus der anderen sofort den richtigen Wert nannte.

»Ich wohne übrigens genau dort drüben«, sagte Schlitter, als er alle begrüßt hatte, und deutete durch das große Fenster, unter dem die Bank stand, auf die andere Straßenseite. »Und weil ich's ja nicht so weit habe, kann ich jetzt glatt ein Bier mehr trinken!«

Das tat er dann auch, und die anderen prosteten ihm aufgekratzt zu. Das Essen hatte allen geschmeckt, und auch Durst musste keiner leiden. Entsprechend ausgelassen war die Stimmung in der Runde, als Hansen sein Handy in der Hosentasche vibrieren spürte. Hansen nahm das Telefon heraus, sah Resis Namen auf dem Display und entschuldigte sich kurz bei den anderen. Auf dem Weg nach draußen nahm er den Anruf entgegen.

»Hallo, Eike. Alles gut bei dir? Du bist grad essen, oder?«

»Ja, alles nette Leute hier, und das Lokal würde dir auch gefallen. Wie geht's deinem Vater?«

»Der ist wohl über den Berg, sagen die Ärzte. Er wird sich noch eine Weile schonen müssen, auch Essen und Trinken sollte er wohl etwas umstellen, aber im Moment sind die Ärzte ganz zufrieden mit seinem Zustand. Vielleicht wird er Ende kommender Woche schon entlassen, meine Mutter bespricht mit ihm schon, welche Reha-Einrichtung am ehesten für ihn infrage kommt.«

»Schön, freut mich.«

»Und deshalb brauchen mich meine Eltern nicht mehr zwingend hier. Bist du nach Hindelang gefahren, wie du es vorhattest?«

»Ja, das hat alles geklappt – und bisher ist auch nichts passiert. Ich habe mich übrigens sehr gut geschlagen bei dieser Gleichmäßigkeitsprüfung.«

»Echt? Super, aber dann war die also schon? Ich hätte dich gern in dieser alten Kiste fahren sehen.«

»Morgen habe ich drei oder vier Durchgänge zu fahren. Das geht noch bis zum späten Nachmittag.«

»Dann komm ich doch morgen früh gleich nach Hindelang – ist das in Ordnung für dich?«

»Du kannst auch gleich losfahren, ich habe ein schönes Hotelzimmer, da bringe ich dich auch noch unter.«

Sie lachte, und er stellte fest, wie sehr sie ihm fehlte.

»Das glaub ich dir, aber heute schaff ich's nicht mehr. Wo finde ich dich denn morgen Vormittag?«

Hansen beschrieb ihr, wie sie zum Fahrerlager und in den Startbereich kam.

»Gut, dann werde ich nach einem Undercover-Agenten mit falschem Namen, aufgeklebtem Schnurrbart und Trenchcoat suchen, ja?«

»Nein, kein Trenchcoat, kein Bart, kein falscher Name. Wenn du mich nicht gleich findest, halt Ausschau nach einem großen, weißen alten Mercedes und einem roten Sportwagen.«

Nach dem Telefonat kehrte er zu den anderen zurück, aber die ersten hatten schon die Bedienung gerufen, um zu zahlen, und nach und nach löste sich die fröhliche Runde auf.

Murnauer, Hanna und Haffmeyer gingen mit den anderen ein Stück voraus und plauderten auf sie ein, damit nicht so sehr auffiel, dass Hansen mit Hamann und Schlitter vor dem Lokal stehen geblieben war.

»Sieht ganz so aus, als hätte der anonyme Anrufer seine Drohung nicht ernst gemeint«, sagte Hansen, als die anderen außer Hörweite waren.

»Noch ist die Veranstaltung nicht vorüber«, gab Hamann zu bedenken, »und außerdem …«

Er sah kurz zu Schlitter. Der nickte und murmelte: »Außerdem hat der Mann gestern wieder angerufen. Nachts, kurz nach halb eins. Rolf und ich hatten noch in der Küche zusammengesessen und wollten gerade schlafen gehen.«

»Und? Was wollte er diesmal?«

»Er hat nur die Summe wiederholt: dreihunderttausend Euro. Aber er hat weder Zeitpunkt noch Ort für eine Übergabe genannt. Ich stand im Flur wie vom Donner gerührt, und als ich die Stimme wiedererkannte, habe ich sofort Rolf herangewinkt, aber bis der neben mir stand und hätte mithören können, hatte der Mann schon aufgelegt.«

Hamann und Hansen wechselten einen kurzen Blick. Es war schon auffällig, dass noch niemand außer Schlitter diesen geheimnisvollen Unbekannten gehört oder gesehen hatte.

»Was heißt eigentlich wiedererkannt?«, hakte Hansen nach. »Haben Sie ... hast du herausgehört, wem die Stimme gehört, das heißt, wer der Erpresser ist?«

»Nein, das nicht, der verstellt seine Stimme, aber ich habe sie von den vorherigen Anrufen her wiedererkannt.«

»Viel Zeit bleibt dem großen Unbekannten ja nicht mehr, wenn er wirklich einen Anschlag auf das Jochpass Memorial verüben will und weder Ort noch Zeit für einen neuen Übergabeversuch genannt hat.«

»Nein. Das ist seltsam, oder?«

»Ja, sehr. Zumal er ja deiner Rallye nicht mehr allzu sehr schaden kann, wenn der Anschlag erst am letzten Tag stattfindet. Das kommt mir nicht sehr logisch vor.«

»Aber wenn morgen was passiert, kommt im nächsten Jahr womöglich kaum noch jemand«, sagte Karl Schlitter, und sein Gesicht zeigte einen Anflug von Panik. »Dann können wir einpacken!«

»Ach was«, beruhigte ihn Hamann, »dann habt ihr erst recht Zulauf. Die Leute stehen auf Nervenkitzel, glaub mir. So zynisch es klingt: Das könnte die beste Werbung für euer Spektakel sein. Aber natürlich wünscht sich das niemand.«

Schlitter verabschiedete sich rasch, weil er dringend zur Toilette musste.

»Ich komm gleich nach, Karl, kannst die Haustür ruhig offen lassen«, sagte Hamann und sah seinem alten Schulfreund hinterher.

»Komischer Erpresser, was?«, murmelte Hansen.

»Ich werde auch nicht schlau aus der Geschichte«, sagte Hamann und sah ihn traurig an. »Da will einer Geld erpressen und droht damit, eine Veranstaltung für ein Attentat zu nutzen – wie auch immer. Die Summe passt ziemlich genau zu dem Geld, das Karl noch flüssig hat, zur ersten Geldübergabe kommt niemand ...«

»Okay, der Unbekannte kann ja wirklich bemerkt haben, dass die Polizei auf ihn gewartet hat.«

»Stimmt. Aber dann ruft er noch zweimal an, einmal beschwert er sich, dass die Polizei informiert worden war – was dafür spräche, dass es ohne die Sonthofener Kollegen zur Geldübergabe gekommen wäre. Und ein weiteres Mal wiederholt er nur die Summe, schlägt aber keine neue Übergabe vor.« Hamann schüttelte den Kopf.

»Vielleicht ruft er heute Nacht noch einmal an und gibt Ort und Zeit durch«, schlug Hansen vor.

»Ja, vielleicht«, brummte Hamann.

»Und wenn nicht? Wenn nichts passiert? Wenn keiner mehr anruft und wir noch nicht einmal sicher wissen, ob überhaupt jemals jemand angerufen hat?«

Hamann ließ den Kopf hängen und schwieg.

»Tja«, sagte er nach einer Weile. »Dann werde ich zum ersten Mal darüber froh sein, dass ich nicht mehr bei der Kripo bin. Denn dann kann ich einfach meinem alten Schulfreund beistehen und muss ihn nicht ins Gebet nehmen oder ihm nachweisen, dass er Mist gebaut hat.«

Seufzend wandte sich Hamann ab, ging in Schlitters Haus und zog die Tür hinter sich zu.

Sonntag, 12. Oktober

Über Nacht hatte es geregnet, aber am nächsten Morgen war die Straße wieder trocken, und weil damit dieselben Bedingungen herrschten wie am Samstag, war es nicht nötig, die Fahrer mit einem zusätzlichen Trainingslauf an verschlechterte Verhältnisse zu gewöhnen.

Hansen war fast ein wenig enttäuscht, dass er schon auf die Strecke musste, noch bevor Resi eingetroffen war. Er fuhr einen recht schlechten ersten Lauf, und einige bisher hinter ihm Platzierte trafen ihre Referenzzeit besser als er und schoben sich im Klassement an ihm vorbei.

Als er sich mit Murnauer besprach, kam Haffmeyer herbei – mit Resi im Schlepptau. Sie trug eine Reisetasche, sah etwas blass aus, schien aber bester Laune. Sie gab Hansen einen Kuss und umarmte ihn herzlich. Dann stellte Hansen sie und Murnauer einander vor. Gemeinsam setzten sie Resi über die Rollen ins Bild, die Hansen und seine Kollegen spielten, und schließlich erklärte Murnauer ihr noch, wie der letzte Tag des diesjährigen Jochpass Memorial ablaufen würde.

Gegen halb zwölf rollte Hansen ein weiteres Mal zur Startaufstellung. Diesmal, da war er sicher, diesmal würde er eine absolute Superzeit fahren, weil ihn die Anwesenheit seiner Freundin so beflügelte. Als noch sieben Fahrzeuge zwischen ihm und dem Start in der Schlange standen und er um eine Autolänge nach vorne fahren wollte, würgte er den Motor ab. Murnauer sah schon ganz besorgt zu seinem Fahrer, doch Resi half Hansen mit ihrem Lachen und aufmunternden Gesten so gut über die peinliche Szene hinweg, dass er es einfach noch einmal probierte, und diesmal ging alles gut.

Auch der Start gelang ihm tadellos, und auf der geraden Strecke aus dem Ort hinaus glaubte er Resis bewundernde Blicke beinahe zu spüren. Oben am Ziel musste Hanna zweimal auf die Zeitanzeige schauen, um das Resultat auch wirklich glauben zu können. Ihr staunendes Gesicht und der erneut erhobene Daumen hoben Hansens Stimmung beträchtlich. Zu Recht, wie Hansen kurz darauf erfuhr – er hatte sich besser als zuvor an seine Referenzzeit angenähert, und wenn das Jochpass Memorial jetzt enden würde, hätte er in der Gesamtwertung einen fabelhaften fünfzehnten Platz ergattert.

Auch Romina Sattler hatte sich gesteigert, sie war noch immer Zweite hinter Rudi Groß, aber die Zeitdifferenz der beiden im Vergleich zu ihrem Referenzlauf war nun beinahe gleich, nur noch eine halbe Sekunde lag Romina hinter dem Favoriten. Wendelin Knecht hingegen war ein wenig zurückgefallen, er gehörte aber noch immer zu den fünf Bestplatzierten der Gesamtwertung.

Als Groß, Romina, Hansen und einige andere sich unten im Ort auf den nächsten Wertungslauf vorbereiteten, kam Rolf Hamann kreidebleich auf Hansen zugelaufen. Haffmeyer war sofort klar, dass die beiden etwas ohne Zuhörer zu besprechen hatten. Daher gab er Murnauer ein Zeichen, und die beiden stellten sich als improvisierte Abschirmung so hin, dass Hamann und Hansen ungestört miteinander reden konnten.

»Stell dir vor, Eike«, begann Hamann mit leiser Stimme und sah sich dabei immer wieder nach allen Seiten um, »mein Schulfreund ist verschwunden. Und der Geldkoffer auch – wenn er ihn nicht anderswo versteckt hat als zuletzt.«

»Glaubst du, dass er sich jetzt mit dem Erpresser trifft?«

Hamann kniff die Lippen zusammen.

»Das muss ich als sein Freund ja fast hoffen«, knurrte er dann. »Jedenfalls ist im Telefonspeicher für 9.15 Uhr heute früh tatsächlich ein angenommener Anruf gelistet. Die Rufnummer war unterdrückt, das könnte also passen.«

»Du warst nicht dabei?«

»Nein. Ich habe mich hier im Startbereich herumgetrieben. Karl meinte, er müsse noch ein bisschen Papierkram erledigen, der mit der gestrigen Rallye zu tun hat. Und als ich vor zwanzig Minuten zurückkam, war er fort. Ich habe ihn im ganzen Haus gesucht, dann habe ich das Telefon überprüft, und schließlich habe ich noch nach dem Geldkoffer geschaut. Tja, und dann bin ich sofort hierher zu dir.«

»Hm ... und jetzt gibt's zwei Möglichkeiten. Entweder dein Schulfreund macht sich doch mit seiner Kohle aus dem Staub, weil er glaubt, dass er sich nach einem Verfahren gegen ihn wegen vorgetäuschter Erpressung ohnehin nicht mehr in Bad Hindelang blicken lassen kann …«

»… oder er trifft den Erpresser doch noch, diesmal ohne die Polizei, und der große Unbekannte macht wenigstens seine Drohung nicht wahr, einen Anschlag auf das Jochpass Memorial zu verüben.«

»Auf jeden Fall dürfte das Geld weg sein, so oder so.«

»Und wir können im Moment nichts machen. Denn diesmal wird ihn der Erpresser ganz sicher nicht wieder hier in die Nähe bestellen. Und wo sich die beiden treffen, wissen wir nicht.«

»Und wenn dein Freund doch einfach abgehauen ist? Dann bekommt er mit jeder Stunde, in der wir die Kollegen nicht alarmieren, mehr Vorsprung.«

»Ich glaube nicht, dass er abgehauen ist. Das sagt mir mein Gefühl.«

»Das Gefühl ist so eine Sache, wenn es um alte Freunde geht.«

»Stimmt, aber sicher wissen können wir es trotzdem nicht. Immerhin würde er dann mit seinem eigenen Geld abhauen – das ist ja nicht verboten. Und falls gegen ihn ein Verfahren wegen einer vorgetäuschten Straftat eröffnet werden sollte, werden sie ihn schon wiederfinden. Ich meine, dreihunderttausend Euro sind eine schöne Summe, aber doch nicht genug, um damit für den Rest deines Lebens irgendwo in einem Land unterzutauchen, in dem dich die deutsche Polizei nicht findet.«

Und so verabredeten sie, fürs Erste nur Haffmeyer und Hanna Bescheid zu geben. Hamann würde in Schlitters

Haus auf seinen Freund warten, während Haffmeyer durch den Ort streifte und nach ihm Ausschau hielt. Hanna würde sich droben im Zielbereich umsehen, und Hansen wollte nun erst einmal seinen vorletzten Wertungslauf fahren.

Doch der wurde abgesagt, noch bevor Hansen die Startlinie erreicht hatte.

»Liebe Oldtimer-Freunde«, begann Claus Dautel seine erste Durchsage nach einer mehrminütigen Pause, in der kein Fahrzeug neu auf die Strecke geschickt wurde. Dafür herrschte in der Gruppe der Sanitäter, die in der Nähe des Startbereichs darauf hofften, auch diesmal umsonst in Bereitschaft zu stehen, hektische Betriebsamkeit, und der Notarztwagen war inzwischen mit Vollgas die Rennstrecke hinaufgerast.

»Ich muss euch leider eine traurige Mitteilung machen … eine sehr, sehr traurige, eine tragische Mitteilung, liebe Oldtimer-Freunde.«

Romina Sattler hatte damit genug gehört. Die beiden Fahrzeuge, die eigentlich zwischen ihr und Rudi Groß hätten starten sollen, hatten sich beim Einfädeln in die Starterschlange touchiert. Seither inspizierten die Fahrer und Beifahrer mit sorgenvoller Miene den entstandenen Blechschaden und hatten deswegen die ältere Dame in ihrem MG vorrücken lassen. Sie stand jetzt ganz vorne in der Reihe, wo sie sich bis eben darauf gefreut hatte, Rudi Groß womöglich mit einer noch besseren Zeit einheizen zu können. Jetzt legte sie den Gang ein, trat das Gaspedal durch und jagte ihren MG die Steigung empor. Ein Ordner versuchte, sie kurz nach Claus Dautels Transporter zu stoppen, doch Romina blieb auf dem Gaspedal, und der Mann musste im letzten Moment zur Seite springen.

Hansen war mit seinem Healey so weit hinten in der Schlange postiert, dass er noch nicht durch das große Tor gerollt war, das den Beginn des Startbereichs markierte. Kurzentschlossen scherte er aus der Schlange aus und jagte Romina Sattlers MG hinterher. Der Ordner sah kopfschüttelnd das nächste Auto auf sich zukommen. Er winkte ab und trat gleich zur Seite.

Im Lärm des Healey-Motors ging Dautels weitere Durchsage unter. Obwohl sein Wagen schneller und PS-stärker war, holte Hansen Romina nicht ein. Vor der zweitletzten Linkskehre der Rennstrecke – er erinnerte sich daran, dass dieser Streckenabschnitt Rondell genannt wurde – hatte sich ein Menschenpulk versammelt. Dort stand auch der Notarztwagen, und ein paar Meter dahinter sprang gerade Romina Sattler aus ihrem Auto. Sie zog ihren Helm mit einer schnellen Bewegung vom Kopf, warf ihn in den offenen Wagen und eilte an den Straßenrand.

Hansen folgte ihr, wenn auch langsamer. In den Gesichtern der Umstehenden spiegelte sich blankes Entsetzen, aber auf dem gegenüberliegenden Hang waren schon Zuschauer zu sehen, die ihre Kameras bergabwärts richteten und in aller Eile versuchten, ihre Objektive scharf zu stellen.

Schließlich hatte sich Hansen auf einen Platz direkt neben Romina Sattler vorgearbeitet. Sie standen an der Straße und hatten vor sich einen Hang, der mit Gras und niedrigem Buschwerk bewachsen war. Links oberhalb des Gestrüpps führte die Jochstraße weiter nach oben, nach rechts senkte sich der Hang erst sanft und dann zunehmend steil ins Tal hinunter. Direkt vor ihnen, nur wenige Meter hinter der demolierten Leitplanke, lag der Lancia von Rudi Groß auf dem Dach. Dem Wagen fehlte ein Vorderrad, und um das Wrack verteilt lagen Glassplitter und Metallteile.

Hansen legte einen Arm um Romina.

»Vielleicht ist er ja noch rausgekommen«, versuchte er, ihr Hoffnung zu machen.

Sie schüttelte nur den Kopf und deutete auf die Besatzung des Notarztwagens. Sanitäter und Arzt standen tatenlos neben dem Fahrzeug und sahen ins Innere, die Lippen fest zusammengepresst, und auch von gegenüber, wo ein zweiter aus Oberjoch herbeigeeilter Notarztwagen stand, hielten die Helfer direkt auf den zerstörten Oldtimer zu. Das hieß, dass es zwischen hier und dem Wrack nirgendwo eine Spur von Rudi Groß gab. Und wenn Groß noch im Wagen gesessen hatte, als der auf dem Hang aufgeschlagen war, konnte er den Aufprall unmöglich überlebt haben: Der Oldtimer war kopfüber auf zwei Felsen gelandet, die auf dem an dieser Stelle noch flachen Hang mitten im Gras lagen und den größten Teil des Autodachs bis auf die Sitze eingedrückt hatten.

Inzwischen hatten die letzten Sanitäter die Reste des Lancia Florida erreicht. Angestrengt lugten auch sie durch die zerborstenen Fenster ins Wageninnere. Danach standen sie mit hängenden Schultern um das Wrack herum.

Einer holte sein Handy hervor und sagte etwas ins Telefon, dann wandten sie sich ab und kehrten zu dem Notarztwagen zurück.

Hansen führte Romina ein Stück weg vom Straßenrand, damit sie sich vom Anblick des zerstörten Oldtimers lösen konnte. Er schaltete sein Handy ein, um Resi, Haffmeyer und Hamann Bescheid zu geben, doch noch bevor er eine Nummer aufrufen konnte, klingelte sein Handy. Hamann war dran.

»Eike, was ist denn los bei euch? Haffmeyer hat mich gerade angerufen, dass das Memorial abgebrochen wurde. Groß war der letzte Fahrer, der auf die Strecke durfte?«

»Richtig, und der liegt jetzt tot auf einem Hang. Vermutlich ist er im Rondell von der Straße abgekommen, und dann hat sich sein Wagen überschlagen. Das kann er unmöglich überlebt haben, die Sanitäter haben auch erst gar nicht versucht, ihm zu helfen – es muss ziemlich eindeutig sein, dass da nichts mehr zu retten ist.«

»Um Himmels willen!«

»Ist dein Freund schon wieder heimgekommen?«

»Nein, bisher noch nicht. Glaubst du, der Tod von Groß hat etwas mit dem Attentat zu tun, das der Erpresser angedroht hat?«

»Keine Ahnung. Wir werden abwarten müssen, was die Spurensicherung ergibt. Bisher könnte es auch ein normaler Unfall sein. Ich habe allerdings noch nicht mit den Leuten hier oben gesprochen – vielleicht haben die was gesehen, was uns weiterhilft.«

»Damit ist deine Undercover-Zeit wohl vorüber, Eike.«

»Sieht so aus. Aber mit der Befragung warte ich lieber, bis die Sonthofener da sind. Ich nehme an, die wurden schon verständigt. Kollegen vor Ort können ja manchmal etwas … ungehalten reagieren, wenn sich ein Kripomann aus Kempten einmischt, noch bevor sie selbst mit der Arbeit begonnen haben.«

Hansen bat Hamann, auch Resi, Hanna und Haffmeyer telefonisch Bescheid zu geben, dann sah er kurz nach Romina, die den Umständen entsprechend leidlich wohlauf war, und ging schließlich zu den Sanitätern. Er zeigte seinen Dienstausweis und bat sie, zusammen mit den Kollegen auf der anderen Seite des Hangs dafür zu sorgen, dass keiner der Zuschauer seinen Platz verließ, bevor die sicher gleich eintreffende Polizei aus Sonthofen sie alle befragt hatte. Einer der Sanitäter gab die Bitte gleich an die Kollegen weiter oben an der Straße durch. Sofort wurden die Anwesenden auf beiden Seiten informiert, und die Sanitäter bezogen Posten.

Tatsächlich waren noch alle Augenzeugen des Unfalls da, als zwei Streifenwagen die Jochstraße heraufkamen und mit quietschenden Reifen direkt neben dem Notarztfahrzeug zum Stehen kamen. Ein schlanker Mann mit breitem Kreuz und ausgeprägten Geheimratsecken im schwarzen Haar stieg aus dem vorderen Streifenwagen und hielt auf einen der Sanitäter zu.

»Polizeioberkommissar Jagersch, Polizeiinspektion Sonthofen«, stellte er sich vor und hielt dem Sanitäter seinen Ausweis unter die Nase. »Wo liegt der Wagen?«

Der Sanitäter deutete hinter sich.

Jagersch gab den drei Polizisten, die ihm gefolgt waren, ein Signal, woraufhin sie in die angegebene Richtung gingen und sich einen ersten Überblick verschafften.

Jagersch selbst sah sich um und entdeckte dabei den zweiten Notarztwagen weiter oben an der Strecke.

»Sorgen Sie bitte dafür, dass all diese Leute hierbleiben, bis wir sie befragt haben. Und könnten Sie vielleicht Ihren Kollegen dort drüben durchgeben, dass sie es auf ihrer Seite der Unfallstelle ebenso halten, ja?«

»Ist längst veranlasst, Herr Jagersch«, antwortete der Sanitäter. »Darum hat uns schon Herr Hansen gebeten, der dort neben dem roten Oldtimer steht. Das ist ein Kollege von Ihnen.«

Jagersch hob die Augenbrauen, dann ging er zu Hansen hinüber.

»Der Sanitäter meinte, Sie seien ein Kollege. Kennen wir uns?«

»Noch nicht«, antwortete Hansen und holte seinen Dienstausweis hervor.

»Ach«, knurrte Jagersch, als er Rang und Dienststelle gelesen hatte, »und in Kempten ist man also der Meinung, dass die Polizeiinspektion Sonthofen für einen Verkehrsunfall Unterstützung von der Kripo braucht?«

»Nein, ich bin ... eher privat hier.«

»Na, so ein Zufall! Erst ruft mich der frühere Leiter des K1 an und bittet mich darum, nicht gegen seinen alten Schulfreund zu ermitteln, der allem Anschein nach eine Erpressung vorgetäuscht hat, und dann steht sein Nachfolger schon am Unfallort, bevor die zuständigen Beamten eintreffen!«

Jagersch ließ seiner Wut freien Lauf, und einige der Umstehenden sahen schon neugierig zu dem uniformierten Beamten hin, der offenbar einen der Memorial-Teilnehmer abkanzelte.

»Und gleich fassen Sie mir kurz die Befragungen der Augenzeugen zusammen, die Sie doch sicher schon durchgeführt haben?« Jagerschs Augen funkelten.

»Natürlich nicht«, antwortete Hansen ruhig. »Ich wollte Ihnen nicht vorgreifen. Ich habe nur die Sanitäter gebeten, niemanden weggehen zu lassen, bis Sie und Ihre Leute eingetroffen sind.«

»Wie nett«, konterte Jagersch, wirkte aber schon etwas weniger aggressiv. »Und wie kommen Sie so schnell hier rauf?«

Hansen deutete auf den roten Oldtimer neben sich.

»Haben Sie sich den ausgeliehen oder was?«

»Gewissermaßen.«

Hansen lächelte und schien ganz entspannt, auch wenn er sich insgeheim über das pampige Auftreten von Jagersch ärgerte.

»Der Wagen gehört Horst Murnauer aus Marktoberdorf, und als sein Fahrer nehme ich in diesem Jahr am Jochpass Memorial teil. Der Verunglückte, Rudi Groß, hat bis zu seinem Unfall die Gleichmäßigkeitsprüfung angeführt. Da vorne steht Romina Sattler, die direkt nach Groß gestartet wäre. Sie lag knapp hinter Groß auf dem zweiten Platz in der Gesamtwertung.«

Jagersch sah verblüfft mal zu Romina, dann wieder auf Hansens Healey.

»Äh …«, machte er.

»Als die Durchsage kam, dass es hier oben einen Unfall gegeben habe, konnte das ja nur mit Groß zu tun haben, der zuletzt auf die Strecke geschickt wurde. Frau Sattler ist daraufhin sofort losgefahren, und ich bin ihr gefolgt.«

»Ist diese Frau Sattler auch eine Kollegin?«

»Nein«, sagte Willy Haffmeyer, der inzwischen mit Hamann, Resi und Murnauer in dessen Jeep heraufgekommen war. »Aber ich bin einer.«

Jagersch fuhr herum und starrte den hageren Mann hinter sich an, der in aller Ruhe seinen Ausweis zückte und sich vorstellte.

»Und das hier ist Rolf Hamann, mit dem Sie ja schon telefoniert haben.«

Dass Polizeioberkommissar Jagersch nun wieder vor Wut kochte, war ihm anzusehen. Er warf erst Haffmeyer und Hamann, dann Hansen zornige Blicke zu.

»Wie schön. Sind das dann schon alle, oder kommen noch mehr von euch?«

»Nur noch Hanna Fischer«, versetzte Haffmeyer ungerührt, »ebenfalls vom K1.« Er hob den Arm und zeigte ein Stück die Strecke hinauf. »Sehen Sie sie dort herunterkommen?«

Hansen musste sich sehr beherrschen, ernst zu bleiben. Jagersch stand einen Moment lang da wie vom Blitz getroffen, bevor er kopfschüttelnd zu seinen uniformierten Kollegen ging, die schon getuschelt und dabei immer wieder gespannt zu ihnen herübergesehen hatten.

So schwierig sich das erste Zusammentreffen gestaltet hatte, so nahm Helmut Jagersch die weiteren Nackenschläge angenehm gefasst entgegen. Weil noch nicht bewiesen war, dass es die behauptete Erpressung nicht wirklich gegeben hatte, und weil ein Zusammenhang des Unfalls mit dieser Erpressung nicht ausgeschlossen werden konnte, wurde die Kripo Kempten nun auch offiziell hinzugezogen. Hansen brachte seinen Stellvertreter Hardy Koller auf den aktuellen Stand und bat ihn, mit Kripochef Huthmacher alles Nötige für die Bildung einer Ermittlungsgruppe in die Wege zu leiten.

Dann rief Hamann seinen früheren Chef Huthmacher an, informierte ihn ebenfalls und brachte ihm möglichst schonend bei, dass auf seine Bitte hin Hansen, Haffmeyer und Hanna Fischer in den vergangenen Tagen am Jochpass Memorial beziehungsweise der historischen Rallye teilgenommen hatten, um privat und verdeckt wegen einer Erpressung zu ermitteln. Das Wort »undercover« nahm er nicht in den Mund, aber Huthmacher bekam trotzdem Schnappatmung. Vermutlich sah er mit Blick auf die erhoffte Beförderung schon seine letzten Felle davonschwimmen.

»Ich werde gleich mit Koller …«, begann er, schwenkte dann aber schon auf den nächsten Satz um, den er jedoch auch nicht beendete.

»Benedikt Huthmacher muss sich noch an den Gedanken gewöhnen, dass ihr mir in den vergangenen Tagen ein wenig zur Hand gegangen seid«, fasste Hamann das Telefonat hinterher für Hansen lapidar zusammen.

Das Gespräch zwischen Helmut Jagersch und Resi Meyer verlief anfangs ähnlich holprig wie das zwischen ihm und Hansen. Erst war er nicht allzu begeistert darüber, dass nun auch noch der Part der Rechtsmedizin bereits abgedeckt war, aber irgendwann zuckte er die Schultern und ließ Resi alles Nötige telefonisch regeln.

Hamanns Handy klingelte. Es war Karl Schlitter, der sich bei seinem alten Schulfreund erkundigte, was eigentlich vorgefallen sei.

»Ich hab vorhin zwei Wagen mit Martinshorn auf der Bundesstraße vorbeifahren hören, und jetzt sind gerade wieder zwei Richtung Hindelang gerast.«

»Ja, hier ist der Teufel los. Aber erst einmal erzählst du mir, wo du steckst. Wir haben dich vorhin gesucht.«

»Ich …«

Schlitter unterbrach sich und deckte das Mikrofon halb mit der Hand ab. Das Rufen eines Mannes war zu hören und dann Schlitter, der antwortete: »Ja, ist recht, ich fahr schon weiter.« Dann sprach er wieder ins Mikro. »Ich komm jetzt nach Hindelang zurück, Rolf. Das war gerade ein Nachbar, dem ich wohl etwas seltsam vorkam.«

»Wo bist du?«

»In Imberg, mein Wagen steht auf dem Parkplatz gegenüber dem Gasthaus zur Sonne, und ich stehe daneben.«

Hamann kannte das Lokal. Das kleine Dorf Imberg lag ein paar hundert Meter südlich der Bundesstraße zwischen

Sonthofen und Hindelang, und in dem Gasthaus war er erst vor ein paar Tagen mit Schlitter gewesen.

»Warum das denn? Wieso gehst du essen, während hier in Hindelang das Memorial stattfindet, das dir angeblich so wichtig ist?«

»Von wegen essen! Einen Mordshunger hab ich, aber der Erpresser hat wieder angerufen. Ich soll meinen Wagen in Imberg gegenüber der Sonne parken und mich danebenstellen und auf ihn warten.«

»Und da stehst du jetzt mit dem Geldkoffer im Auto und wartest?«

»Nein, den Geldkoffer habe ich die ganze Zeit über in der Hand. So hat's der Erpresser vorgegeben.«

Hamann stellte sich das Bild eines Endfünfzigers vor, der mit einem abgewetzten Reisekoffer in einem kleinen Weiler neben seinem Auto stand.

»Da glaub ich gern, dass das dem Nachbarn nicht geheuer war.«

Durch das Telefon war eine Autotür zu hören, ein Motor wurde gestartet. Schlitter schien sich auf den Heimweg zu machen.

»Ist er denn gekommen, dein Erpresser?«, fragte Hamann.

»Nein, auch diesmal nicht.«

»Und du hast niemanden gesehen, der dich beobachtet hat und der dieser Erpresser sein könnte?«

»Nein. Nur dieser Nachbar hat geschimpft, und das Wirtsehepaar von der Sonne hat natürlich ein paarmal zu mir herübergeschaut. Aber als Erpresser kommen die alle nicht infrage. Den Nachbar hast du vorhin vermutlich selbst gehört, und die Stimme vom Wirt kenne ich – bei beiden glaube ich nicht, dass sie eine verstellte Stimme hinbekommen, die zum Erpresser passt.«

»Gut, dann fahr jetzt nach Hause. Ich komm gleich zu dir.«

»Und jetzt sag, was ist bei euch los?«

»Erzähl ich dir, wenn wir uns bei dir treffen. Und leg endlich das Handy weg, sonst brummt dir Jagersch auch noch eine Geldbuße wegen Telefonierens am Steuer auf.«

Hamann verabschiedete sich eilig. Mit gesenkter Stimme berichtete er Hansen, was er eben von Schlitter erfahren hatte und dass sein Schulfreund jetzt wieder auf dem Rückweg zu seinem Haus war. Jagersch gegenüber behielt er das lieber für sich, der musste erst einmal nicht wissen, dass Schlitter Hindelang überhaupt verlassen und wieder vergeblich auf den Erpresser gewartet hatte.

Hamann verabschiedete sich von Jagersch, wünschte ihm viel Erfolg mit seiner Arbeit und wies fast schon unterwürfig darauf hin, dass er ja gar nicht mehr im Dienst sei und deshalb an einem möglichen Tatort auch nichts zu suchen habe.

Jagersch fiel der gekünstelte Tonfall nicht weiter auf. Er nickte nur zufrieden und gab Hamann gönnerhaft recht. Murnauer war einverstanden, den pensionierten Kripomann zurück ins Dorf zu fahren, doch gleich in der ersten Kurve talwärts kamen ihnen zwei weitere Streifenwagen entgegen, die sie mit einer Handbewegung zum Anhalten aufforderten.

Murnauer stoppte seinen Jeep, und als die Beamten ihn nicht durchlassen wollten, weil sie befürchteten, dass ihnen dadurch womöglich ein wichtiger, noch unbefragter Augenzeuge oder Schlimmeres durch die Lappen gehen könnte, bat Hamann sie, sich per Funk von ihrem Kollegen Jagersch das Okay dafür geben zu lassen.

»Lasst die beiden bloß durch! Ich bin froh, dass wir wenigstens diesen Hamann vom Hals haben!«, lautete die Antwort von Jagersch, die auch von Hamann überdeutlich zu hören war. Der Fahrer des ersten Streifenwagens winkte sie durch, Murnauer nickte ihm dankend zu und fuhr weiter, Hamann lehnte sich grinsend in seinem Sitz zurück.

Jagersch und seine Leute waren damit beschäftigt, die Zuschauer an der Strecke zu befragen, und auch die vier zusätzlich eintreffenden Beamten wurden dazu eingeteilt. In Hindelang und Oberjoch war die Straße wegen des Jochpass Memorial ohnehin abgesperrt, und an beiden Enden der Strecke hatten weitere Polizisten Posten bezogen.

Hardy Koller, stellvertretender Leiter des K1 in Kempten, traf fast gleichzeitig mit der Kriminaltechnik ein und brachte die Kollegen Hannes Rabner und Sabine Altmahr mit. Sie sahen aus, als würden sie ihrem Vorgesetzten Hansen nur zu gerne einige Fragen stellen, trauten sich aber nicht. Hansen ging auf sie zu, winkte Haffmeyer und Hanna heran, und gemeinsam informierten sie die drei anderen darüber, was sie bisher wussten.

»Und die Erpressung«, fragte Koller, »glauben Sie, dass die echt war oder gespielt?«

Hansen sah sich kurz nach Jagersch um, und als er ihn

ein gutes Stück entfernt im Gespräch mit einer älteren Dame sah, erzählte er, was er gerade von Hamann erfahren hatte.

»Also eher echt«, brummte Koller schließlich. »Aber irgendwie scheint dieser Erpresser zu dämlich zu sein, um wirklich an sein Geld zu kommen.«

Vroni Schliers trat zu ihnen. Den weißen Ganzkörperanzug hatte sie schon an, nur die Kapuze war noch nach hinten geschlagen. Sie begrüßte alle und nahm dann Hansen mit sich, um sich kurz ungestört mit ihm zu unterhalten.

»Vielen Dank erst mal«, sagte sie und lächelte ihn freundlich an.

»Wofür?«

»Huthmacher hat mir erzählt, dass Sie ihm vorgeschlagen hätten, mich wegen seiner Nachfolge als Kripochef zu fragen.«

»Ach das«, sagte er. »Schon recht. Und: würden Sie es machen?«

Sie lachte.

»Klar, immer. Eine Roßhauptnerin als Chefin der Kemptener Kripo – das wär doch was, oder?«

»Ja«, gab Hansen ihr recht und lachte mit, »das wär was.«

Koller und die anderen sahen irritiert zu den beiden.

»Na, wie auch immer – heute bin ich jedenfalls noch als Chefin der KT hier, und jetzt wollen wir uns das Schrottpaket mal genauer ansehen. Ich hoffe, ich kann euch bald sagen, ob es nur ein Unfall war oder ob da einer an der Karre rumgemacht hat.«

Damit marschierte sie auch schon los, zog sich noch die weiße Kapuze über den Kopf und gesellte sich zu den anderen Technikern, die schon auf der Straße knieten, fotografierten, mit der Pinzette kleine Fundstücke aufhoben und in Plastiktütchen gleiten ließen und sich so Meter für Meter auf die Stelle hin vorarbeiteten, an der Groß' Lancia die Fahrbahn verlassen und seinen tödlichen Flug begonnen hatte.

Koller besprach mit Hansen, was nun für die Kripo vor Ort weiter zu tun sei. Hansen übernahm die unangenehme Aufgabe, der Witwe von Rudi Groß die traurige Nachricht zu überbringen. Hanna und Haffmeyer sollten ihn dabei begleiten, und Koller wollte er die Leitung am Unfallort übergeben.

»Danke, Chef«, sagte der mit hörbarem Stolz. »Dann will ich mich mal diesem Helmut Jagersch vorstellen und dafür sorgen, dass er und seine Leute uns auch ordentlich zuarbeiten.«

Den folgenden Zusammenstoß der beiden empfindlichen Gockel beobachtete Hansen lieber aus der Ferne, und noch bevor sich das Wortgefecht weiter steigerte, fragte er Romina, ob sie Hanna zurück ins Dorf bringen könne, dann kletterte er in seinen roten Healey, ließ Haffmeyer einsteigen, und die beiden Oldtimer brausten talwärts.

Im Startbereich trafen sie Klaus Frahm, einen weiteren Kollegen aus dem K1. Dieser überließ Hanna, Haffmeyer und Hansen nur zu gern seinen Dienstwagen für die Fahrt zur Witwe von Rudi Groß, um selbst weiterhin voller Begeisterung die um ihn herumstehenden Oldtimer betrachten zu können.

Haffmeyer kutschierte sie in etwa einer Stunde nach Friesenried-Blöcktach. Von der Landstraße mussten sie für das letzte Wegstück hinein in den Ort an einem dreieckigen Wiesenstück abbiegen, auf dem ein umzäuntes Wegkreuz stand – und ein Geländewagen mit verspiegelten Scheiben, der wenigstens dicht genug am Wegkreuz geparkt war, dass er nicht in die Hauptstraße hineinragte.

Das Haus des Ehepaars Groß markierte das Ende einer knapp hundert Meter langen Straße, die links und rechts von ansehnlichen Häusern mit schönen Gärten gesäumt war. Ans Wohngebäude war ein Schuppen angebaut.

Auf Hansens Klingeln hin tat sich im Haus lange nichts. Er drückte noch zweimal auf den Knopf, ohne dass jemand zur Tür gekommen wäre. Gerade wandte er sich ab, um bei den Nachbarn zu fragen, wo sich Susanne Groß momentan aufhielt, da bemerkte er aus den Augenwinkeln eine Bewegung.

Hinter einem der Fenster sah er eine Frau tanzen. Die erhobenen Arme schwang sie in weichen Bewegungen hin und her, die Augen hatte sie – soweit er es von der Straße aus sehen konnte – geschlossen. Auf dem vollen schwarzen Haar trug sie klobige Kopfhörer, ihr Oberkörper war nackt, und ob sie überhaupt etwas anhatte, konnte er von seiner Position aus nicht sehen. Und dann war sie auch schon aus seinem Blickfeld getanzt.

Hansen klingelte ein weiteres Mal, eher der Form halber,

weil die Frau das Läuten wegen des Kopfhörers vermutlich auch diesmal nicht bemerken würde. Dann ging er mit Hanna nach hinten, während Haffmeyer vorne blieb und darauf achtete, dass niemand ungesehen das Haus verließ.

Um den großen Schuppen führte ein Trampelpfad herum, der sich hinter dem Haus fortsetzte. Von hier aus war die ganze Wiese zwischen dem Haus und der Landstraße zu überblicken, auch der am Wegkreuz geparkte Geländewagen war gut zu sehen. Um die womöglich völlig nackte Witwe von Rudi Groß nicht einer unnötig peinlichen Situation auszusetzen, schickte Hansen die Kollegin allein weiter. Er selbst blieb am verschlossenen hinteren Tor des Schuppens stehen.

Hanna ging die letzten Meter und schaute dabei aufmerksam durch die Fenster ins Haus. In Höhe eines kleinen Kräutergartens, wo eine Tür aus dem Wohngebäude heraus in den Garten führte, blieb die Beamtin wie vom Donner gerührt stehen, schaute zu Hansen zurück, zuckte mit den Schultern und winkte ihn heran. Er ging zu ihr und sah nun dasselbe Schauspiel vor sich wie Hanna.

Sie blickten durch die verglaste Hintertür und ein großes Fenster in die Küche. Susanne Groß tanzte nun direkt hinter der Tür, sie war tatsächlich nackt und kehrte der Tür den Rücken zu. Ihren Kopf hatte sie inzwischen in den Nacken gelegt, und auch ihre Tanzbewegungen waren etwas energischer geworden, was vermutlich an dem Mann lag, der unmittelbar hinter ihr stand. Seinem schlanken, durchtrainierten Körper nach zu urteilen, war er jünger als Susanne Groß, er trug ebenfalls nichts als einen Kopfhörer, und er war unablässig damit beschäftigt, seine Hände über die Haut der Frau vor ihm wandern zu lassen. Als sie sich im Tanzen ein wenig drehten, konnte Hansen erkennen, dass die beiden selig lächelten. Sie drehten sich noch ein wenig, und dann gefror ihnen schlagartig das Lächeln im Gesicht.

Zehn Minuten später saßen Hansen, Hanna und Haffmeyer auf der Wohnzimmercouch von Susanne Groß. Die Hausherrin und ihr Liebhaber saßen ihnen in Sesseln gegenüber, in hastig übergeworfenen Bademänteln und mit betretenen Mienen. Hansen hatte sich ausgewiesen und seine beiden Kollegen präsentiert, dann hatte Susanne Groß ihren Besucher als Raimond Vanheeren vorgestellt und für jeden eine Tasse Cappuccino aus ihrem Kaffeevollautomaten gelassen.

»Wissen Sie, warum wir hier sind?«, fragte Hansen nach einer längeren Schweigepause.

»Nein«, sagte Susanne Groß. »Woher sollte ich das wissen?«

»Na, Sie und Ihr … Sie und Herr Vanheeren sahen aus, als würden Sie feiern. Da dachte ich mir, dass Sie vielleicht schon längst wissen, was wir Ihnen jetzt eigentlich mitteilen wollten.«

Haffmeyer warf Hansen einen kurzen Seitenblick zu. Nach außen wirkte der Chef ruhig, aber wenn er so zynisch wurde, musste es in ihm gehörig brodeln. Es war schon bemerkenswert, dass der Ehemann in seinem Oldtimer starb, während sich daheim seine frischgebackene Witwe mit einem knackigen Lover vergnügte.

Susanne Groß runzelte die Stirn und sah Hansen mit ihren großen, dunklen Augen an, die von langen, möglicherweise künstlichen Wimpern eindrucksvoll eingerahmt wurden. Die Ringe unter den Augen deuteten aber auch darauf hin, dass sie nicht immer genug Schlaf bekam.

Spielte sie ihm ihre Ahnungslosigkeit nur vor? Musste Rudi Groß sterben, damit er ihrem neuen Glück nicht länger im Weg stand? Wirkte sie übernächtigt, weil sie womöglich das schlechte Gewissen plagte? Solche Gedanken schossen Hansen durch den Kopf.

»Ja, ich feiere, aber ich wüsste nicht, woher Sie den Grund dafür kennen sollten. Sagen Sie mir bitte, was ich Ihrer Meinung nach hier feiere?«

In ihre Miene schlich sich ein leicht genervter Zug.

»Ihr Mann ist heute gegen Mittag tödlich verunglückt«, sagte er geradeheraus und beobachtete sie dabei genau.

Sie zwinkerte kurz, dann fragte sie: »Wie bitte?«

»Ihr Mann Rudi Groß ist tot. Er ist heute während eines Wertungslaufs des Jochpass Memorial in einer Kurve von der Strecke abgekommen. Sein Wagen hat sich überschlagen.«

Sie öffnete den Mund, schloss ihn wieder, öffnete ihn wieder ein wenig, zuckte kurz mit der Zunge über die Unterlippe, dann sah sie mit erwachendem Schrecken zu dem Mann an ihrer Seite und wieder zurück zu Hansen. Der ließ sie nicht aus den Augen und nickte wortlos, als ihr Blick auf den Kommissar gerichtet blieb.

Blass war sie geworden, und in ihrer Miene spiegelten sich die unterschiedlichsten Empfindungen. Doch sie begann nicht zu weinen. Sie stand auf, ließ sich einen neuen Cappuccino aus der Maschine und nahm einen Schluck.

»Im Wertungslauf, sagten Sie?«

Ihre Stimme zitterte ein wenig, aber sonst wirkte sie leidlich gefasst. Mehr jedenfalls als der Mann neben ihr: Raimond Vanheeren stierte immer wieder an die Decke, als könne er nur so die Tränen zurückhalten, er atmete immer wieder tief ein und aus, griff nach seiner Kaffeetasse, setzte sie aber wieder auf dem Tisch ab und starrte wieder an die Decke.

»Ja«, antwortete Hansen. »Er lag in Führung, und es waren nur noch drei Läufe zu absolvieren, da hat er kurz vor dem Ziel eine Kurve nicht geschafft.«

»Sie klingen, als würden Sie sich mit dem Jochpass Memorial auskennen.«

»Ich bin mitgefahren«, sagte er.

»Was?«

»Das ist eine lange Geschichte. Darf ich fragen, wie lange Herr Vanheeren schon bei Ihnen ist?«

»Was hat das denn mit dem Tod meines Mannes zu tun?«

»Bitte beantworten Sie meine Frage, Frau Groß.«

Ihre Augen wurden schmaler, und sie funkelte Hansen ärgerlich an.

»Sie kommen in mein Haus, machen kein Geheimnis daraus, was Sie von mir halten, obwohl Sie mich erst vor ein paar Minuten zum ersten Mal gesehen haben – und nachdem Sie mir ziemlich pampig mitgeteilt haben, dass mein Mann heute ums Leben gekommen ist, stellen Sie mir ungeniert Fragen nach meinem Privatleben?«

Sie hatte sich in Rage geredet.

»Macht Sie das an, oder was? So wie vorhin, als Sie draußen im Garten gestanden und uns durchs Fenster zugesehen haben? Wie lange waren Sie denn schon da draußen, als ich Sie entdeckt habe?«

»Ich darf doch sehr bitten!«

»*Ich* darf bitten! Und jetzt möchte ich Sie bitten zu gehen. Lassen Sie mich allein, ich bin nicht in der Stimmung, mir Frechheiten gefallen zu lassen.«

»Wir haben Grund zur Annahme, dass der Unfall Ihres Mannes geplant war. Unsere Kollegen von der Kriminaltechnik untersuchen das Wrack des Oldtimers noch, aber wir halten es für möglich, dass der Wagen manipuliert wurde.«

Sie sah ihn ungläubig an.

»Wie ... und jetzt wollen Sie mein Alibi überprüfen, oder wie soll ich das verstehen?«

»Ja«, schwindelte Hansen.

Wenn sie hier irgendeine Zeit nannte, hörte Vanheeren ja mit, und dass er ihre Aussage bestätigen würde, unabhängig davon, ob sie stimmte, war anzunehmen. Außerdem dürfte es schwerfallen, den Zeitpunkt einer etwaigen Manipulation am Lancia von Groß so einzugrenzen, dass Zeitangaben überhaupt ein Alibi im klassischen Sinne begründen würden.

»Ich fasse es nicht!«, empörte sie sich, aber Vanheeren

legte ihr eine Hand auf den rechten Unterarm, um sie zu beruhigen.

»Susanne hat mich für das ganze Wochenende eingeladen. Ich bin gestern gegen halb drei hier eingetroffen, und seither haben wir das Haus nicht mehr verlassen.«

Vanheeren hatte sich offenbar wieder im Griff. Seine Stimme war wohlklingend, und er stockte kein einziges Mal.

Hansen sah Susanne Groß an, die nickte und finster dreinblickte.

»Sie sagten vorhin, dass Sie etwas feiern würden, dass ich aber wohl kaum den wahren Grund dafür kennen könnte. Was feiern Sie denn nun?«

»Meinen Geburtstag. Ich bin heute fünfzig geworden.«

»Oh … ich gratuliere.«

»Na, vielen Dank! Das ist ja jetzt auch immer zugleich der Todestag meines Mannes. Prima!«

»Und warum war Ihr Mann an Ihrem Fünfzigsten in Bad Hindelang und nicht hier bei Ihnen?«

»Das habe ich ihn auch gefragt, bevor er Mittwoch losgefahren ist.«

Hansen stutzte. Der erste Tag des Jochpass Memorial war der Donnerstag, und auch da war Groß erst recht spät in Hindelang eingetroffen.

»Er hat nur gelacht und mir klargemacht, dass ihm dieses blöde Bergrennen hundertmal lieber und wichtiger ist als mein für heute geplantes Geburtstagsfest.«

»Susanne, sag jetzt lieber nichts mehr«, riet ihr Vanheeren. »Das belastet dich doch nur unnötig.«

Sie sah ihn überrascht an, dann lächelte sie kurz und schüttelte den Kopf.

»Ach, was heißt hier belasten? Dass mein Mann und ich seit Jahren keine gute Ehe mehr führten, wird die Polizei auch ohne meine Hilfe herausfinden. Wir haben zwar darauf geachtet, dass eine gewisse Fassade gewahrt wurde, aber ich denke schon, dass Nachbarn und Freunde es mitbekommen haben, dass es zwischen uns nicht zum Besten steht. Außerdem belaste ich mich nicht: Ich habe mit dem Tod meines Mannes nichts zu tun, darauf schwöre ich Ihnen jeden Eid, Herr Hansen.«

»Haben Sie Ihre Geburtstagsparty abgesagt, als Ihr Mann nicht kommen wollte?«

»Ja. Den ganzen Gästen zu erklären, warum der gute Rudi lieber mit seinem alten Flitzer einen Berg hinauffährt, als hier mit mir meinen Geburtstag zu feiern ... darauf hatte ich nun wirklich keine Lust. Also habe ich alle angerufen und sie wieder ausgeladen. Mir gehe es nicht gut, habe ich gesagt, und ich würde vermutlich das ganze Wochenende im Bett verbringen.«

Sie lachte trocken.

»Das war dann auch mein Plan, deshalb habe ich Raimond angerufen und ihn eingeladen, in meinen Geburtstag reinzufeiern. Und das haben wir gemacht, bis Sie gekommen sind.«

Sie nahm Raimonds Hand und drückte sie. Hansen ließ ihr noch seine Visitenkarte da, dann ging er mit Hanna und Haffmeyer hinaus.

Die Soko Jochpass hatte sich in einem Besprechungsraum der Polizeiinspektion Sonthofen eingerichtet. Dass Jagersch und Koller in diesem Leben wohl keine Freunde mehr würden, war ihnen deutlich anzumerken. Kripochef Huthmacher war aus Kempten gekommen und übernahm auch die Leitung der Ermittlungsgruppe. Hansen hatte ihn schon in einem kurzen Gespräch vor dem ersten Treffen der Soko darum gebeten, nicht die Leitung übernehmen zu müssen – lieber würde er draußen in dem Fall ermitteln, als im Büro die Fäden zu ziehen. Huthmacher war das in diesem Fall ganz recht, weil er noch immer nicht verwunden hatte, dass Hansen und seine beiden Mitarbeiter in ihrer Freizeit und vor allem ohne sein Wissen im Umfeld des Oldtimer-Spektakels herumgeschnüffelt hatten – so hatte er es Hansen gegenüber unter vier Augen formuliert.

In der Soko-Besprechung, die um achtzehn Uhr begann, nicht allzu lange dauerte und einen arbeitsreichen Sonntagabend einleitete, gab es dagegen kein böses Wort gegen die drei. Als Polizeioberkommissar Jagersch beklagte, es könne doch nicht angehen, dass im Zuständigkeitsbereich der Sonthofener Inspektion Kriminalbeamte aus Kempten einfach so herumermittelten, ohne dass er, Jagersch, das in seiner aktuellen Funktion als Leiter der Inspektion erfahre, rief ihn Huthmacher kurz und knackig zur Ordnung.

Es entstand eine peinliche Pause, Jagersch stierte vor sich auf den Tisch, und keiner sagte etwas, bevor Huthmacher die angespannte Atmosphäre zu lockern versuchte.

»Nun, Herr Jagersch, wenn Sie vielleicht …?«

Der Angesprochene sah auf und blickte den Kripochef an. Der sprach nicht weiter, sondern nickte ihm nur ermunternd zu. Jagersch war sichtlich irritiert. Er kannte Huthmachers Marotte mit den abgebrochenen Sätzen nicht und wusste deshalb mit der nur angedeuteten Aufforderung nichts anzufangen.

»Ja, mein Gott!«, setzte Huthmacher neu an, etwas genervt davon, dass der Sonthofener Kollege nicht gleich von seinen Ergebnissen berichtete, wo doch in Kempten die meisten schon nach einem halben Satz wussten, was er von ihnen wollte. »Jetzt reden Sie halt! Haben nicht Ihre Leute … ich meine: all die Teilnehmer dieses Spektakels … bevor sie nach Hause …«

Allmählich begriff Jagersch, und ihm fiel auf, dass ein paar der Kollegen in der Runde sich nur mühsam ein Grinsen verkneifen konnten.

»Wir haben oben alle Augenzeugen des Unfalls befragt«, begann Jagersch. »Niemand hat irgendetwas beobachtet, was Groß vor der Kurve irritiert oder abgelenkt hätte. Übereinstimmend haben alle, die auf die betreffende Stelle freie Sicht hatten, zu Protokoll gegeben, dass sich plötzlich das linke Vorderrad gelöst habe, in ein paar großen Sätzen über die Fahrbahn gehüpft und danach den Hang hinuntergerollt sei. Rudi Groß hat offenbar noch versucht, den schlitternden Wagen unter Kontrolle zu bringen, was ihm aber nicht mehr gelungen ist.«

Huthmacher nickte ihm zu.

»Wir haben die Personalien von allen, die etwas zu sagen wussten, aufgenommen. Anschließend sind einige meiner

Leute nach Oberjoch hinauf, die anderen sind nach Hindelang runtergefahren. Überall haben wir mit den Teilnehmern von Rallye und Memorial gesprochen, auch mit den Mitgliedern des Veranstalterteams, soweit sie da waren. Wir haben alle gebeten, sich auch ihre eigenen Fahrzeuge noch einmal auf etwaige Manipulationen hin anzusehen. Und alle haben wir eindringlich darauf hingewiesen, sich unbedingt zu melden, sobald ihnen in den nächsten Tagen noch etwas Ungewöhnliches an ihren Autos auffalle.«

»Gut«, sagte Huthmacher, »danke.«

»Die meisten Fahrer sind übrigens noch in Hindelang«, merkte Jagersch an. »In einer halben Stunde sollte die Siegerehrung im Kurhaus anfangen – mir konnte aber vor Beginn unserer Besprechung noch niemand sagen, was daraus wird. Die Ergebnislisten wurden jedenfalls ausgehängt wie geplant. Seit halb sechs wird dort Rudi Groß als Gesamtsieger genannt.«

Vroni Schliers berichtete im Anschluss, was die Sicherung der Spuren bisher ergeben hatte.

»Das linke Vorderrad«, referierte sie, »hat sich etwa dreißig Meter vor der Kurve gelöst, von dieser Stelle an gibt es Spuren von der Achse, die mit hoher Geschwindigkeit über den Asphalt gekratzt ist. Mit dem verbliebenen rechten Reifen hat Groß gebremst, was aber nicht viel brachte, und einiges deutet darauf hin, dass er noch zu lenken versucht hatte, bevor er von der Straße abkam. Die Kurve hat er natürlich nicht mehr schaffen können, aber es ist ihm zumindest gelungen, einigen großen Nadelbäumen auszuweichen, gegen die der Wagen sonst gekracht wäre.

Kann allerdings sein, dass genau das ihm mit etwas Glück das Leben gerettet hätte.«

»Und warum hat sich das Vorderrad gelöst?«

»Materialermüdung kann ich ausschließen. Der Wagen war top gepflegt, zumindest lassen die Teile, die wir noch halbwegs vernünftig untersuchen konnten, diesen Schluss zu. Die Achse und die Radaufhängung sind durch das Kratzen über den Asphalt und den Aufprall gegen die Leitplanke völlig im Eimer, aber wir haben das Vorderrad gefunden, da waren die Bruchstellen noch recht gut erhalten. Die Spuren am Rad weisen tatsächlich darauf hin, dass da einer am Werk war, vermutlich mit einer Eisensäge oder etwas Ähnlichem. Was genau es war, werden hoffentlich die weiteren Untersuchungen ergeben – aber hätte sich dort niemand zu schaffen gemacht, wäre das Rad nicht abgebrochen, und Rudi Groß wäre nicht durch einen Unfall ums Leben gekommen.«

»Kann man denn auf diese Weise auch vorherbestimmen, wann genau oder wann ungefähr das Rad sich lösen wird?«

»Das kann ich mir nicht vorstellen. Es gibt natürlich Situationen wie eine schnelle Kurvenfahrt oder einen holprigen Untergrund, die das Material mehr strapazieren und den Bruch der manipulierten Stelle wahrscheinlicher machen – aber wann genau sich das Rad selbstständig macht, kann man meiner Meinung nach unmöglich vorhersagen.«

»Wie passt denn das zur Drohung des unbekannten Erpressers? Er hat doch Herrn Schlitter gegenüber ein Attentat während des Jochpass Memorial angekündigt, falls er das geforderte Geld nicht bekomme. Und zwar werde dann in der letzten Linkskurve etwas passieren.«

»Das hat ja nicht hingehauen«, meldete sich Jagersch zu Wort. »Groß ist schon aus der vorletzten Linkskurve geflogen. Außerdem halte ich diese ganze Erpressungsgeschichte für …«

»Dass die Erpressung tatsächlich stattgefunden hat, sollten wir Herrn Schlitter inzwischen besser glauben«, unterbrach Huthmacher ihn und gab Hardy Koller ein Zeichen. Der stand auf und hielt ein elektronisches Diktiergerät mit eingebautem Lautsprecher hoch.

»Herr Schlitter hat sich geärgert, dass ihm hier offenbar niemand die Geschichte mit dem Erpresser geglaubt hat. Außerdem denkt er, dass Sie, Herr Jagersch, und Ihre hiesigen Kollegen sich während der ersten gescheiterten Geldübergabe nicht unauffällig genug verhalten haben. Seiner Meinung nach hat der Erpresser deshalb mitbekommen, dass die Polizei auf ihn wartet, und ist erst gar nicht zur Übergabe gekommen. Und weil nie jemand bei Herrn Schlitter war, wenn der Erpresser anrief, hat er sich dieses Gerät gekauft und seit gestern Abend jedes Mal ans Telefon gehalten, wenn jemand angerufen hat. Heute früh hatte er Erfolg: Der Erpresser war dran.«

Koller drückte den Startknopf. Eine verstellte und auch technisch verfremdete Stimme war zu hören, in schlechter Tonqualität zwar, aber immerhin verständlich.

»Dreihunderttausend Euro, keine Polizei, das wird der letzte Versuch, sonst passiert was! Zehn Uhr in Imberg, auf dem Parkplatz gegenüber dem Gasthaus zur Sonne. Mit dem Geld neben dem Auto warten.«

Dann ein kurzes Schnaufen, und als Schlitters eigene Stimme »Hallo?« sagte und: »Sind Sie noch da?«, wiederholte der Unbekannte die gesamte Botschaft Wort für Wort.

»Schlitter hat sich über diesen Anruf gewundert, weil der Unbekannte davor immer nur die Stimme verstellt hatte. Aber vielleicht ist er inzwischen vorsichtiger geworden und hat deshalb noch zusätzlich Technik eingesetzt.«

Die Experten, denen die Aufnahme schon vorgelegt worden war, hatten bereits erste Ergebnisse vorzuweisen: Der Erpresser war höchstwahrscheinlich männlich und stammte, der Sprachfärbung nach zu urteilen, wohl aus dem Allgäu. Vermutlich sprach er normalerweise nur einen sehr schwach ausgeprägten Dialekt oder ein durch Dialekt eingefärbtes Hochdeutsch.

»Die Audiodaten werden derzeit noch weiter ausgewertet, und vielleicht kann aus der Aufnahme sogar die Originalstimme rekonstruiert werden. Das müssen wir noch abwarten, aber die Erpressung scheint es wirklich gegeben zu haben.«

Jagersch gab sich noch nicht geschlagen.

»Und warum ist der große Unbekannte dann kein einziges Mal zur Geldübergabe erschienen? Und falls der Tod des Fahrers und die Erpressung zusammenhängen: Warum sägt der Attentäter an der Radaufhängung des Lancia, bevor er wissen kann, ob Schlitter mit dem Geld wie gefordert nach Imberg kommen wird?«

Huthmacher zuckte mit den Schultern.

»Vielleicht wollte er sich in jedem Fall für die geplatzte erste Geldübergabe rächen. Womöglich war er sogar in Imberg, hatte aber den Eindruck, Schlitter sei auch diesmal nicht ohne Polizei zum beschriebenen Treffpunkt gekommen. Und dann hatte er zwischen diesem Moment und dem Start von Rudi Groß noch Gelegenheit, an der Radaufhängung herumzusägen.«

»Und vielleicht«, merkte Hansen an, »hat die Erpressung auch gar nichts mit dem Tod von Rudi Groß zu tun.«

»Meinetwegen, vielleicht auch das«, gab ihm Huthmacher recht. »Sie sehen also, Kollegen, wir haben genug zu tun, und wir haben keine Zeit, uns gegenseitig das Leben schwer zu machen.«

Er sah jetzt Koller und Jagersch an, und die beiden nickten brav, bevor sie aufstanden und mit den anderen an die Arbeit gingen.

Nach der Soko-Besprechung fuhren Hansen, Hanna und Haffmeyer nach Hindelang. Sie hatten es gerade noch rechtzeitig aus Blöcktach nach Sonthofen geschafft, um am ersten Treffen der Ermittlungsgruppe teilzunehmen. Wie die Veranstalter des Jochpass Memorial auf den Tod von Rudi Groß reagiert hatten, wussten sie deshalb noch nicht. Zwar hatten sie Rolf Hamann und Karl Schlitter auf der Rückfahrt auf dem Handy angerufen, aber bei beiden hatte sich nur der Anrufbeantworter gemeldet, und bisher hatten weder der eine noch der andere zurückgerufen.

Ihr erster Weg führte sie zum Kurhaus, wo laut ursprünglichem Programm um halb sieben die Siegerehrung stattfinden sollte. Jetzt war es kurz nach sieben, und rund um das Gebäude befanden sich nur wenige Menschen. Es herrschte gedrückte Stimmung, und jeder, der gerade ein Fahrzeug verlud oder ein Zelt abbaute, versuchte, das möglichst leise zu erledigen. In den Verkaufsständen wurden Wimpel, T-Shirts und andere Fanartikel für den Abtransport verpackt. Im Startbereich standen einige Männer beisammen und tranken schweigend Bier aus Dosen.

Das Foyer des Kurhauses war wie leer gefegt. Hansen las die Ergebnislisten mit den Resultaten bis zum letzten vollständig absolvierten Wertungslauf. Rudi Groß wurde als Gesamtsieger genannt, Romina Sattler war mit einer halben Sekunde Rückstand Zweite im Gesamtklassement und führte ihre Wertungsklasse B mit deutlichem Vorsprung an. Groß stand natürlich auch in seiner Wertungsklasse C auf dem ersten Rang, auf Platz drei war Wendelin Knecht aufgeführt, und Hansen war überrascht, dass er es mit dem Healey unter allen gestarteten Fahrzeugen der Baujahre 1954 und 1963 unter die besten zehn geschafft hatte.

»Nicht schlecht, Chef«, sagte Hanna und deutete auf die Liste mit dem Gesamtklassement. Dort war er als Fünfzehnter verzeichnet, der Platzierung, die er sich mit dem Lauf am Sonntagmorgen gesichert hatte.

»Vielleicht sollte ich umsatteln«, sagte er und grinste. »Oldtimer scheinen mir mehr zu liegen als Pfeil und Bogen.«

Haffmeyer rieb nur Zeigefinger und Daumen der rechten Hand gegeneinander. Natürlich hatte er recht: Einen solchen Sport musste man sich auch leisten können. Murnauers Wagen stand nicht zum Verkauf, aber spaßeshalber hatte sich Hansen im Internet nach ähnlichen Modellen umgesehen und einen Healey Silverstone gefunden, Baujahr 1950 und in edlem Grau lackiert, der für umgerechnet rund hundertsiebzigtausend Euro den Besitzer gewechselt hatte.

Eine ältere Frau ging langsam an ihnen vorbei und sah sie kurz missbilligend an. Hansen setzte sofort eine ernste Miene auf und nickte ihr zu. Die Frau ging auf die Eingangstür zum großen Saal des Kurhauses zu und öffnete sie. Von drinnen war die sonore Stimme eines Mannes zu hören, der ruhig und etwas salbungsvoll zu einem größeren Publikum sprach. Hansen, Hanna und Haffmeyer folgten der Frau und drückten die Tür leise hinter sich zu. Der Saal war großzügig bestuhlt, dennoch waren fast alle Plätze belegt. Nur in der hintersten Reihe waren ein paar Stühle frei. Die drei Beamten nahmen Platz.

Offenbar hatte man das Programm geändert. Zwar standen vorne auf einem Podest Pokale und einige Urkunden, doch dazwischen hatte man ein großes gerahmtes Foto von Rudi Groß aufgestellt, mit einem schwarzen Band über der einen Ecke. Der Mann, der gerade zu den Anwesenden sprach, schien der örtliche Pfarrer zu sein. Er richtete sehr eindringliche Worte an sein Publikum, mit denen er das Jochpass Memorial und andere Renn- und Rallye-Veranstaltungen in einen größeren Zusammenhang stellte. Dabei schlug er einen Bogen vom sportlichen Wettbewerb zum Konkurrenzdenken der heutigen Gesellschaft und stilisierte Rudi Groß zum tragischen Opfer einer Welt, in der es immer häufiger nur noch darum gehe, der Beste zu sein und alle anderen hinter sich zu lassen. Er pries das Göttliche im Menschen, das solche niedere Instinkte doch eigentlich in die Schranken weisen und dem Nächsten alles von Herzen gönnen sollte, was man vor allem sich selbst wünsche.

Der Pfarrer wurde geradezu mitgerissen von seiner eigenen Begeisterung, und während er die Stimme immer mehr erhob und mit beiden Armen immer engagierter herumfuchtelte, beugte sich vor Hansen eine alte Dame zu ihrer Sitznachbarin.

»Dass er es immer so übertreiben muss«, flüsterte sie. »Fehlt ja nur noch, dass er vorschlägt, man solle doch wegen der Nächstenliebe am besten gleich die anderen Fahrer vorlassen.«

Die beiden kicherten leise.

»Deshalb, liebe Trauergemeinde«, fuhr der Pfarrer fort, »rufe ich euch zu: Reißt euch von übermäßigem Streben los, lasst euch überholen und macht den Weg frei für ein friedliches Miteinander – den Jochpass hinauf, aber auch und gerade auf der Rennstrecke des Lebens!«

Er lächelte einen Moment ganz beseelt, aber der Blick in die verständnislosen Gesichter seines Publikums rief ihn dann doch wieder ins profane Hier und Jetzt zurück. Er räusperte sich und kam wieder auf die Lebensgeschichte von Rudi Groß zu sprechen und auf die Verdienste um das Oldtimer-Wesen, wie Pressesprecher Waldemar Kugler es ihm für seine Rede zusammengestellt hatte.

Links und rechts des Stehpults, hinter dem der Pfarrer

nun in wohlgesetzten Worten schmeichelte und lobte, saßen Vertreter der Gemeinde sowie die wichtigsten Mitglieder des Veranstalterteams. Waldemar Kugler betrachtete aufmerksam die Gäste vor sich, Claus Dautel sah auf die Notizen, die er in den Händen hielt. Karl Schlitter hockte totenbleich auf seinem Stuhl und schien um seine Fassung zu ringen. Neben ihm saß eine Frau mit schulterlangen schwarzen Haaren, die Murnauer in den letzten Tagen einmal als treibende Kraft hinter dem ganzen Spektakel bezeichnet hatte. Außerdem sah Hansen vorne noch weitere Personen, die Murnauer ihm vorgestellt hatte: den Rennleiter, die Vereinsvorstände und den für die Streckensicherung zuständigen Mann. Sie alle wirkten bis ins Mark erschüttert.

Als alle Reden gehalten und die Urkunden verteilt waren, standen die Gäste auf und gingen langsam hinaus ins Foyer. Wer die Veranstalter gut genug kannte, sprach noch ein paar tröstende Worte mit ihnen, andere wandten sich gleich zum Gehen. Hansen sah Murnauer und Knecht, die ernst, aber doch einigermaßen gefasst wirkten.

Romina Sattler hingegen war völlig aufgelöst. Sie stand eine Zeit lang mit bebenden Schultern vor dem Groß-Foto mit Trauerflor. Schließlich konnte es Hanna nicht mehr mit ansehen. Sie ging zu der alten Frau hin, nahm sie in den Arm und führte sie langsam aus dem Saal.

Manche Gäste machten im Hinausgehen schon wieder Späße, amüsierten sich schmunzelnd über die waghalsigen Gleichnisse des Pfarrers und wirkten nicht allzu betroffen vom Tod des Spitzenreiters. Unter ihnen waren auch einige Memorial-Teilnehmer, aber allein die Geschmacklosigkeit, eine Trauerfeier in aufgeräumter Stimmung zu verlassen, machte jemanden ja nicht gleich der Manipulation des Unfallwagens verdächtig.

Nach einer Weile hatte sich der Saal größtenteils geleert. Hansen ging mit Haffmeyer zu Romina Sattler hinaus, die inzwischen neben Hanna vor einer noch geöffneten Verkaufsbude stand und schon wieder etwas besser aussah. Die beiden Frauen hatten sich Kräuterschnaps und Dosenbier geben lassen, und Romina zog zwischendurch immer wieder an einem ihrer Zigarillos. Sie bot auch Hansen und Haffmeyer einen an, aber Hansen lehnte dankend ab, und so wetteiferten nur Romina Sattler und Haffmeyer darum, ihre kleine Gruppe einzuqualmen.

Nach und nach stießen Murnauer, Schlitter, Hamann und das Ehepaar Heigerl zu ihnen. Maria Priems kam herbei und drückte Romina fest und lange, und schließlich kamen Claus Dautel und Wendelin Knecht herübergeschlendert und gesellten sich zu ihnen. Die Bude machte ein gutes Geschäft, und alle prosteten sich immer wieder zu, nur gesprochen wurde nicht viel.

»Eigentlich hat doch keiner von euch den Rudi Groß besonders gern gemocht«, sagte Hansen schließlich, als gerade eine neue Runde Kräuterschnaps auf den Tresen kam. Haffmeyer hatte inzwischen auf Limo umgestellt, weil er ja noch fahren musste. »Warum geht euch sein Tod dann so sehr an die Nieren? Ist es, weil euch nicht aus dem Kopf geht, dass es genauso gut auch euch hätte treffen können?«

Murnauer sah ihn nachdenklich an, sagte aber nichts. Romina Sattler bekam wieder feuchte Augen und schniefte. Claus Dautel schüttelte den Kopf und sah Hansen tadelnd an.

»Wir stehen hier, weil auch wir an einer Veranstaltung teilnehmen, die einen der angetretenen Fahrer das Leben gekostet hat. Ich musste seinen Unfall im Startbereich durchsagen, und Romina ...«

Er sah sie fragend an.

»Ich darf doch?«

Romina Sattler nickte.

»Romina war früher mal mit Rudi Groß befreundet.«

Hansen hob die Augenbrauen.

»Sie hat Rudi gewissermaßen unter ihre Fittiche genommen. Als der mit dem Oldtimer-Hobby und mit der Fahrerei angefangen hat, war er noch ein ganz junger Hüpfer. Noch keine dreißig war der damals.«

Die alte Frau lächelte traurig, als schwelge sie in schönen Erinnerungen.

»Und unsere Romina war schon damals eine gestandene Pilotin, meistens sehr schnell unterwegs und in der ganzen Szene sehr beliebt. Rudi war etwas nassforsch, als er im Oldtimer seine ersten Gehversuche unternahm. Damals hatte er noch eine günstige Karre, einen ... was hatte er noch mal, Romina?«

»Einen B-Kadett, Baujahr 1971, mit schwarzem Kunststoffdach und auf der Beifahrerseite mit Pilzen unter der Fußmatte.«

»Stimmt, ich musste mal ein Stück mit ihm fahren. Die

Karre hat gestunken, kann ich dir sagen! Wie auch immer, damals hat sich Romina seiner angenommen, hat ihm erklärt, wie alles läuft, hat ihm Tipps gegeben, wo man solide Ersatzteile finden kann und worauf es in Rallyes und Gleichmäßigkeitsprüfungen ankommt.«

Dautel verzog den Mund.

»Er hat sich auch alles brav angehört, und das meiste hat er schnell gelernt. Nur mit dem geselligen Teil hatte er seine Probleme. Die Leute um ihn herum mussten sein Publikum sein – sich einzufügen war nicht so sein Ding.«

»Das habe ich alles mitbekommen«, sagte Hansen. »Er hatte Ahnung und Talent, aber allzu beliebt war er nicht, um es mal vorsichtig auszudrücken.«

»Wir Oldtimer-Freunde verstehen uns auch ein bisschen wie eine große Familie«, erwiderte Dautel. »Und die steht auch auf dem Friedhof und heult, wenn das schwarze Schaf begraben wird, nicht wahr?«

Bald hatten alle ausgetrunken, und mit Handschlag und aufmunternden Worten gingen sie auseinander. Hansen ließ sich von Haffmeyer noch einmal in die Sonthofener Polizeiinspektion bringen. Huthmacher war noch da, wollte sich aber demnächst auf den Heimweg machen. Inzwischen wurde auch im privaten Umfeld von Rudi Groß ermittelt. Hansen hatte seinem Vorgesetzten noch vor der Soko-Besprechung von Susanne Groß und ihrer privaten Geburtstagsfeier erzählt. Der Innendienst der Soko Jochpass forschte nach Verbindungen zwischen Rudi Groß und anderen Memorial-Teilnehmern. Man hatte eine Liste aller

Personen zusammengestellt, die in den vergangenen Tagen Gelegenheit gehabt hatten, sich an der Radaufhängung des Lancia zu schaffen zu machen, und ging auch allen Hinweisen nach, die aus der Bevölkerung, von den befragten Memorial-Zuschauern und Hindelanger Einwohnern eingingen.

Doch bisher hatte sich nichts Neues ergeben. Hansen beschloss, vor der nächsten Soko-Besprechung am Montagvormittag noch etwas Schlaf zu bekommen. Resi Meyer war mit der Leiche von Rudi Groß – oder genauer: mit dem, was der fürchterliche Aufprall von ihr übrig gelassen hatte – in den nächsten verfügbaren Sektionssaal gefahren. Sie würde erst später in der Nacht nachkommen, einen Schlüssel für Hansens Haus am See hatte sie ohnehin längst.

Also chauffierte Haffmeyer seinen Chef nach Hause. Hanna war vom Bier und Schnaps offenbar sehr müde geworden: Noch bevor sie den Stadtrand erreichten, war von der Rückbank ein leises Schnarchen zu hören.

Hansen grinste und warf Haffmeyer einen Blick zu. Der starrte jedoch ernst geradeaus und schien mit einem Gedanken beschäftigt zu sein, der ihm nicht behagte. Hansen sah ebenfalls nach vorn und wartete. Es dauerte fast eine halbe Stunde, bis Haffmeyer aussprach, was ihm durch den Kopf ging.

»Rudi Groß war sehr unbeliebt, und jetzt ist er tot. Karl Schlitter wurde erpresst und wollte bezahlen, um das Jochpass Memorial zu schützen – aber er hat noch immer die komplette Summe.«

Hansen sah Haffmeyer erwartungsvoll an, aber der war mit seiner Äußerung offenbar fertig.

»Stimmt, das mit der Erpressung bereitet mir auch Kopfzerbrechen«, meinte Hansen dann. »Kann ein Erpresser sich denn wirklich so blöd anstellen wie der Unbekannte, mit dem Karl Schlitter zu tun hatte?«

»Mir ist in all den Jahren bei der Kripo jedenfalls keiner untergekommen. Und was ist, wenn Schlitter den Anrufer nicht nur erfunden, sondern für seine kleine Diktiergerätaufnahme selbst gespielt hat?«

»Koller hat die Techniker, die gerade Schlitters Aufnahme analysieren, damit beauftragt, genau das herauszufinden.«

Haffmeyer nickte. »Ich mag ihn ja nicht, den Koller, und er mich noch viel weniger. Aber seinen Job macht er gut.«

»Ja, das finde ich auch.«

Es wurde still im Wagen. Eine Zeit lang war nichts zu hören, außer den Geräuschen von Motor und Wind und überholenden Autos. Hanna schnarchte noch leiser als zuvor, und Haffmeyer bedachte sie mit einem wohlwollenden Blick in den Rückspiegel.

»Sollen wir uns eigentlich weiter duzen, oder kehren wir wieder zu Fischer, Haffmeyer und Hansen zurück?«, fragte er dann.

»Ach, meinetwegen können wir bei Hanna, Willy und Eike bleiben.«

Haffmeyer nickte wieder, und ein leichtes Lächeln umspielte seine Lippen, während er weiter durch die Nacht fuhr.

In Füssen wurde Hansen von Ignaz begrüßt, der ihm schon im Flur miauend um die Beine strich. Dabei klang der Kater weniger bittend als ziemlich unleidig, und als Hansen das Tier einfach stehen ließ und erst im Bad und dann im Schlafzimmer verschwand und jedes Mal darauf achtete, dass die Tür richtig hinter ihm geschlossen war, hörte er, wie sich das leise Tapsen des Katers im Flur entfernte. Wenig später klang es draußen, als würden zwei Katzen miteinander kämpfen, aber das bekam Hansen kaum noch mit, denn schon bald versank er in einen tiefen Schlaf.

Gegen Morgen erwachte er mit heftig pochendem Herzen aus einem seltsamen Traum, in dem Ignaz die Hauptrolle gespielt hatte. Hansen setzte sich auf, kratzte sich den Kopf und versuchte, die seltsamen Bilder zu einer halbwegs nachvollziehbaren Geschichte zu verbinden. Der Kater hatte auf dem Bock einer altmodischen Kutsche gesessen, die schwarz lackiert war und viel höher, als es normal gewesen wäre. Auch Ignaz war riesig, und in einer Pfote hielt er eine lange Peitsche, deren Riemen aus Mäuseschwänzen bestanden. Am Ende eines jeden Riemens baumelte eine Maus – ob tot oder lebendig, konnte Hansen nicht mehr sagen. Vor den Karren gespannt war er selbst, und als er sich nicht sofort ins Zaumzeug legte, um Ignaz auf seiner Kutsche voranzuziehen, zog ihm der Kater ein ums andere Mal die Mäusepeitsche über den nackten Rücken.

Er glaubte, die Schläge noch auf dem Rücken zu spüren, aber als er nach hinten griff und seine Haut abtastete, spürte er keine Striemen, sondern nur ein, zwei eigenartige

Druckstellen. Hansen drehte sich um und strich das Laken glatt, um nachzusehen, ob dort etwas lag, was da nicht hingehörte. Entsetzt stellte er fest, dass er sich im Schlaf offenbar im Bett herumgewälzt und letztlich auf zwei tote Mäuse gelegt haben musste. Genauer: auf eine ganze Maus und eine halb aufgefressene.

Die Tür zum Flur stand einen kleinen Spalt offen. Hatte er sie gestern nicht hinter sich zugedrückt?

Sein Blick wanderte zur anderen Seite des Betts hinüber. Dort lag Resi und schlummerte selig. Er beugte sich ein wenig über sie, um ihr einen Kuss auf die Wange zu hauchen – doch direkt vor ihrem Bauch lag Ignaz, der ihn aufmerksam beobachtete. Wie er jetzt die Pfote leicht anhob und auf Resis Arm legte, wirkte das schon ziemlich besitzergreifend. Außerdem verengten sich die Augen des Tieres umso mehr, je weiter Hansen sich mit seinem Mund Resis Wange näherte.

Das alles war ihm nicht geheuer, also verschob er den Kuss auf den nächsten Morgen und redete sich ein, dass er Resi ohnehin nicht hatte wecken wollen. Mit einem Papiertaschentuch packte er die Mäuse und ging nach draußen, um sie zu entsorgen. Als er zurückkehrte und ein weiteres Taschentuch auf die kleine, blutverschmierte Stelle seines Lakens legte, war das Ignaz schon keinen Blick mehr wert. Sein Fell hob und senkte sich langsam, und die Augen hatte er geschlossen.

Montag, 13. Oktober

Irgendwann in den frühen Morgenstunden hatte Ignaz sich verzogen. Resi gab nur ein schläfriges Brummen von sich, als Hansen sie küsste, also tappte er schon einmal in die Küche. Kaffeemaschine einschalten, Tisch decken, Brot schneiden, Wurst und Käse auf einem Teller anrichten, einen kleinen Korb mit Äpfeln und Birnen füllen – das ging alles auch im Halbschlaf. Als zwei dampfende Kaffeebecher bereitstanden, rief Hansen noch einmal nach Resi. Mit schläfrigem Blick kam sie in die Küche geschlichen und setzte sich auf ihren Platz.

»Na, ist es gestern noch spät geworden?«, fragte er sie.

Sie nickte nur, nahm einen Schluck Kaffee und griff nach einer Brotscheibe, die sie mit Wurst belegte.

»Hat sich durch die Obduktion noch irgendetwas Neues ergeben?«

»Nein«, brummte Resi und biss in ihr Wurstbrot. »Der ist durch den Aufprall gestorben, war sofort tot, und im Blut haben wir nichts gefunden, was da nicht reingehörte. Nicht einmal nennenswert Restalkohol war nachzuweisen.«

»Ignaz ist übrigens so eine Art Kollege von dir.«

»Der Kater obduziert?« Sie grinste müde und sah sich nach dem Tier um. »Wo steckt er denn?«

»Draußen. Vielleicht holt er Nachschub für mein Bett.«

»Wieso?«

»Heute Nacht hast du die Tür nicht zugemacht, da hat er sich zu dir ins Bett gelegt.«

»Ja, ich weiß. Ich finde das so schön, wenn der sich an mich schmiegt und schnurrt. Da schlafe ich im Handumdrehen ein.«

Sie streichelte ihm mit dem Handrücken über den Oberarm und lächelte.

»Mein großer Kater hat ja leider schon tief und fest geschlafen.«

»Dafür hat mir dein kleiner Freund zwei Mäuse aufs Leintuch gelegt. Eine war allerdings nicht mehr komplett, deshalb …«

»Bitte keine Details!«, stoppte ihn Resi und schüttelte sich. »Ich bin nicht im Dienst. Und mein Magen ist nicht immer so stark, wie du denkst!«

»Also bitte, du zerschnippelst Menschen und schaust dir alles ganz genau an – und beim Frühstück magst du nichts von tierischen Leichenteilen hören?«

»Tote Menschen sind mein Beruf. Aber tote Tiere? Igitt. Und vor Mäusen ekle ich mich ohnehin, ob tot oder lebendig.«

»Ist ja gut. Ich hör ja schon auf mit dem Thema.«

Resi legte ihr Wurstbrot auf den Teller und stand auf.

»Ich hab Ignaz auch was mitgebracht.«

»Wie? Aus dem Sektionssaal?«

»Nein«, sagte sie und lachte, »als Rechtsmedizinerin nehme ich grundsätzlich keine Arbeit mit nach Hause.«

Sie holte ihr Mitbringsel. Es handelte sich um einen knallrot lackierten Pick-up, ein Oldtimer-Modellauto mit der Aufschrift »Jochpass Memorial«. Der Kühlergrill war leicht verfremdet worden und wirkte wie eine stilisierte Katzenschnauze mit samtiger Nasenspitze und aufgemalten Schnurrhaaren. Die Ladefläche war als Fressnapf ausgeführt, in dem Reste von Dosenfutter lagen, mit dem Resi das Behältnis offenbar gleich gefüllt hatte. Außerdem hatte sie links und rechts mit Filzstift den Namen Ignaz geschrieben.

»Süß, oder?«

Resi strahlte ihn an und war wohl selbst ganz entzückt von ihrem tollen Einfall.

»Ja«, log Hansen und strich sich noch ein Brot. »Wirklich süß.«

Wenig später klingelte das Telefon. Murnauer war dran.

»Ich habe mir den Healey heute früh noch einmal genau angesehen«, berichtete er. »Und stell dir vor, auch da wurde an der vorderen Achse rumgefummelt, außerdem sieht eine Bremsleitung ganz so aus, als hätte sich da ebenfalls jemand zu schaffen gemacht.«

»An dem Healey, den ich in Hindelang gefahren habe?«

»Ja.«

Hansen wurde ganz bleich, während er sich vorstellte, in welchem Zustand der tote Rudi Groß aus dem Metallknäuel des Lancia geborgen worden war. Resi beobachtete die Veränderung an ihrem Freund und sah ihn ganz erschrocken an.

»Gut«, sagte Hansen dann mit zittriger Stimme. »Ich sag gleich meinen Kollegen Bescheid. Bitte fass nichts mehr an, bis sie bei dir sind. Die Kriminaltechnik wird den Wagen abholen lassen, um ihn genauer untersuchen zu können.«

»Geht klar. Aber ich bekomme den Healey doch bald wieder zurück?«

»Sobald alle Spuren gesichert sind, Horst. Ist dir denn am Mercedes auch etwas aufgefallen?«

»Nein, und auch an meinem Jeep nicht, den habe ich natürlich ebenfalls noch einmal unter die Lupe genommen. Aber nichts – nur am Healey.«

Hansen beendete das Gespräch und brachte Resi auf den neuesten Stand. Auch ihr wich alle Farbe aus dem Gesicht. Anschließend rief er bei Vroni Schliers an und erzählte ihr, was er soeben erfahren hatte.

Als Vroni Schliers mit ihrem Team vor Murnauers Halle eintraf, fiel ihr Blick auf einen Autotransporter, auf dessen Ladefläche der rote Healey mit Gurten festgezurrt war. Horst Murnauer stand daneben und sah Vroni Schliers kopfschüttelnd auf sich zukommen.

»Ist das der Wagen, den wir uns ansehen sollen?«, fragte sie ihn und deutete auf den verladenen Oldtimer.

»Ja, das ist er. Mit dem ist Ihr Kollege Hansen in Hindelang das Jochpass Memorial gefahren. Heute früh ist mir aufgefallen, dass sich jemand daran zu schaffen gemacht hat. Auch hier wurde an der Vorderachse herumgesägt.«

»Und warum steht das Auto dann nicht mehr dort, wo es stand, als Sie das entdeckt haben?«

Vroni Schliers klang dabei ein wenig ungehalten, und Murnauer setzte eine schuldbewusste Miene auf.

»Hat Ihnen mein Kollege denn nicht gesagt, dass Sie alles stehen lassen und nichts anfassen sollen?«, fuhr sie fort.

»Doch, aber ich dachte …«

Sie rollte mit den Augen. Gerade Sätze, die mit »Ich dachte« begannen, erschwerten ihr immer wieder die Suche nach wichtigen Spuren.

»Na, egal, jetzt ist es eben so«, sagte sie dann. »Wo stand der Flitzer denn, als Ihnen die Manipulation aufgefallen ist?«

»Dort hinten. Kommen Sie, ich zeig's Ihnen.«

Er drehte sich um, und als Vroni Schliers ihm ein paar Schritte gefolgt war, blieb er stehen und deutete auf einen von mehreren freien Stellplätzen in der Werkstatt. Direkt daneben arbeitete Murnauers Mechanikerin gerade mit dem Schneidbrenner, ihr Pferdeschwanz wippte auf und ab, und die Funken stoben in alle Richtungen.

»Oh«, machte die Chefin der Kriminaltechnik, »dort, wo jetzt grad die Funken hinsprühen?«

»Ja, wieso?«

Statt einer Antwort drehte sich Vroni Schliers zu ihren Mitarbeitern um.

»Leute, lassts die Anzüge im Wagen. Allzu genau können wir da nicht mehr arbeiten. Suchts halt nach Metallabrieb und solchen Dingen, ja?«

Die Kollegen machten sich an die Arbeit, fanden aber nichts, was zu den Sägespuren an der vorderen Radaufhängung des Healey passte. Nur ein Ölfleck war zu sehen.

»Verliert der Healey denn Öl?«, fragte Vroni Schliers, während ihre Leute schon wieder ihr Handwerkszeug zusammenpackten.

»Nein, der Fleck ist schon älter«, erklärte Murnauer. »Das Auto, das vor dem Healey dort stand, hat ein Leck, das kriegen wir aber wieder hin.«

»Na gut«, sagte die Kriminaltechnikerin und gab ihm zum Abschied die Hand. »Ihr Fahrer soll uns einfach folgen, wir bringen Ihren Oldtimer in unsere Werkstatt, wo wir uns die Spuren genauer ansehen werden.«

»Geht klar, ich hol unseren Fahrer. Der sitzt hinten in der Teeküche.«

Murnauer holte den Mann, und wenig später fuhr der Wagen der Kriminaltechnik davon, gefolgt vom Autotransporter mit dem Healey auf der Ladefläche. Murnauer winkte dem kleinen Konvoi noch hinterher, dann ging er sich einen Kaffee holen.

Katja, die ihren Chef während des Gesprächs mit der Kripobeamtin verstohlen beobachtet hatte, sah ihm nachdenklich hinterher.

Die Soko traf sich wieder in der Polizeiinspektion Sonthofen. Inzwischen hatten sich zwei Oldtimer-Besitzer bei der Polizei gemeldet: Horst Murnauer, dessen Healey bereits von der Kriminaltechnik abtransportiert worden war, und Wendelin Knecht, der an seinem Lancia Florida ebenfalls Spuren entdeckt hatte, die von einer Metallsäge oder etwas Ähnlichem stammen konnten.

»Knechts Auto ist dasselbe Modell wie der Wagen von Rudi Groß«, erklärte Hansen.

»Hört, hört, ein Experte«, brummte Jagersch, doch ein kurzer tadelnder Blick von Huthmacher ließ ihn verstummen.

»Die Beziehung zwischen Knecht und Groß kam mir ein wenig kompliziert vor«, fuhr Hansen ungerührt fort. »Auf der einen Seite waren sie wohl Rivalen, und jeder wollte den anderen übertrumpfen. Auf der anderen Seite vertraute Knecht ausgerechnet diesem Rivalen, wenn es darum ging, Originalersatzteile zu kaufen.«

»Originale Ersatzteile«, hakte der Soko-Leiter nach, »gibt's die überhaupt noch? Ich meine, diese Autos werden seit Jahrzehnten nicht mehr gebaut, irgendwann hat's dann doch auch mit Ersatzteilen ein Ende, oder?«

»Zumindest wird es mit der Zeit immer schwieriger, welche zu finden. Aber sobald irgendwo einer der Oldtimer gar nicht mehr zu reparieren ist, kommen die Ersatzteile auf den Markt, soweit sie noch verwendet werden können. Wendelin Knecht hat eine Versicherungsagentur und findet deshalb nicht immer genug Zeit, selbst zu den Anbietern solcher Teile zu fahren – und da kommt Groß ins Spiel. Der ist verrückt genug, diese Verkäufer abzuklappern, und arbeiten muss er wegen einiger Erbschaften auch nicht mehr.«

»So, dann haben wir also den Healey von Horst Murnauer, mit dem Sie gefahren sind, Hansen. Wir haben den

Lancia Florida von Wendelin Knecht, und wir haben dasselbe Modell von Rudi Groß – drei Fahrzeuge, an denen herumgesägt wurde und die alle beim Jochpass Memorial angemeldet waren. Das kann doch kein Zufall sein, was?«

»Trotzdem passen diese Erpressung und die manipulierten Oldtimer nicht richtig zusammen«, sagte Hansen.

Huthmacher hob die Augenbrauen, dann warf er Jagersch einen kurzen Blick zu.

»Fangen Sie jetzt auch noch damit an, Hansen? Herr Schlitter hat die Stimme des Erpressers doch sogar aufgenommen – und von unseren Experten kann inzwischen fast zu hundert Prozent ausgeschlossen werden, dass Schlitter sich da selbst mit verstellter Stimme aufgezeichnet haben könnte. Ich wüsste nicht, warum wir die Erpressung noch immer nicht für echt halten sollten.«

»Verstehen Sie mich nicht falsch, Herr Huthmacher: Dass Karl Schlitter erpresst wurde, steht für mich außer Frage. Ich habe es auch für nicht sehr wahrscheinlich gehalten, dass er für die Aufnahme seine eigene Stimme verstellt haben sollte. Trotzdem kommt mir diese Erpressung ... na ja ... zumindest sehr amateurhaft vor. Zu einer Geldübergabe ist es ja gar nicht gekommen. Und wenn es der Erpresser gewesen sein sollte, der die drei Oldtimer manipuliert hat, wird er das mit hoher Wahrscheinlichkeit schon zu einem Zeitpunkt getan haben, als Schlitter noch mit dem Geldkoffer am verabredeten Ort auf ihn wartete. Laut den Sonthofener Kollegen ist im Fahrerlager und unter den Zuschauern keinem aufgefallen, dass irgendjemand sich an den Oldtimern zu schaffen gemacht hätte.«

Jagersch nickte zur Bestätigung.

»Von den Eigentümern der Fahrzeuge selbst natürlich abgesehen«, fügte Hansen hinzu, »aber die können wir ja wohl ausschließen. Wenn der Erpresser also schon seine Attentatsdrohung wahr macht, noch bevor er wissen kann, ob er das Geld nicht doch noch bekommt … was ist das denn für eine Erpressung?«

»Eine sehr seltsame«, gab ihm Huthmacher recht. »Also glauben Sie eher, dass da jemand den Veranstaltern des Jochpass Memorial schaden wollte?«

»Oder Rudi Groß selbst.«

»Und die Erpressung? Wie passt die da rein?«

Hansen zuckte mit den Schultern.

Sie standen zwischen zwei benachbarten Hebebühnen, die beide so weit nach oben gefahren worden waren, dass die Kripobeamten bequem von unten auf die Vorderachsen der Oldtimer schauen konnten. Vroni Schliers zeigte Hansen die Stellen, doch dieser konnte mit dem, was er vor Augen hatte, nicht viel anfangen, und sie sah es ihm an.

»Also, Kollege Hansen, wir haben uns das Rad von Knechts Lancia ganz genau angeschaut. Da ist mit einer groben Feile oder mit einer feinen Metallsäge gearbeitet worden. Ähnlich ist der Täter beim Healey vorgegangen. Es schaut in beiden Fällen nach Handarbeit aus. Die Radaufhängung ist teilweise durchtrennt worden.« Sie deutete auf die betreffende Stelle an Murnauers Healey und auf das

Achsende von Knechts Lancia. »Beide Male ist der Täter absolut identisch vorgegangen. Soweit wir das für den Wagen des Toten noch rekonstruieren konnten, sah die manipulierte Stelle an dessen Lancia nicht genauso, aber vermutlich recht ähnlich aus. Die Säge oder Feile wurde wohl etwas anders angesetzt als bei den beiden Autos, die uns Knecht und Murnauer gemeldet haben, aber ... na ja, ein Mensch ist ja keine Maschine, das kann einer ja mal so und mal ein bissl anders machen. Die Halterung wurde überall so weit durchtrennt, dass sie erst einmal noch gehalten hat, aber nach einer gewissen Zeit und einer entsprechenden Belastung reißen muss.«

»Und das lässt sich zeitlich nicht steuern?«

»Nein, nicht wirklich. Ich habe Ihnen ja schon gesagt, dass ich selbst es mir nicht vorstellen kann – inzwischen habe ich noch einen Kollegen in Rosenheim gefragt, der mehr über Autos weiß als jeder andere, den ich kenne. Auch der hält es für unmöglich, den Zeitpunkt auf den Tag genau vorherzubestimmen. Aber Sie haben mir mal erzählt, dass Rudi Groß ziemlich rasant unterwegs war – da konnte der Täter davon ausgehen, dass sich das Rad in naher Zukunft lösen würde. Aber so etwas als ein Attentat auf das Jochpass Memorial anzudrohen ... so sicher kann sich der Unbekannte eigentlich nicht gewesen sein, was den Zeitpunkt des Bruchs angeht.«

Hansen blickte nachdenklich auf die beschädigte Stelle am Healey, den er noch am Tag zuvor flott auf den Jochpass gejagt hatte. Vroni Schliers bemerkte seinen Blick und klopfte ihm auf die Schulter.

»Es geht einem unter die Haut, wenn man plötzlich selbst ins Visier eines solchen Deppen gerät, gell?«

»Das kann man wohl sagen.«

»Aber ich glaube nicht, dass Sie wirklich in Gefahr waren, Hansen.«

»Weil ich nicht so schnell gefahren bin wie Groß?«

»Ich kann's noch nicht beweisen, aber ich glaube, dass Ihr Wagen während der Bergprüfung in Hindelang noch in Ordnung war.«

Hansen sah sie verblüfft an.

»Die angesägte oder angefeilte Stelle sah nicht besonders frisch aus«, fuhr sie fort, »aber meiner Meinung nach lag das eher daran, dass dieser Wagen nicht in einer sauberen Garage abgestellt war, sondern in einer Werkstatt, in der gearbeitet wurde und in der natürlich immer mal auch Schmutz irgendwo hinkommt, ohne dass dafür viel Zeit vergehen muss. Und dann kann natürlich auch jemand absichtlich dafür gesorgt haben, dass da Staub und anderer Dreck hinkommt.«

»Und das heißt?«, fragte Hansen, obwohl er sich die Antwort schon vorstellen konnte.

»Das heißt, dass am Healey möglicherweise erst nach der Abreise vom Jochpass Memorial herumgesägt wurde. Vielleicht noch am Sonntagabend, vielleicht erst Montag früh. Und was Knechts Lancia betrifft, halte ich das genauso für möglich.«

»Haben Sie in Murnauers Werkstatt denn entsprechende Spuren gefunden?«

»Nein, leider nicht. Murnauer hatte den Healey schon

auf einen Autotransporter verladen lassen – obwohl Sie ihm doch sicher gesagt haben, er soll alles so lassen und nichts anfassen, oder?«

Hansen nickte.

»Er hat mir dann einen freien Stellplatz gezeigt, an dem der Healey vor dem Verladen gestanden haben soll. Dort haben meine Kollegen weder Metallabrieb noch andere Hinweise darauf gefunden, dass der Healey an dieser Stelle angesägt worden wäre. Aber ein Ölfleck war am Boden, der mir relativ frisch vorkam. Laut Murnauer hat der Healey keine undichte Stelle, aus der Öl dringen könnte – und wir haben auch keine gefunden. Murnauer meinte, der Fleck sei von dem Auto, das dort vor dem Healey gestanden hätte – oder aber es stammt von dem Auto …«

»… das dort *statt* des Healeys gestanden hatte«, vervollständigte Hansen ihren Satz.

»Genau. Und jetzt zähle ich mal alles zusammen: Murnauer lässt den Wagen auf den Autotransporter verladen, obwohl er das nicht soll. Er nennt mir möglicherweise einen Stellplatz, auf dem der Oldtimer gar nicht gestanden hat. Er weiß, dass wir in einer Werkstatt in vollem Betrieb nur sehr schwer Spuren finden werden, wenn wir nicht genau wissen, wo wir suchen sollen …«

»Dann könnte Murnauer den Healey also selbst manipuliert haben?«

»Es gibt sicher auch noch andere Möglichkeiten, aber ja: Die würde mir auch zuerst in den Sinn kommen.«

Hansen dachte nach. Er stellte sich Horst Murnauer vor, der ihm bei seinen verdeckten Ermittlungen in Bad Hindelang geholfen, der ihm und seinen Kollegen zwei seiner wertvollen Fahrzeuge anvertraut hatte – und der Rudi Groß zwar nicht leiden konnte, aber doch keinen verschlagenen oder gewalttätigen Eindruck machte. Dann fiel ihm noch etwas ein.

»Sagen Sie mal, Frau Schliers, die angesägte Stelle an Knechts Lancia … Sie haben gemeint, dass die ähnlich frisch wirkt wie die am Healey, oder?«

Sie nickte und sah Hansen gespannt an.

»Und der Dreck, der auf der beschädigten Stelle zu finden ist, war das auch derselbe?«

»Dieselbe Art, ja, aber das ist auch nicht weiter verwunderlich: Öl, Staub und solche Dinge fallen überall dort an, wo an Autos herumgeschraubt wird.«

Hansen zögerte einen Augenblick, dann sagte er: »Bevor wir am Donnerstag früh die beiden Oldtimer für Hindelang in einen Sattelschlepper verladen ließen, war auch Wendelin Knechts Lancia zum Check oder zur Reparatur in Murnauers Werkstatt. Knechts Lancia, Murnauers Fahrzeuge und das Auto von Romina Sattler wurden mit demselben Lastzug nach Hindelang und wieder zurück gebracht, und wer weiß: Vielleicht hat Knecht seinen Lancia nach dem Jochpass Memorial noch einmal in Murnauers Werkstatt durchsehen lassen.«

»Dann müsste er ihn aber am Montag wieder ziemlich früh abgeholt haben. Denn die Beschädigung der Radaufhängung hat er vermutlich von zu Hause aus gemeldet, zumindest haben meine Leute den Lancia bei ihm in Neugablonz abgeholt.«

»Das lässt sich klären.«

Ja, sagte Knecht wenig später am Telefon, er habe seinen Wagen über Nacht bei Murnauer gelassen. Nur Romina Sattler habe sich ihren MG noch am Sonntagabend vom Fahrer des Sattelschleppers nach Hause bringen lassen. Romina Sattler wiederum versicherte Hansen, als er sie gleich danach anrief, dass mit ihrem Oldtimer alles in Ordnung sei. Sie habe heute früh von Wendelin Knecht erfahren, dass auch an dessen Lancia herumgefummelt worden sei, daraufhin habe sie den MG noch einmal über die Montagegrube in ihrer Garage gefahren und habe den Wagen auf Herz und Nieren geprüft: keine lose Schraube, kein Leck, nirgendwo ein Kratzer oder gar Spuren von einer Feile oder einer Säge.

Fast eine Stunde saß Hansen danach mit Soko-Leiter Huthmacher zusammen. Nachdem seinem Vorgesetzten seine Undercover-Aktion mit Hanna und Haffmeyer so wenig gefallen hatte, wollte er seine Vorgehensweise nun unbedingt vorher mit Huthmacher abstimmen. Der Kripochef besprach sich zwischendurch mit Polizeipräsident Stiller, und als auch der grünes Licht gab, seufzte Huthmacher zwar noch ein paarmal sehr theatralisch, aber die Entscheidung war gefallen.

Dann war es Zeit für die nächste Besprechung der Soko Jochpass. Christoph Ohser, der Pressesprecher des Polizeipräsidiums Schwaben-Süd/West in Kempten, war diesmal nicht nur anwesend, um sich zu notieren, ob und welche Details des Falls an die Öffentlichkeit kommen sollten, sondern er hatte selbst Neuigkeiten zu erzählen.

Über den spektakulären Unfall während des Memorial war natürlich in allen Medien berichtet worden. In einer großen Boulevardzeitung wurden aber darüber hinaus noch Mutmaßungen angestellt, ob für den Tod des Favoriten Rudi Groß ein noch unbekannter Erpresser verantwortlich sein könne, der vor der Veranstaltung mit einem Anschlag gedroht habe. Das Blatt berief sich auf die üblichen »gut unterrichteten Kreise«. Auf Ohsers Nachfrage hatte der zuständige Redakteur keinen Informanten genannt, sondern sich darauf berufen, dass er als Journalist schließlich seine Quelle schützen dürfe.

»Woher könnte er das haben?«, fragte Huthmacher.

»Wie wär's mit Schlitter?«, schlug Jagersch vor. »Wir haben wegen des Verdachts ermittelt, dass er die Erpressung nur vorgetäuscht haben könnte – wäre das nicht eine wunderbare Retourkutsche?«

»Mit der er vermutlich seiner eigenen Veranstaltung schaden würde«, gab Hansen zu bedenken.

»Schaden? Und was, wenn gerade durch diesen spektakulären Unfall im nächsten Jahr noch mehr Zuschauer kommen würden? Das würde den Veranstaltern doch nicht schaden – ganz im Gegenteil! Sie wissen doch, wie die Leute heute drauf sind: Überall soll es Nervenkitzel geben, und wo's knallt und raucht, wollen alle dabei sein!«

»So was ist mir auch schon durch den Kopf gegangen«, gab Hansen zu. »Aber ich habe als Fahrer viele von den Mitgliedern des Veranstalterteams kennengelernt, und glauben Sie mir, Kollege: Kein einziger von denen würde auf so zynische Weise mit der Sensationslust der Zuschauer spielen. Die lassen etwa für die Gleichmäßigkeitsprüfung keinen Fahrer ohne Integralhelm auf die Strecke, ob der nun in einem Cabrio sitzt oder in einer geschlossenen Karosserie. Und wer die Mindestzeit von 4:45 Minuten von Start bis Ziel unterschreitet, wird sofort disqualifiziert – der nach wie vor gültige Streckenrekord aus den Zeiten, als es den Jochpass hinauf noch darum ging, dass der Schnellste gewann, liegt übrigens bei 3:08 Minuten.«

Jagersch zuckte mit den Schultern.

»Was ich damit sagen will, Herr Jagersch: Da sind keine Rekordjäger am Werk, keine Rennverrückten, die ihre Piloten möglichst halsbrecherisch um riskante Kurven hetzen wollen! Wenn Sie ganz gemütlich die Strecke hinauffahren und das nur immer schön gleichmäßig machen, können Sie genauso siegen wie einer, der flotter unterwegs ist. Entsprechend entspannt habe ich sowohl die Leute auf Veranstalterseite als auch die Teilnehmer selbst erlebt. Es ist gut möglich, dass ausgerechnet Rudi Groß, der Titelverteidiger und posthum auch Sieger in diesem Jahr, dieses Prinzip am wenigsten von allen verstanden hat.«

Hansen war etwas laut geworden, während er dem Sonthofener Kollegen erklären wollte, was er als den eigentlichen Reiz des Jochpass Memorial erlebt hatte. Er selbst bemerkte es allerdings erst, als es nach seiner engagierten Rede im Besprechungsraum ganz still blieb. Hansen räusperte sich und lehnte sich zurück.

»Ähm, tut mir leid, Kollegen, da ist es wohl ein bisschen mit mir durchgegangen.«

Er grinste, und auch die anderen in der Runde wirkten nun eher amüsiert als befremdet. Sogar Jagerschs Mundwinkel hoben sich ein wenig.

»Dieses Oldtimer-Spektakel muss ja wirklich einen ganz besonderen Reiz haben«, sagte er, und es klang recht versöhnlich. Erleichtert ging Huthmacher nach einer kleinen Pause zum nächsten Tagesordnungspunkt über.

Nach und nach waren Murnauers Mechaniker nach Hause gegangen. Die blonde Katja war am längsten geblieben. Hansen hatte das Gefühl, dass sie mit ihm sprechen wollte, aber entweder hatte sie nie die richtige Gelegenheit gesehen, oder aber er hatte sich getäuscht. Jedenfalls verabschiedete auch sie sich irgendwann und ließ Murnauer und seinen Gast allein in der Teeküche zurück.

»Was ist das nur für ein Mensch«, sagte Hansen gegen sieben, als um sie herum schon mehrere leere Bierflaschen standen. »Sägt dir und Knecht und Groß und was weiß ich wem sonst noch alles die Radaufhängungen an!«

Hansen schüttelte den Kopf, als könne er es immer noch nicht fassen, behielt dabei aber Murnauer genau im Blick. In dem schien es zu arbeiten, aber dann hob er nur seine Flasche und brummte: »Darauf, dass wenigstens dir und Wendelin nichts passiert ist!«

»Ja, darauf trinke ich gerne, das kannst du mir glauben!«

Sie stießen an, und das Klirren der Flaschen wirkte in der jetzt ruhigen Umgebung unnatürlich laut. In der Teeküche brannte eine ältere Neonröhre, die alles in ein grelles Licht tauchte. Die Tür zur Halle stand offen, und das Innere der Werkstatt lag im Dunkeln, nur an einigen Stellen war der grüne Schein der Notbeleuchtung zu sehen. Auch der Blick durch die Fenster nach draußen ging ins Dunkle, erst weiter hinten, jenseits einer großen Wiese, war ein Firmengelände etwas heller ausgeleuchtet.

»Aber warum hat der Erpresser denn schon an den Autos rumgesägt«, fuhr Hansen nach einer Weile fort, »als es noch die Chance gab, dass Karl Schlitter ihm das Geld bringen und die Übergabe des Koffers klappen würde?«

Es war eine sehr schleppende Unterhaltung. Ab und zu warf Hansen eine Frage oder eine Vermutung in den Raum, dann verging einige Zeit, ehe Murnauer antwortete oder widersprach. So ähnlich hatte sich Hansen immer Gespräche zwischen zwei texanischen Cowboys vorgestellt, die irgendwo unter einem Baum saßen und in die Prärie hinaussahen, eine Zigarette oder einen Grashalm im Mund und den Stetson tief ins Gesicht geschoben.

»Meinst du«, sagte Hansen jetzt, »er wollte dem Jochpass Memorial schaden? So oder so? Weil er ... was weiß ich ... kannst du dir vorstellen, warum einer so etwas machen könnte?«

Murnauer nahm einen großen Schluck und stellte die Flasche zurück auf den Tisch.

»Nein«, sagte er dann. »Wirklich nicht.«

Seine Aussprache war schon etwas schleppend. Auch wenn er ganz ruhig auf seinem Stuhl lümmelte, schien er doch etwas angespannt.

»Mir sind da schon die verrücktesten Gedanken durch den Kopf gegangen«, meinte Hansen. »Magst du mal ein paar hören?«

Murnauer zuckte nur mit den Schultern, aber sein Blick war etwas aufmerksamer geworden.

»Darfst aber niemandem etwas davon erzählen, versprochen? Ich komm sonst in Teufels Küche.«

»Kein Problem, versprochen. Wem soll ich das auch erzählen? Mit meinen Mechanikern führe ich keine solchen Gespräche, verheiratet bin ich nicht, und Kumpels, mit denen ich mich abends am Tresen treffe, habe ich seit Jahren nicht mehr.«

Er lachte und deutete erst hinter das Gebäude und dann in die Halle hinüber.

»Das sind meine Kumpels, die heißen Lancia, MG, Bugatti und Porsche, und auf die ist immer Verlass.«

»Na, wenn das kein Trinkspruch ist!«

Sie hoben die Flaschen.

»Und auf Menschen ist kein Verlass, Horst?«

Murnauer erzählte von alten Schulkameraden, die sich irgendwann nicht mehr bei ihm gemeldet hätten, weil sie mit Schlips und Jackett im Büro saßen, während er an den meisten Abenden das Schmieröl nicht einmal mehr mit Spezialseife aus seinen rissigen Fingern bekam. Er berichtete von vermeintlichen Freunden, die letztlich aber doch nur darauf aus gewesen waren, mit seiner Hilfe billig an eine Reparatur ihrer Autos zu kommen. Und er schilderte, wie er sich mit Mitte zwanzig unsterblich verliebt hatte, wie er dieser Frau die Welt zu Füßen legen wollte, was aber daran gescheitert war, dass sie sich nicht vorstellen konnte, mit einem Kfz-Meister am Stadtrand von Marktoberdorf zu leben. Letztlich hatte sie ihn zum Teufel geschickt und sich mit dem Geschäftsführer einer kleinen Firma droben in Kaufbeuren eingelassen.

»Die Firma ist pleite gegangen, da waren die beiden gerade mal vier Jahre verheiratet«, fügte er an, und für einen Moment lag ein böses Grinsen auf seinem Gesicht.

»Na, scheiß drauf!«, sagte er schließlich, trank seine Flasche leer und holte sich eine neue aus dem Kühlschrank. Er sah mittlerweile ziemlich geschlaucht aus, das Bier begann, Wirkung zu zeigen.

»Weißt du, Horst, so was ist mir auch schon durch den Kopf gegangen.«

»Was meinst du mit ›so was‹?«

»Na, dass enttäuschte Liebe und solche Dinge eine Rolle gespielt haben. Dass der Rudi Groß vielleicht gar nicht sterben musste, weil ein Erpresser vergeblich auf sein Geld gewartet hat, sondern …«

Murnauer fixierte ihn jetzt über die Bierflasche hinweg, und sein Blick wirkte nicht mehr sehr freundlich.

»Sondern?«, fragte er, als der andere keine Anstalten machte, weiterzureden.

»Ach, lass nur«, sagte Hansen, zuckte mit den Schultern und nahm einen Schluck.

»Nein, jetzt red! So geht's ja auch nicht: erst gackern und dann nicht legen!«

Murnauer hatte sich aufgesetzt und stützte seinen Oberkörper mit den Ellbogen auf der Tischplatte ab.

»Wir gehen bisher fest davon aus, dass am Wagen von Rudi Groß herumgefummelt wurde, weil jemand dem Jochpass Memorial schaden wollte«, begann Hansen zögernd. »Vielleicht ist das aber ein Fehler, vielleicht hat's damit gar nichts zu tun, vielleicht hat es Rudi Groß nur zufällig genau während eines Wertungslaufs erwischt.«

»Aha? Und wie kommst du auf so eine Idee?«

»Nimm mal an, Horst, du hättest an den Radaufhängungen gesägt ...«

Murnauers Blick funkelte, und Hansen hob sofort beide Hände.

»Quatsch, ich weiß, aber einfach mal so als Gedankenspiel, okay?«

»Okay. Und?«

»Du sägst also daran herum – und woher weißt du, wann genau das Rad dann abfällt?«

Horst Murnauer wirkte plötzlich sehr nachdenklich, dann nickte er langsam.

»Da könntest du recht haben«, brummte er.

»Meine Kollegin von der Kriminaltechnik hat sich das Rad angesehen, das Rudi Groß kurz vor der Kurve verloren hat. Ist schon irre, was die inzwischen alles rausfinden, Horst. Kein Vergleich damit, wie wir zu Beginn meiner Zeit bei der Kripo Spuren gesichert haben. Weißt du, damals in Hannover haben die noch ...«

»Schon recht. Und was hat deine Kollegin gesagt?«

Murnauer hatte ihn mitten im Satz unterbrochen, also hatte er offensichtlich mehr Interesse an den Resultaten von Vroni Schliers als an alten Anekdoten eines Hannoveraner Kripobeamten. Hansen lachte in sich hinein, blieb nach außen aber ernst.

»Meine Kollegin von der Kriminaltechnik hat mir bestätigt, dass in allen drei Fällen – also an den Autos von Groß, Knecht und dir – auf exakt dieselbe Weise mit exakt demselben Werkzeug gearbeitet wurde.«

Hansen überspielte die Lüge damit, dass er seine Flasche hob und beim Trinken Murnauer musterte. Er schien sich ein wenig zu entspannen, griff ebenfalls nach seinem Bier und prostete Hansen zu.

»Und wer kann das gewesen sein?«, fragte Murnauer, als er die Flasche wieder abgesetzt hatte.

»Keine Ahnung«, erwiderte Hansen. »Wir wissen ja nicht, wo der große Unbekannte sich an den Fahrzeugen zu schaffen gemacht hat. Im Schuppen von Groß wurden keine passenden Spuren gefunden, und auf dem Stellplatz des Healey, den du der Kollegin gezeigt hast, war auch nichts.«

Scheinbar enttäuscht zuckte Hansen mit den Schultern, doch Murnauer ließ er dabei noch immer nicht aus den Augen. Um dessen Mundwinkel zuckte es, als müsse er ein Lächeln unterdrücken.

»So, Horst, jetzt muss ich aber ins Bett. Genug für heute.« Er lachte. »Mehr als genug.«

Hansen stand auf und gab sich wackliger, als er war. Er war alles losgeworden, was er hatte loswerden wollen. Nun zog er sein Handy aus der Tasche.

»Soll ich uns beiden ein Taxi rufen?«

»Nein, Eike, lass mal. Ich räum noch unser Gelage auf.

Das muss morgen früh keiner meiner Mechaniker sehen. Und dann schaff ich den Heimweg gerade noch zu Fuß, ich hab's ja nicht weit.«

»Gut, dann bis bald – und danke für das Bier.«

Hansen tappte durch die Halle nach draußen. Dort sah er sich noch einmal um, aber Murnauer war wohl wirklich mit dem Aufräumen der Teeküche beschäftigt.

»Und Murnauer hat dir das alles abgekauft?«, fragte Haffmeyer, während er durch die Nacht kurvte. Hansen war ein Stück zu Fuß gegangen, damit Murnauer nicht doch noch den Kollegen sah, der ihn statt des erwähnten Taxis abholte.

»Sah ganz so aus. Vor allem, als ich ihm gegenüber behauptet habe, unsere Kriminaltechnik sei davon überzeugt, dass die Radaufhängungen an allen drei Fahrzeugen mit demselben Werkzeug und auf dieselbe Weise malträtiert worden seien. Das hat er sehr erleichtert aufgenommen.«

Haffmeyer grinste.

»Und wie viel Bier musstest du für das Gespräch trinken?«

»Ach, ging eigentlich. Ich bin noch ganz fit. Für die nächste Unterhaltung wird's schon noch reichen. Und fahren muss ich heute ja nicht mehr.«

Er lächelte dem Kollegen zu.

»Vielen Dank übrigens, dass du mir heute Abend den Chauffeur machst.«

»Hab eh nichts Besseres vor. Hanna trifft sich heute wieder mit ihrem Thomas, und ich habe vor gut einer Woche ein Bild fertig gemacht. Jetzt habe ich noch keine Ahnung, welches Motiv ich mir als Nächstes vornehmen soll.«

Hansen dachte an die sehr spezielle Art des Kollegen, Bilder zu »malen«, und sah grinsend aus dem Seitenfenster.

Inzwischen hatte Haffmeyer Neugablonz längst erreicht. Nun blieb er vor einem Zebrastreifen am Straßenrand stehen und machte den Motor aus.

»Da vorne rechts rein, das ist schon die Brettbuschgasse. Wendelin Knecht hat ein größeres Einfamilienhaus auf der linken Straßenseite, von der Abzweigung sind das nur etwa hundert Meter. Ich wart hier auf dich.«

Haffmeyer drückte den Knopf des Autoradios und tippte sich durch die vorgewählten Sender, bis Blasmusik erklang.

»Lass dir Zeit«, sagte er, lehnte sich genießerisch auf dem Fahrersitz nach hinten und zeigte auf eine kleine Thermoskanne, die in einer Halterung zwischen den beiden vorderen Sitzen stand, »ich hab hier alles, was ich brauche.«

Hinter einem der Fenster von Wendelin Knechts Haus wurde es in schneller Folge abwechselnd heller und dunkler. Mal waren krachende Geräusche, mal Musik und laute Dialoge zu hören. Hansen musste mehrmals den Klingelknopf drücken, bevor drinnen reagiert wurde. Im Flur ging das Licht an, und wenig später stand Knecht vor seinem abendlichen Besucher – mit zerzausten Haaren, ausgebeulter Jogginghose und einem viel zu kurzen Shirt nicht mehr ganz ausgehfein.

»Äh … du, Eike?«

Knecht hatte offenbar nicht mehr mit Besuch gerechnet, und ganz sicher nicht mit diesem.

»Oh, ist es dir schon zu spät? Ich dachte …« Hansen lächelte und zuckte entschuldigend mit den Schultern. »Ich dachte, um halb zehn, da kannst du noch …«

Knecht rang kurz mit sich, dann gab er den Weg frei und deutete den Flur entlang.

»Na, komm halt rein.«

Er bot Hansen einen Sessel an und schaltete den Fernseher aus.

»Magst du ein Bier?«

»Wenn du auch eins trinkst: gern.«

Wenig später saßen sie sich im Wohnzimmer gegenüber, jeder mit einem vollen Bierglas vor sich.

»So, Eike«, fragte Knecht, als sie angestoßen hatten, »was willst du mich denn fragen? Ich hätte gar nicht gedacht, dass ihr Ermittler um diese Zeit noch immer im Dienst seid.«

»Na ja, wenn ein Mord aufzuklären ist, ist es mit Feierabend und Wochenende oft nicht allzu weit her.«

»Ich verstehe dich richtig: Ihr geht inzwischen von Mord aus? Ein Unfall wegen Materialermüdung oder so kommt nicht mehr infrage?«

»So penibel, wie Rudi Groß seine Oldtimer gepflegt hat?« Hansen schüttelte den Kopf. »Außerdem«, fuhr er nach einer kurzen Pause fort, »wurden ja auch an deinem Lancia und am Healey von Horst die Radaufhängungen beschädigt.«

»Ihr meint, das war derselbe wie bei Rudis Auto?«

Hansen nickte, wurde aus Knechts Miene jedoch nicht recht schlau.

»Ja, davon gehen wir aus«, fügte er hinzu und behielt Knecht dabei im Auge. »Offenbar wurde dasselbe Werkzeug verwendet, und die Aufhängung wurde auf dieselbe Weise angesägt.«

»So, so.«

Knecht sah auf die Flasche neben seinem Glas, dann schenkte er nach, obwohl noch genug Bier im Glas gewesen wäre.

»Und so richtig im Dienst bin ich eigentlich auch nicht mehr«, sagte Hansen. »Das kannst du schon daran sehen.«

Er deutete auf sein Bierglas und lächelte.

»Mir ist es halt ziemlich an die Nieren gegangen, dass ich den Healey während der Fahrt hinauf zum Jochpass mit einer angesägten Radaufhängung durch die Kurven gesteuert habe. Und dass … dass ich ebenso wie Rudi Groß den Abhang hätte hinunterstürzen können.«

Knecht sah Hansen nachdenklich an.

»Wurde am Healey zur selben Zeit herumgepfuscht wie an Rudis Wagen?«, fragte er.

»Sieht so aus.«

»Und an meinem Lancia?«

Hansen nickte.

»Hm«, brummte Knecht und stierte wieder auf sein Glas.

»Wer macht so was, Wendelin?«

»Keine Ahnung«, sagte Knecht. Er nahm einen großen Schluck, dann sah er Hansen aus müden Augen an. »Da hatte es offenbar jemand sehr auf das Jochpass Memorial abgesehen, was?«

Hansen zuckte mit den Schultern.

»Der Erpresser, nehme ich an«, sagte Knecht. »Habt ihr da schon eine Spur?«

»Nein, leider nicht. Aber …«

»Ja?«

»Diese Erpressung und der Unfall – so richtig passt das alles nicht zusammen.«

»Warum denn nicht? Ich meine, da droht ein Unbekannter mit einem Anschlag auf das Memorial, und als es nicht zur Geldübergabe kommt, verunglückt einer der Teilnehmer tödlich. Was soll denn da nicht passen?«

Hansen ging in Gedanken alle durch, mit denen er über die Erpressung gesprochen hatte. Wendelin Knecht war nicht darunter. Knecht bemerkte Hansens prüfenden Blick, dann hob er beide Hände.

»Zumindest hat Horst mir das so erzählt. Stimmt das denn nicht?«

»Doch, doch, das stimmt alles.«

»Na, also. Ich bin mir sicher: Wenn ihr diesen Erpresser habt, wisst ihr auch, wer Rudi Groß auf dem Gewissen hat.«

»Kann sein. Aber Rudi ist wohl auch vielen auf die Zehen getreten, da gibt es jedenfalls vielversprechende Ermittlungsansätze.«

Wendelin Knecht rang sich ein Lächeln ab.

»Jetzt klingst du aber doch so, als wärst du sehr wohl noch im Dienst.«

»Stimmt. Entschuldige, Berufskrankheit.«

Hansen hob sein Glas und prostete Knecht zu. Sie tranken und saßen einige Minuten schweigend da.

»Sag mal, Wendelin«, sagte Hansen schließlich. »Du hast Rudi schon lange gekannt, nicht wahr?«

»Ja, wie man sich halt so kennt.«

»Er hat für dich ab und zu Ersatzteile eingekauft, hat Horst erzählt.«

Knecht sah Hansen einen Augenblick lang forschend an, dann nickte er.

»Ja, mir fehlt manchmal die Zeit dafür. Meine Versicherungsagentur hält mich ganz schön auf Trab, und Rudi war in den vergangenen Jahren ja gewissermaßen Privatier. Und für Oldtimer hat er seine Freizeit am liebsten eingesetzt.«

»Und das hat geklappt?«

»Was?«

»Na, dass er dir Ersatzteile besorgt hat?«

»Doch, schon«, sagte Knecht und wich dabei Hansens Blick aus. »Rudi hatte viele Kontakte zu Verkäufern und hat mir immer wieder einmal ein Originalteil beschafft. Na ja ...«

Er zwinkerte Hansen zu.

»... vermutlich hat er auch mal ein paar Euro auf den Preis draufgeschlagen, aber egal: So knapp bei Kasse bin ich nicht, und er hatte dann ja auch immer die Fahrerei und den Zeitaufwand. Das hat schon gepasst.«

»Woher kennt ihr euch eigentlich? Vermutlich nicht nur von Oldtimer-Rallyes, oder?«

Wendelin Knecht sah Hansen an, als frage er sich, was er erzählen und was er besser für sich behalten sollte. Hansen beschloss, ein bisschen zu pokern.

»Horst hat's mir erzählt«, sagte er und lächelte. »Wir haben vorhin ein paar Bier miteinander getrunken, da ist er etwas redselig geworden.«

Knecht presste die Lippen aufeinander.

»Ihr habt euch auch privat gekannt«, gab Hansen noch einen letzten Schuss ins Blaue ab.

Der saß.

»Ich dachte mir schon, dass Horst das nicht ewig für sich behalten kann. Aber …« Knecht sah Hansen fast schon flehend an. »Aber egal, was er dir erzählt hat: Mit mir und Susanne, das war immer nur Freundschaft, ganz ehrlich!«

Hansen versuchte, sich seine Verblüffung nicht anmerken zu lassen.

»Ich hätte schon was von ihr gewollt, aber sie nicht von mir. Schau mich an: Ich bin über fünfzig, habe zu viele Kilos und zu wenig Haare. Was sollte Susanne also von mir wollen?«

»Freundschaft?«

»Stimmt, und die hab ich ihr gerne gegeben. Rudi … Rudi war ein richtiges Arschloch, weißt du?«

Hansen nickte, um Verständnis zu heucheln und um ihn zum Weiterreden zu ermuntern.

»Und das mit den Ersatzteilen …« Er lächelte traurig. »Ich hätte meine Ersatzteile ja auch über den Horst beziehen können, oder ich wäre ab und zu selbst losgefahren, wenn ich irgendwo eine Anzeige gesehen habe. Erst vor

Kurzem habe ich eine Annonce entdeckt, da hat jemand einen originalen Schaltknauf für den Lancia Florida angeboten …«

Er unterbrach sich und nahm einen Schluck Bier.

»Egal, auf jeden Fall bin ich immer mal wieder nach Blöcktach rübergefahren und habe Rudi besucht. Na ja, am liebsten war es mir natürlich, wenn er gar nicht da war und ich ungestört mit Susanne reden konnte. Mit der Zeit waren wir sehr vertraut miteinander. Sie hat mir erzählt, dass es für sie mit Rudi nicht immer ganz einfach sei, dass sie ab und zu mit anderen Männern …«

Hansen sah ihn überrascht an, und Knecht nickte lächelnd.

»Daran siehst du ja, wie vertraut wir miteinander umgegangen sind. Im Grunde war die Tatsache, dass sie mir sogar so etwas erzählt hat, zugleich die Höchststrafe und eine ganz besondere Auszeichnung. Ich war in solchen Momenten wahrscheinlich eher eine beste Freundin als ein Freund. Und für jemanden, der insgeheim in eine Frau verliebt ist, kann es eigentlich nichts Schlimmeres, nichts Endgültigeres geben. Aber … na ja … mehr war für mich halt nie drin, also habe ich wenigstens das genossen, was sie mir zugestand.«

Er wurde ernst.

»Und manchmal hat es mich schier zerrissen.«

»Weil du nicht mehr von ihr bekommen konntest?«, fasste Hansen nach, als Knecht in brütendes Schweigen verfiel und vor sich auf den Tisch starrte.

»Was?«

Er sah Hansen an, als müsse er sich besinnen, worum es gerade ging. Dann nahm er noch einen Schluck und schüttelte den Kopf.

»Nein, damit habe ich mich schon lange abgefunden. Schau dir Susanne doch nur an: so eine schöne Frau, so tolle Augen, diese Figur, dieses gefühlvolle Wesen …!«

Er bekam ganz feuchte Augen, wie er von der Frau seines Rivalen schwärmte.

»Aber dass das mit uns nie etwas geworden wäre, das ist mir bewusst, schon lange, und damit komme ich klar. Mal mehr, mal weniger.«

»Und warum hat es dich dann fast zerrissen, wie du sagst?«

»Weil ich zumindest zum Teil an Susannes Unglück schuld bin.«

»Wie meinst du das?«

Knecht seufzte.

»Rudi hat für mich manchmal Ersatzteile besorgt, das habe ich dir ja schon erzählt. Ich habe in der Garage neben dem Haus den Lancia, den du schon kennst, und dazu noch zwei Fahrzeuge: einen sehr schönen Delahaye 135 Donington und einen Invicta S-Type.«

Er fing Hansens ratlosen Blick auf.

»Kennst du nicht, was? Sehr schöne Autos sind das, ich zeige sie dir gerne mal.«

»Du wolltest gerade etwas anderes erzählen.«

»Stimmt. Also, Rudi hat immer wieder mal Ersatzteile für mich besorgt, und manchmal ließ es sich nicht einrichten, dass ich sie in Blöcktach abholte. Also kam er immer wieder mal hierher. Eines Tages, als er kam, war gerade eine Nichte von mir im Haus: Sina Kleyen, die Jüngste meiner verstorbenen älteren Schwester. Sie ist ein richtig hübsches Mädel, und manchmal besucht sie mich, und wir quatschen über die alten Zeiten, als sie mit ihren Eltern auch hier in der Straße gewohnt hat. Inzwischen hat sie eine kleine Wohnung gleich um die Ecke, in einem der großen Mietshäuser im Erlenweg.«

Knecht nahm noch einen Schluck Bier und wischte sich den Mund mit dem Ärmel trocken, bevor er fortfuhr.

»Wir tranken gerade Kaffee, da kam Rudi bei mir vorbei und hat sich ein wenig zu uns gesetzt. Er konnte sehr charmant sein, und Sina ... nun ja ... sie ist ein wenig naiv, vielleicht sogar mehr als das. Als Rudi an diesem Nachmittag von seinen Erfolgen mit seinen Oldtimern erzählt hat, von seinen Erbschaften und von den tollen Reisen, die er schon unternommen hatte, und von all den Plänen, die er noch hatte, da war sie wohl ganz fasziniert. Er hat sie mitgenommen, als er wieder ging, und hat sie im Erlenweg abgesetzt.«

»Ich dachte, das liegt nur um die Ecke?«

»Ja, aber Rudi war im offenen Jaguar gekommen. Zu seiner Sammlung gehört ein roter E-Type, ein Roadster von 1963, der sieht schon klasse aus. Wir hatten die ganze Zeit über Oldtimer gefachsimpelt, und irgendwann begann Rudi davon zu schwärmen, wie schön es sei, sich in einem alten Cabrio den Wind durch die Haare wehen zu lassen. Ich bin nicht so darauf aus, andere in meinen Oldtimern mitfahren zu lassen – Rudi jedoch schien ganz versessen darauf, sie mal mitzunehmen. Also ist sie zu ihm ins Cabrio gestiegen. Er hat ihr ganz galant die Tür aufgehalten und hat sie behandelt wie eine Prinzessin – das hat ihr gut gefallen. Wie gesagt: Sina ist etwas naiv.«

Er hielt kurz inne, und Hansen wartete. Mit dieser Sina Kleyen würde er noch reden müssen.

»Sina hatte bis dahin nur Freunde aus dem Ort gehabt, hübsch ist sie ja. Da hinten auf der Kommode steht ein Bild von ihr.«

Hansen sah ein Foto in einem mittelgroßen Rahmen, das eine freundliche junge Frau mit mittellangen blonden Haaren zeigte.

»Aber ein Habenichts wie Jochen kam gegen Rudi natürlich nicht an.«

Leider tat er Hansen nicht den Gefallen, auch den Nachnamen von Sinas Exfreund zu nennen, und wenn er jetzt nachgefragt hätte, dann hätte er risikiert, die vertrauliche Atmosphäre zu verderben.

»Ich habe Sina ein paarmal ins Gewissen geredet, habe sie beschworen, sich doch endlich einen Freund in ihrem Alter zu suchen, einen, der besser zu ihr passte, mit dem sie zusammenziehen und Kinder bekommen konnte – anstatt sich einem wie Rudi Groß auszuliefern! Sich an einen verheirateten Mann zu verschleudern, nur weil der Geld hatte und sie schick ausführen konnte!«

Er sah jetzt kreuzunglücklich aus.

»Immer wieder habe ich mit Sina gesprochen, doch als sie mich dann immer seltener besuchte, habe ich das Thema gemieden. Aber wann immer ich einen von Rudis

Wagen im Erlenweg stehen sah, hat es mir einen Stich versetzt.«

»Hast du das seiner Frau Susanne erzählt?«

Er sah Hansen an, als wäre der nicht ganz bei Trost.

»Nein, natürlich nicht. Wozu auch? Damit sie erfährt, dass er fremdgeht – wo sie es doch eh schon vermutet hat? Womöglich hätte sie noch herausgefunden, dass ich mit daran schuld war. Und dass dann am Ende auch Sina –«

Knecht unterbrach sich und wurde blass.

»Ach, du Scheiße!«, stammelte er. »Sina weiß ja vielleicht noch gar nicht, dass Rudi …«

Er nahm einen großen Schluck, schenkte sich nach, trank erneut.

»Wenn du willst, können wir es ihr sagen«, bot Hansen an.

Aber Knecht hörte schon nicht mehr zu. Er weinte, holte sich ein neues Bier aus der Küche und ließ sich in den Sessel fallen. Es war Zeit zu gehen, aber einen am Boden zerstörten Wendelin Knecht wollte Hansen lieber nicht allein zurücklassen. Also tranken sie noch ein Bier und hinterher zwei Gläschen Likör, bis Knecht sich etwas beruhigt hatte und Hansen endlich gehen konnte.

Haffmeyer war eingeschlafen, und sein Chef musste mehrmals gegen das Fahrerfenster klopfen, bevor er endlich aufwachte, sich kurz verwirrt umsah und ihn dann in den Wagen ließ. Blasmusik schmetterte in die Neugablonzer Nacht hinaus, und Hansen zog schnell die Tür hinter sich zu und schaltete das Radio aus.

»Tut mir leid«, murmelte Haffmeyer und rieb sich die Augen. »Es war gerade so gemütlich, und da …«

»Schon gut, Willy. Ich will mir noch eine Adresse ganz in der Nähe ansehen.«

Haffmeyer sah auf die Digitaluhr am Armaturenbrett.

»Um diese Zeit?«

Hansen erzählte, was er von Knecht erfahren hatte.

»Oha! Aber wenn sie schon schläft, sollen wir sie dann wirklich mit dieser Nachricht rausklingeln?«

»Eher nicht, oder?«, entgegnete Hansen. »Wir machen es so: Du lässt mich in der Nähe dieser Sina raus – weißt du zufällig, wo dieser Erlenweg ist?«

Haffmeyer schloss kurz die Augen, als müsse er sich etwas in Erinnerung rufen, dann deutete er über seine linke Schulter.

»Hier zurück, die nächste rechts, nach hundert Metern links.«

»Woher weißt du das alles eigentlich?«

»Alte Angewohnheit.«

»Wie: alte Angewohnheit?«

»Na ja, manchmal weiß ich den Weg zu einem Ziel auswendig, manchmal muss ich nachschauen – so wie im Fall von Wendelin Knecht. Den Westen von Neugablonz kannte ich bisher noch nicht so besonders gut. Also nehme ich mir eine Karte oder hole mir einen dieser Navigationsdienste auf den PC-Monitor und versuche, mir die nähere Umgebung einzuprägen. Nur fünf, sechs Straßen in jede Richtung, mehr geht inzwischen nicht mehr. Früher konnte ich mir auf diese Weise ganze Stadtteile auf einen Rutsch draufschaffen, aber man wird ja auch nicht jünger.«

Hansen grinste. »Okay, du lässt mich aussteigen, und ich schau mal, wo genau sie wohnt. Vielleicht kann ich ja erkennen, in welcher Wohnung sie lebt, und wenn dort noch Licht ist…«

»… rufst du mich dazu, und wir reden mit ihr.«

»Genau.«

Haffmeyer startete den Motor, wendete, bog bei der nächsten Möglichkeit nach rechts ab, und tatsächlich sahen sie nach etwa hundert Metern ein Straßenschild mit der Aufschrift Erlenweg vor sich. Auf der kurzen Fahrt hatte Hansen über sein Smartphone das öffentliche Telefonverzeichnis aufgerufen und die genaue Adresse von Sina Kleyen gefunden. Er stieg aus, drückte die Beifahrertür zu und ging die Straße entlang. Die Nummer musste auf der rechten Straßenseite liegen, und kurz darauf entdeckte er das gesuchte Haus.

Er blieb stehen und blickte unauffällig an der Front hinauf. Im zweiten Stock sah eine Frau aus einem gedämpft beleuchteten Fenster. Sie wirkte, als warte sie auf jemanden, und von hier unten hatte sie große Ähnlichkeit mit der jungen Frau auf dem Foto bei Wendelin Knecht.

Die Frau bemerkte ihn, und er sah schnell weg. Dann hörte er, wie oben das Fenster geschlossen wurde, und er schaute noch einmal hinauf. Das Fenster war noch immer gedämpft erleuchtet, die Frau aber war nicht mehr zu sehen. Hansen ging zum Hauseingang, leuchtete mit dem Display seines Handys die Klingelanlage aus und suchte nach Sina Kleyens Namensschild. Auch das war relativ weit oben zu finden. Hansen zögerte noch einen Moment, trat ein, zwei Schritte zurück und rief dann auf seinem Handy die Nummer von Haffmeyer auf.

Noch bevor er das Telefon ans Ohr gehoben hatte, spürte er einen Schlag im Nacken und kippte vornüber.

Haffmeyer war zuerst ganz gemächlich aus dem Wagen gestiegen, doch als er von Weitem leise Schreie zu hören glaubte, lief er los und erreichte wenig später den Fußweg zum Eingang von Sina Kleyens Haus im vollen Sprint. Hansen lag neben dem Weg im Gras, während sich ein junger Mann über ihn beugte und offenbar versuchte, ihm sein Handy zu entreißen. Als er Haffmeyer näher kommen hörte, trat er Hansen noch einmal in die Seite, schnappte sich dessen Smartphone und spurtete am Haus entlang davon. Haffmeyer machte mehrere lange Sätze und holte den Flüchtigen gerade noch ein, ehe der hinter dem langgezogenen Gebäude verschwinden konnte.

Doch kurz bevor Haffmeyer den anderen zu fassen bekam, stolperte er und fiel der Länge nach hin. Im letzten Moment erwischte er einen Knöchel und ein Hosenbein des Unbekannten. Der stürzte nun ebenfalls, und Haffmeyer gelang es, blitzschnell auf den Rücken des anderen zu krabbeln. Als dieser sich befreien wollte, packte Haffmeyer dessen linken Arm und bog ihn hinter dem Rücken Richtung Schulterblatt. Nun lag der andere still und wimmerte nur leise vor sich hin.

»Haffmeyer, Kripo Kempten«, keuchte Haffmeyer. »Sind

Sie eigentlich irre? Warum greifen Sie meinen Kollegen an?«

»Wieso Kripo?«

»Ich stelle jetzt die Fragen! Wie heißen Sie?«

»Jo ... ich meine ... Jochen Mory. Und Ihr ... Kollege hat zum Fenster meiner Freundin raufgeschaut wie ein Spanner. Da ... da wollte ich sie beschützen.«

»So, so, Sie wollten Ihre Freundin beschützen? Ich nehme mal an, damit meinen Sie Frau Kleyen?«

»Ja, klar, die Sina.«

»Und das ist Ihre Freundin?«

»Ja.«

»Und weiß sie das auch, oder bilden Sie sich das nur ein?«

»Also, bitte!«

Mory bäumte sich ein wenig auf, aber der Schmerz in seinem Arm ließ ihn sofort wieder erschlaffen.

»Sie tun mir weh.«

»Wenn ich Sie jetzt aufstehen lasse, versprechen Sie mir, nicht davonzurennen? Ich habe, ehrlich gesagt, keine große Lust, Ihnen noch einmal nachzurennen.«

»Ich werd schon nicht abhauen.«

Haffmeyer lockerte seinen Griff ein wenig und half dem anderen auf. Als sie nun nebeneinander an der Hausecke standen, kam auch Hansen hinzu. Er hielt sich die Seite und funkelte Mory wütend an. Haffmeyer machte eine Geste zu Hansens Smartphone, das ein, zwei Schritte entfernt im Gras lag. Hansen hob es auf und baute sich direkt vor Mory auf.

»Wer sind Sie eigentlich?«

»Das dürfte dieser Jochen sein, von dem Knecht erzählt hat«, antwortete Haffmeyer an Morys Stelle.

»Ach?« Hansen musterte den Mann. »Den Sina zugunsten von Rudi Groß in die Wüste geschickt hat?«

Jo Mory sah betreten zu Boden.

»Er hat dich für einen Spanner gehalten, Chef«, sagte Haffmeyer und grinste. »Der scheint sich hier als Beschützer seiner Exfreundin aufzuspielen.«

»So?«, wandte sich Hansen erneut an Mory. »Und wie oft schlagen Sie dann pro Woche hier vor dem Haus Männer nieder? Nur mal so geschätzt, damit ich mir ein grobes Bild machen kann.«

Mory schwieg. Hansen drehte sich kurz weg, um per Handy die hiesigen Kollegen herzubeordern, aber am Telefon erfuhr er, dass die wohl schon gerufen worden waren und jeden Moment eintreffen müssten. Als er sich wieder Jo Mory zuwenden wollte, hob er den Blick und sah Sina Kleyen in der Haustür stehen. Sie war klein, schlank, von knabenhafter Statur, und das Licht des Treppenhauses erleuchtete ihre goldblonden Haare von hinten. Hansen gab Haffmeyer einen Wink, dann gingen sie zu der Frau. Mory trottete vor Haffmeyer her wie ein geprügelter Hund, er sah noch immer zu Boden und machte keine Anstalten abzuhauen.

»Was ist hier eigentlich los?«, fragte Sina Kleyen. Ihre Augen wirkten geschwollen, und mit einem Taschentuch wischte sie sich immer wieder über die leicht gerötete Nase. »Und was machen Sie mit Jo?«

Hansen zeigte ihr seinen Dienstausweis und stellte sich und Haffmeyer vor.

»Kripo? Was hat Jo denn verbrochen, dass Sie ihn wie einen Schwerverbrecher behandeln? Ich habe den Krach vor dem Haus mitbekommen, meine Nachbarn auch, und eine andere Nachbarin hat die Polizei gerufen. Also, was wollen Sie von Jo?«

Ihre Stimme klang heiser, offenbar machte ihr eine Erkältung zu schaffen.

»Erst hat er mich angegriffen«, erklärte Hansen, »und niedergeschlagen. Dann hat er mir das Handy entwendet und wollte abhauen. Mein Kollege hat ihn verfolgt und eingeholt.«

»Hä?«

Sina Kleyen trat zu Jo Mory, legte ihre Finger unter sein Kinn und hob seinen Kopf an.

»Stimmt das?«

»Na ja, sozusagen«, brummte Mory. »Ich ... ich habe gesehen, wie dieser Typ da ...«

»Kriminalhauptkommissar Hansen«, knurrte Haffmeyer ihm ins Ohr.

»Okay, okay, wie der Kommissar unter deinem Fenster gestanden und zu dir raufgegafft hat. Da wusste ich ja noch nicht, dass er von der Kripo ist.«

In diesem Moment hielten zwei Streifenwagen vor dem Haus. Die uniformierten Beamten stiegen aus und sahen sich nach allen Seiten um. Ein älterer Polizist, der als Letzter zu ihnen stieß, nickte Haffmeyer grüßend zu.

»Guten Abend, Willy. Was ist denn hier los?«

Haffmeyer brachte ihn aufs Laufende und stellte ihm Hansen vor. Der Uniformierte tippte sich kurz an die Mütze.

»Gut. Sollen wir euren jungen Freund dann gleich mitnehmen?«

»Einen Moment noch, bitte«, sagte Hansen.

»Kein Problem.«

»Stehen Sie hier häufiger Wache?«, wandte sich Hansen an Mory.

»Ich … nein, aber …«

Hansen bemerkte, dass Sina Kleyen ihrem »Beschützer« fragende Blicke zuwarf und dass der darunter regelrecht zu schrumpfen schien.

»Er hat uns erzählt, dass er seine Freundin beschützen wollte, also Sie, Frau Kleyen.«

»Freundin …« Sie nickte traurig. »Sag mal, Jo, wann siehst du es denn endlich ein?«

Morys Dackelblick wurde noch unterwürfiger.

»Jo, ich bin nicht mehr mit dir zusammen! Ich habe schon so lange einen neuen Freund, und du trauerst immer noch den alten Zeiten nach! Such dir doch endlich eine neue Frau und lass mich in Ruhe! Bitte! Ich denke gern an unsere Zeit zurück, es war schön – und so schön möchte ich es in Erinnerung behalten. Mach das nicht kaputt, Jo, bitte!«

»Aber wann verstehst du denn endlich, dass …«

»Lass das, Jo! Mein Freund wird sich scheiden lassen, er wird seine Frau für mich verlassen, das hat er mir am Mittwochabend gesagt. Er wird mit mir neu anfangen, und wir werden zusammen in seinem Haus leben.«

»Daraus wird leider nichts werden«, sagte Hansen.

Die Frau strafte ihn zunächst mit einem verächtlichen Blick, doch dann sah sie Hansens traurigen Gesichtsausdruck, und in ihre Miene schlichen sich erste Zweifel.

»Eine Frage noch, Herr Mory, wollten Sie Ihre Exfreundin auch am Mittwochabend oder in der Nacht zu Donnerstag beschützen?«

Sina Kleyen drehte sich ruckartig zu Jo um. Sie runzelte die Stirn und versuchte, in seiner schuldbewussten Miene zu lesen.

»Ich weiß nicht, wovon Sie reden«, murmelte der Mann und schaute trotzig geradeaus.

Hansen nickte und gab den Streifenpolizisten ein Zeichen.

»Jetzt können Sie Herrn Mory gerne mitnehmen, Kollegen.«

»Wir behalten ihn mindestens mal über Nacht«, sagte der ältere Beamte. »Kaufbeuren, Schraderstraße 8, Haffmeyer kennt den Weg zur Polizeiinspektion.«

»Danke. Und könnten Sie bitte veranlassen, dass die Nachbarn noch einmal befragt werden, ob sie am vergangenen Mittwoch abends oder nachts etwas Verdächtiges im Erlenweg beobachtet haben?«

»Wegen des Lackschadens, der angezeigt wurde?«

»Gut möglich, dass da noch mehr war. Sie würden uns damit wirklich sehr helfen.« Hansen gab ihm seine Visitenkarte. »Aber das hat natürlich Zeit bis morgen früh.«

Sina Kleyen sah den Beamten noch nach, wie sie Jo Mory zu einem der Streifenwagen brachten, ihn hinten einsteigen ließen und dann wegfuhren. Sie schnäuzte sich. Erst dann schien ihr wieder einzufallen, dass sie nicht allein vor dem Haus stand.

»Sie haben vorhin angedeutet«, fragte sie Hansen, »dass mein Freund Rudi nicht mit mir zusammenziehen wird? Was wollten Sie damit sagen?«

»Können wir das in Ihrer Wohnung besprechen?«

Ganz behutsam versuchte Hansen herauszufinden, ob Sina Kleyen wirklich noch nichts vom Tod ihres Freundes gehört hatte. Offenbar hatte sie wegen ihrer Erkältung seit Samstag die Wohnung nicht mehr verlassen, aber las sie keine Zeitung, sah nicht fern oder hörte Radio?

»Zeitung? Ich hab keine abonniert, und von Erkältungen bekomme ich immer sofort Kopfschmerzen – da kann ich auch Fernsehen und Radio nicht haben. Aber wovon soll ich denn gehört oder gelesen haben? Jetzt sagen Sie mir doch bitte endlich, worum es eigentlich geht!«

Hansen brachte ihr Groß' Tod so schonend bei, wie es ging, vor allem die grausigen Details des Unfalls ersparte er ihr. Sie hörte ihm schweigend zu, wurde noch blasser, als sie wegen der Erkältung ohnehin schon war, sank immer mehr in sich zusammen und weinte still. Selbst wenn Sina Kleyen so naiv war, wie ihr Onkel Wendelin Knecht gesagt hatte, und selbst wenn ihr Rudi Groß vor allem wegen seines Geldes imponiert hatte – ihre Trauer um ihn war echt.

Lange saßen sie beieinander. Sina weinte, Hansen wartete ab, und schließlich musste er einsehen, dass an eine

Befragung der Frau an diesem Abend nicht mehr zu denken war. Er rief Knecht an. Der war erst sauer, dass Hansen es nicht ihm überlassen hatte, Sina die traurige Nachricht zu überbringen, erklärte sich aber sofort bereit, seine Nichte über Nacht zu sich zu nehmen und sie in ihrer Trauer nicht allein zu lassen. Nur wenige Minuten später stand Knecht vor ihnen, und unter seinen wütenden Blicken trollten sich Hansen und Haffmeyer.

Dienstag, 14. Oktober

Das Gespräch mit Sina Kleyen und die anschließende Heimfahrt hatten sich recht lange hingezogen, und entsprechend müde hingen Hansen und Haffmeyer am nächsten Morgen in ihren Sitzen. Nur Hanna schien auf der Fahrt nach Sonthofen bester Laune. Sie schaute meistens versonnen lächelnd zum Fenster hinaus, und manchmal pfiff oder summte sie leise vor sich hin.

Die Soko Jochpass begrüßte an diesem Morgen einen Gast: den älteren Beamten von der Polizeiinspektion Kaufbeuren, der am Vorabend mit seinen Kollegen nach Neugablonz gekommen war und Jochen Mory mitgenommen hatte.

»Ich dachte, ich komm lieber selbst vorbei«, sagte er, nachdem ihm Soko-Leiter Huthmacher gleich zu Beginn der Besprechung das Wort erteilt hatte. »Meine Kollegen und ich haben seit heute früh um sieben die Nachbarn im Erlenweg befragt. Dort stand der Oldtimer von Rudi Groß am vergangenen Mittwochabend und die ganze Nacht zum Donnerstag. Am Donnerstagvormittag hat Herr Groß bei uns Anzeige gegen unbekannt erstattet. Der Lack seines Wagens war zerkratzt worden.«

Hardy Koller, der sich einen Platz direkt neben seinem

Vorgesetzten Hansen gesichert hatte, sah den Kollegen aus Kaufbeuren mit weit aufgerissenen Augen an.

»Was?«, entfuhr es ihm. »Ihr hattet eine Anzeige wegen dieses Oldtimers auf dem Tisch? Seit Donnerstag? Und das erfahren wir erst jetzt?« Koller sah kopfschüttelnd in die Runde. »Da kommt ein Mann ums Leben, weil an seinem Wagen manipuliert wurde – und unsere Kaufbeurer Kollegen halten es nicht für nötig, uns darüber zu informieren, dass unser Mordopfer dazu sogar eigens eine Anzeige bei der Polizei erstattet hat? Na, super! Wer sagt uns denn, dass bei euch in Neugablonz nur ein bisschen am Lack herumgekratzt wurde? Ganz ehrlich: Ich fass es nicht!«

Der Kaufbeurer Beamte schwieg betreten und nickte nur zu Kollers Vorwürfen. Es war ihm anzusehen, wie peinlich ihm diese Panne war.

»Ich nehme mal an«, versuchte Hansen, ihm eine Brücke zu bauen, »dass Sie in Kaufbeuren gar nicht die Zeit hatten, wegen eines kleinen Lackschadens einen so großen Aufwand zu betreiben wie jetzt im Zusammenhang mit einem Mord.«

Der uniformierte Kollege warf Hansen einen dankbaren Blick zu, und Haffmeyer grinste so zufrieden, dass ihm der Stolz auf seinen Chef deutlich anzusehen war.

»Wir haben natürlich gleich nach der Anzeige die Nachbarn besucht – aber tagsüber erreicht man halt nicht alle, und als die Aussagen der neun befragten Anwohner keinen verwertbaren Hinweis ergaben, haben es die Kollegen gut sein lassen. Diesmal sind wir deshalb extra frühmorgens in den Erlenweg gefahren, um auch die berufstätigen Nachbarn noch zu erwischen, bevor sie zur Arbeit losfahren. Und so haben sich drei Augenzeugen gefunden, deren Aussagen ein eindeutiges Bild ergeben. Jochen Mory hat am Mittwochabend vor Sina Kleyens Haus gestanden. Er muss Rudi Groß gesehen haben, wie er in Frau Kleyens Auto weggefahren und wenig später mit Pizza und Salat wieder zurückgekommen ist. Danach hat er eine Zeit lang direkt neben dem Oldtimer von Groß gestanden.«

»Pizza und Salat?« Hansen musste lachen. »Die Nachbarn im Erlenweg sind aber sehr aufmerksam.«

»Das hat ein Mann ausgesagt, der im Erdgeschoss des Hauses wohnt. Groß ist mit dem Zeug direkt vor seinem Fenster vorbeigelaufen. Salat ist ja in durchsichtigen Plastikbehältern verpackt, und die Schachteln von der Pizzeria kennt in Neugablonz wohl jeder.«

»Gut«, fasste Huthmacher zusammen, »dann dürfen wir also davon ausgehen, dass dieser Jochen Mory den Lack am Lancia zerkratzt hat. Mindestens.«

»Ich würde ihn gern selbst befragen und danach noch bei Wendelin Knecht vorbeischauen«, sagte Hansen. »Wenn es Ihnen nichts ausmacht, würde ich gleich losfahren. Kann ich Frau Fischer und Herrn Haffmeyer mitnehmen? Haffmeyer und ich waren gestern bei Knecht und seiner Nichte, und diesmal hätte ich gerne noch eine Frau mit dabei. Vielleicht ...«

»Schon gut«, unterbrach ihn Huthmacher und wedelte mit der rechten Hand. »Raus mit Ihnen, und sagen Sie mir Bescheid, sobald Sie was Neues haben, ja?«

»Wir kurven heute früh ja ganz schön in der Gegend herum«, sagte Haffmeyer, während er mit seinem Wagen auf den Hof der Polizeiinspektion Kaufbeuren rollte.

»Wenn ich geahnt hätte, dass die Kollegen so schnell Augenzeugen für Morys Anwesenheit am Mittwochabend finden, wären wir gar nicht erst nach Sonthofen runtergefahren«, gab Hansen zu. »In dieser Phase der Ermittlungen kann ich Soko-Besprechungen überhaupt nicht leiden. Nichts geht voran, alles ist Routine, zäh und mühsam. Da bin ich lieber draußen und rede mit den Leuten vor Ort.«

»Hast du deshalb auch Huthmachers Angebot abgelehnt, sein Nachfolger zu werden? Weil ein Kripochef vor allem Innendienst macht?«

Hansen sah Haffmeyer überrascht an.

»Woher weißt du das denn schon wieder?«

Haffmeyer grinste und fasste sich an die rechte Ohrmuschel. »Flurfunk«, sagte er und stieg aus.

Auch von Hanna fing Hansen ein Grinsen auf. Lächelnd schüttelte er den Kopf und verließ ebenfalls den Wagen.

Jochen Mory saß wie ein Häuflein Elend im Vernehmungsraum. Der Kollege, der sie hingeführt hatte, brachte ein Tablett mit vier vollen Bechern Kaffee, Milch und Zucker, kleinen Löffeln und Servietten. Hansen schob Mory eine Tasse hin.

»Milch? Zucker?«

Der junge Mann musterte Hansen, der vor ihm saß, zuckte mit den Schultern und griff dann nach zwei Zuckerwürfeln, die er etwas ungeschickt in die Tasse fallen ließ. Daraufhin griff er schnell nach einer Serviette, um die

Tropfen von der Tischplatte zu wischen. Dann nahm er sich einen Löffel, rührte vorsichtig damit um und legte ihn anschließend auf die Serviette.

Mory hatte die Nacht in der Zelle zugesetzt, das war ihm anzusehen. Und er war offenbar mit den Nerven am Ende. Hansen würde leichtes Spiel mit ihm haben, vermutlich würde man ihn nicht weiter unter Druck setzen müssen.

»Sie hatten heute Nacht genügend Zeit, sich zu überlegen, was Sie uns jetzt freiwillig sagen, Herr Mory«, begann Hansen, und sein freundlicher Tonfall ließ Mory überrascht aufschauen.

»Wundern Sie sich, dass ich Sie nicht anbrülle?«, fuhr Hansen fort.

Mory zuckte mit den Schultern.

»Das Genick tut mir noch weh, der Brustkorb und die Hüfte ebenfalls, aber dass Sie gestern Mist gebaut haben, wissen Sie vermutlich selbst. Ich bin nicht wegen Ihres Angriffs hier – sondern wir ermitteln in einem Mordfall.«

Der Mann riss die Augen auf.

»Wieso? Wer ist ermordet worden? Ich war das nicht!«

»Ach, hat Ihnen noch niemand etwas gesagt? Sehr gut, das haben die Kollegen völlig richtig gemacht.«

Hansen lehnte sich auf seinem Stuhl zurück und wartete ab.

»Jetzt sagen Sie schon«, drängte Mory nach einer Weile. »Wer ist ermordet worden?«

Hansen schwieg weiter und beobachtete, wie sein Gegenüber nun noch nervöser wurde.

»Und was habe ich damit zu tun?«

»Das, Herr Mory, wollen wir herausfinden.«

Hansen ließ ihn noch einen Moment lang zappeln, dann beugte er sich vor, griff nach seiner Kaffeetasse und betrachtete ihn über das noch immer leicht dampfende Getränk hinweg.

»Was haben Sie am Mittwochabend vor dem Haus gemacht, in dem Sina Kleyen wohnt?«

Mory setzte wieder eine trotzige Miene auf, aber sie wirkte sehr viel weniger überzeugend als am Vorabend.

»Ich habe Ihnen gestern schon gesagt, dass ich keine Ahnung habe, wovon Sie reden.«

Hansen gönnte sich ein leichtes Lächeln.

»Ach, wissen Sie, Herr Mory, das habe ich Ihnen schon gestern nicht geglaubt.«

»Warum ist das denn eigentlich so wichtig? Ich meine, ich komme natürlich immer wieder mal durch den Erlenweg, ich wohne ja nicht allzu weit entfernt. Und dann schau ich halt oft auch kurz zu Sinas Wohnung hoch, sehe an manchen Abenden Licht und an manchen nur die dunklen Fenster. Was soll daran so interessant sein?«

»Na also, Herr Mory, es geht doch. Und wie war das nun am Mittwoch?«

»Vielleicht ... vielleicht war ich an diesem Tag auch dort, aber das weiß ich gar nicht mehr so genau. Was ist denn ausgerechnet an diesem Mittwoch so wichtig?«

Er bemühte sich sehr um eine gewisse Beiläufigkeit, aber dabei forschte er in Hansens Gesicht, als wollte er herausfinden, was der Kommissar schon wusste.

»Da stand der rote Oldtimer vom Freund Ihrer Exfreundin am Straßenrand.«

»Ach? Hm.«

Mory zuckte mit den Schultern und verzog sein Gesicht, als sage ihm das gar nichts.

»Sie erinnern sich wirklich nicht?«

»Nein.«

Hansen seufzte.

»Schade, Sie hätten sich einen Gefallen getan. Sie wurden nämlich am Mittwochabend vor dem Haus von Sina Kleyen gesehen.«

»Echt? Von wem denn?«

»Mehrere Nachbarn haben das so bestätigt.«

»Die können mich ja auch verwechselt haben.«

»Eher nicht. Die Beschreibungen waren recht genau – und die Nachbarn haben Sie schon häufiger im Erlenweg gesehen. Eine ältere Dame, die gegenüber von Frau Kleyen wohnt, kennt Sie ohnehin, seit Sie noch so klein waren.«

Hansen markierte mit der Hand eine Höhe von kaum einem Meter über dem Boden.

»Na gut, meinetwegen. Dann wurde ich halt gesehen, wie ich am Mittwoch durch den Erlenweg gegangen bin. Wie gesagt, ich komm da häufiger durch. Der liegt genau auf meinem Weg, wenn ich am Neuen Markt Kumpels treffen will.«

»Sie wohnen in der Bürgerstraße«, meldete sich Haffmeyer zu Wort. »Da müssen Sie auf dem Weg zum Neuen Markt doch einfach nur Ihre eigene Straße entlanglaufen.«

Hansen lächelte, auf Haffmeyers Erkundungen war Verlass.

»Okay, ich mach manchmal einen Umweg, um an Sinas Wohnung vorbeizukommen. Sie wissen ja, sie ist … sie war meine Freundin. Und ich wäre immer noch gern mit ihr zusammen. Aber das ist meines Wissens nicht strafbar.«

»Nicht, so lange Sie sie nicht belästigen.«

»Wie? Hat jemand von den Nachbarn behauptet, ich würde Sina belästigen? Das ist Quatsch! Das hab ich nie gemacht und werd ich auch niemals tun!«

Hansen ließ seinen Ausbruch schweigend verstreichen.

»Nie, verstehen Sie?«, legte Mory noch einmal nach, dann beruhigte er sich wieder.

»Sie wurden am Mittwochabend im Erlenweg gesehen«, wiederholte Hansen. »Und was haben Sie dort gemacht?«

»Keine Ahnung.«

»Sie wurden dabei beobachtet, wie Sie neben dem Oldtimer von Rudi Groß standen, der an diesem Abend bei Frau Kleyen zu Gast war.«

Morys Kiefer mahlten.

»Sie müssten gesehen haben, wie Groß mit Sina Kleyens Auto losgefahren ist, um Pizza zu holen, und Sie dürften ihn auch beobachtet haben, wie er zurückkam und mit dem Essen nach oben zu Frau Kleyen gegangen ist.«

»Müssten, dürften«, höhnte Mory. »Sie klingen nicht gerade so, als wüssten Sie das mit Sicherheit!«

»Was wir aber mit Sicherheit wissen, ist, dass Sie eine Zeit lang neben dem Oldtimer von Herrn Groß gestanden haben, dass Sie an dem Wagen entlanggegangen sind …«

»Und wenn es so wäre?«

»... und dass Sie sich an dem Fahrzeug zu schaffen gemacht haben.«

Mory sah Hansen ungläubig an.

»Sie halten mich über Nacht hier fest, weil Sie mich im Verdacht haben, dass ich diesem Arschloch die Karre zerkratzt habe, während der alte Sack oben mit Sina ...?«

Er schüttelte fassungslos den Kopf, dann lachte er freudlos auf.

»Also gut, den Kratzer hat er mir zu verdanken! Ich habe einen Stein genommen, der auf dem Boden herumlag. Ich habe ihn mit der Kante gegen die Karosserie des Autos gedrückt und bin dann ganz langsam am Wagen entlanggegangen. Die Kohle, um das wieder auszubessern, werde ich schon irgendwie zusammenbekommen.«

Mory stand auf.

»Dann kann ich jetzt gehen, oder?«

Hansen machte keine Anstalten, sich zu erheben. Er sah Mory nur ganz ruhig an und bedeutete ihm mit den Augen, sich wieder zu setzen. Langsam ließ der sich daraufhin wieder auf den Stuhl sinken.

»Sie sind nicht hier, weil Sie Herrn Groß einen Kratzer in den Lack gezogen haben.«

»Ja, was denn noch?«

»Ich hatte vorhin erwähnt, dass wir in einem Mordfall ermitteln.«

Mory wurde wieder etwas nervöser.

»Rudi Groß ist am vergangenen Sonntag in Bad Hindelang ums Leben gekommen. Er ist in seinem Lancia Florida verunglückt – in dem Auto, neben dem Sie am Mittwochabend im Erlenweg in Neugablonz gesehen wurden. Er ist tödlich verunglückt, weil er während einer Passfahrt kurz vor einer Kurve ein Vorderrad verloren hat. Und dieses Rad hat sich gelöst, weil jemand zuvor an der Radaufhängung herumgesägt hatte.«

Jochen Mory wurde blass.

»Und wir möchten gerne von Ihnen wissen, ob Sie dem Lancia nur den Lack zerkratzt haben, oder …«

Natürlich hatte Jochen Mory den Verdacht, er könne etwas mit dem Unfalltod von Rudi Groß zu tun haben, entschieden zurückgewiesen. Und Hansen glaubte auch nicht recht daran, dass Mory erst aus Wut den Lack des Oldtimers zerkratzt und danach noch an der Radaufhängung gesägt hatte. Für den Kratzer hatte er einen herumliegenden Stein aufgehoben, also hatte er ziemlich sicher kein geeignetes Werkzeug dabeigehabt. Wäre Mory dann wirklich nach Hause gegangen, hätte eine Säge oder Feile eingesteckt, wäre noch einmal bis vor Sina Kleyens Haus gelaufen und hätte sich dann neben den Lancia gelegt, um die Radaufhängung zu beschädigen? Wäre es da nicht naheliegender gewesen, den Stein, mit dem er gerade den Lack zerkratzt hatte, auch noch mit ordentlichem Schwung durchs Fenster zu werfen und dann abzuhauen?

Da hatte Hansen zwei andere Männer im Visier, und einen von ihnen wollte er mit Hanna und Haffmeyer ohnehin aufsuchen.

Wendelin Knecht öffnete ihnen, noch bevor Hansen

geklingelt hatte. Sina Kleyen saß bei ihm in der Küche. Vor ihnen auf dem Tisch standen Teller mit Marmeladebroten und zwei halb volle Kaffeetassen.

»Wollt ihr auch einen Kaffee?«, fragte Knecht halbherzig, und als Haffmeyer dankend annahm, schenkte er ihm eher unwillig eine Tasse ein.

Sie setzten sich zu Knecht und seiner Nichte an den Tisch. Die Frau sah übernächtigt und blass aus, schien sich aber schon wieder halbwegs gefangen zu haben. Hansen erkundigte sich, wie es ihr ging, sie murmelte ein paar Floskeln und trank dann ihren Kaffee aus.

»Ich würde mich jetzt gern noch ein bisschen hinlegen«, wandte sie sich an ihren Onkel.

Knecht sah kurz fragend zu Hansen, der ihm bestätigend zunickte. Die junge Frau ging hinaus, und Hansen wartete, bis sie die Tür des Gästezimmers geschlossen hatte.

»Der Lancia von Rudi Groß stand vom vergangenen Mittwochabend bis zum Donnerstagvormittag vor dem Haus, in dem deine Nichte wohnt. Er ist bei ihr über Nacht geblieben.«

»Warum erzählst du mir das?«

»Ein junger Mann, den du kennst, ist von Nachbarn dabei beobachtet worden, wie er sich am Fahrzeug zu schaffen gemacht hat.«

Knecht überlegte, dann stutzte er.

»Jochen? Jochen Mory?«

Hansen nickte.

»Blödsinn«, widersprach ihm Knecht. »Der Jochen ist vielleicht noch immer in die Sina verschossen – sie hat heute Nacht etwas in dieser Richtung erwähnt. Aber der sägt dem Groß doch nicht die Radaufhängung durch! Erstens hat Jochen keine Ahnung von so was, und dann ... warum sollte er das machen?«

»Weil er den Mann hasst, der ihm in seinen Augen die Freundin weggenommen hat? Die große Liebe seines Lebens, wie er es vermutlich sieht.«

»Ach, selbst wenn er das so sieht ... weißt du: Jochen ist eher ein Waschlappen.«

Das sah Hansen im Grunde nicht anders, aber das musste Knecht noch nicht wissen.

»Gestern Abend ist er auf mich losgegangen«, sagte er deshalb, »da habe ich zumindest einige Minuten lang einen anderen Eindruck gewonnen.«

»Mag sein, aber da sind ihm vermutlich die Sicherungen durchgebrannt. Angenommen, der Jochen sieht diesen Lancia vor Sinas Haus stehen – und dann? Geht er nach Hause, holt Werkzeug und so weiter?«

Knecht winkte ab, und Hansen musste beinahe lächeln, weil er dasselbe gedacht hatte.

»Am Lancia wurde auch der Lack beschädigt«, sagte er.

»Ja, das passt eher zu ihm: Jochen wird wütend, nimmt seinen Hausschlüssel und zieht seinem Widersacher einen Kratzer in den Lack.«

»Er sagt, es war ein Stein, aber ansonsten hast du recht. Das hat er inzwischen auch zugegeben.«

»Na also. Und für die angesägte Radaufhängung an Rudis Auto kannst du ihn von deiner Liste nehmen. Das war der Jochen nicht.«

»Und warum bist du dir da so sicher?«

»Weil ... weil ich den Jochen schon ewig kenne.«

»Außerdem suchen wir ja einen, der nicht nur am Auto von Groß herumgemacht hat, sondern auch an deinem Lancia und an Horsts Healey.«

Knecht wollte etwas sagen, aber dann schwieg er doch.

»In allen drei Fällen wurde mit derselben Technik und allem Anschein nach auch mit demselben Werkzeug gearbeitet«, wiederholte Hansen die Lüge, die er ihm schon einmal aufgetischt hatte.

Knecht blinzelte kurz, dann stand er auf und schenkte sich Kaffee nach. Als er sich wieder setzte, war seinem Gesicht keine Regung mehr anzumerken.

»Wendelin, du hast erzählt, dass Susanne Groß ab und zu etwas mit anderen Männern hatte. Kennst du einige dieser Männer?«

»So wie du das sagst, klingt es ja so, als habe sie jede Nacht mit einem anderen verbracht!«

»Ich weiß es nicht. Du hast mir davon erzählt, aber was genau weißt du, was hat sie dir als bestem Freund anvertraut?«

»Weniger, als du denkst, vermutlich. Ich hatte den Eindruck, dass sie eher etwas länger andauernde Freundschaften hatte und nie mehrere Männer gleichzeitig. Zumindest reime ich mir das aus dem zusammen, was sie mir erzählt hat. Momentan hat sie einen Freund mit einem belgisch oder holländisch klingenden Namen. Wart, ich komm gleich drauf, der heißt ...«

»Raimond Vanheeren«, sagte Hansen.

Knecht sah ihn überrascht an, dann nickte er.

»Ja, so heißt der. Aber wieso fragst du mich, wenn du eh schon alles weißt?«

»Wir haben ihn bei Susanne Groß gesehen, als wir ihr den Tod ihres Mannes schonend beibringen wollten.«

Die Erinnerung daran ließ ganz kurz ein Lächeln über Hanna Fischers Gesicht huschen. Knecht warf ihr einen irritierten Blick zu, aber da schaute sie längst wieder ernst drein.

»Und ist das ein ... wie soll ich sagen? Ist das eher ein Lover oder ein fester Freund?«

»Ein fester Freund, auf jeden Fall. Sie war selbst ganz durcheinander, als sie mir das erste Mal von ihm erzählt hat. Kennengelernt hat sie ihn über eine dieser Annoncen.«

»Über eine Bekanntschaftsanzeige?«

»Nein, eher ...«

Knecht wand sich.

»Dieser Raimond inseriert in einigen Tageszeitungen der weiteren Umgebung und bietet sich als ›stilvoller Begleiter‹ an – ja, das war, glaube ich, die Formulierung, die Susanne benutzt hat.«

»Raimond ist ein Callboy?«

»Jedenfalls hat Susanne ihn auf eine solche Annonce hin angerufen, und ausgerechnet in diesem Fall ist mehr draus geworden. Irgendwann wollte er kein Geld mehr von ihr nehmen, aber sie wollte ihn unbedingt bezahlen.«

»Weil sie sich unabhängig von ihm halten wollte?«

»Ach was, die wollte ihrem Rudi eins auswischen. Mir

hat sie erzählt, dass es sie noch mehr angetörnt hat, wenn sie wusste, dass es letztendlich ihr Mann bezahlt hat, wenn sie mit Raimond im Bett war.«

Knecht sah nicht sehr glücklich aus. Diese Seite an der von ihm so verehrten Susanne schien ihm nicht zu gefallen, außerdem gab es sicher Angenehmeres, als sich von der Frau Bettgeschichten erzählen zu lassen, mit der man eigentlich am liebsten selbst zusammen wäre.

»Und wann warst du zuletzt bei Susanne Groß?«

»Na ja, oft dienstags, weil da Rudi häufig weg war.«

»Und wann zuletzt?«

Erst zögerte Knecht, dann murmelte er: »Vorigen Dienstag.«

»Du hast gerade gezögert – hat sie dir vor einer Woche etwas erzählt, was mit dem Unfall ihres Mannes zu tun haben könnte?«

»Nein, natürlich nicht. Wo denkst du hin!«

Knecht wirkte ehrlich empört.

»Was hat sie dir dann erzählt, was du mir lieber verschweigen würdest?«

Langsam hob Knecht seine Kaffeetasse an, trank einen Schluck und stellte die Tasse wieder hin. Er starrte geradeaus, presste die Lippen zusammen und machte keine Anstalten, noch etwas zu sagen.

»Auch recht, Wendelin«, sagte Hansen und stand auf. »Wir wollten jetzt ohnehin gleich zu Susanne Groß. Dann soll sie es uns eben direkt erzählen. Und wenn du magst, kannst du sie gerne telefonisch vorwarnen. Sie hat ja sicher keinen Grund abzuhauen.«

Knecht warf ihm einen finsteren Blick zu, dann wandten sich die drei Kripobeamten zum Gehen.

Raimond Vanheeren war noch immer bei Susanne Groß, diesmal waren aber beide vollständig bekleidet. Der Geländewagen mit den getönten Scheiben stand nicht mehr am Wegkreuz außerhalb des Dorfs, sondern war durch das leicht geöffnete Tor des Schuppens zwischen den Oldtimern zu sehen. Offenbar gehörte der Geländewagen Vanheeren, und nach dem Tod von Rudi Groß musste dessen Auto zumindest vor ihm nicht mehr versteckt werden. Gut möglich, dass sie den Wagen irgendwann in der Nacht hergeholt und im Schuppen vor den neugierigen Blicken der Nachbarn versteckt hatten.

Vermutlich hatten sich die Einheimischen schon gefragt, wer da so ungeschickt und so protzig direkt am Wegkreuz parkte – und sicher waren schon vor einiger Zeit die entsprechenden Schlussfolgerungen gezogen worden.

»Wir haben vorhin mit Wendelin Knecht gesprochen«, sagte Hansen nach etwas Vorgeplänkel. »Er hat mir von Ihnen und Herrn Vanheeren erzählt.«

Susanne Groß nickte und griff nach Raimonds Hand. Hansen musste sich eingestehen, dass er Vanheeren mit anderen Augen betrachtet hatte, seit er von seinem Beruf wusste, und das war sicher auch Hanna und Haffmeyer nicht anders ergangen. Aber so einträchtig, wie Vanheeren und Susanne Groß jetzt vor ihnen saßen, war an ihrer Beziehung nichts, was auf eine bezahlte Affäre hindeutete. Liebe also, wahre, schlichte Liebe, vielleicht mit dem Wunsch, irgendwann einmal nicht mehr nur heimlich zusammen zu sein?

»Wie lange sind Sie und Herr Vanheeren denn schon zusammen?«

»Seit drei Jahren.«

»Und hatten Sie den Wunsch oder den Plan, in nächster Zeit mal zusammenzuziehen?«

Sie sah Raimond an, er lächelte.

»Seit Sonntag schon, seit Sie mir vom Tod meines Mannes berichtet haben.«

»Sie wissen schon, dass Sie beide damit ein klassisches Motiv hätten, Rudi Groß zu töten, oder?«

Susanne Groß wurde sofort ernst und bedachte Hansen mit einem eiskalten Blick.

»Ich sagte gerade, dass wir über eine gemeinsame Wohnung nachdenken, seit Sie mir vom Tod meines Mannes berichtet haben.«

»Davor nicht? Ich meine, sich drei Jahre lang nur heimlich treffen zu können, ist ja nicht gerade der reine Spaß.«

»Haben Sie eine Ahnung!«

Sie lächelte, und es wirkte sehr hintergründig.

»Ich habe das jedenfalls sehr genossen, und Raimond …«

Sie sah ihn fragend an.

»… Raimond kennt das ohnehin. Er arbeitet als ›stilvoller Begleiter‹, so habe ich ihn auch kennengelernt. Ich weiß nicht, ob Ihnen Wendelin das auch erzählt hat.«

»Ja, hat er.«

»Ich erzähle ihm seit Jahren alles. Ich glaube fast, er ist ein bisschen in mich verliebt, aber er hat akzeptiert, dass wir nur Freunde sind. Wobei ... alles erzähle ich ihm auch nicht.«

Hansen dachte zunächst an pikante Details, aber ihre Miene hatte sich während des letzten Satzes verdüstert, anstatt einen versonnenen oder schelmischen Ausdruck anzunehmen.

»Was meinen Sie damit?«, hakte er deshalb nach.

»Mein Mann hatte ständig irgendwelche Liebschaften, aber seit einiger Zeit ist er mit einer jungen Frau zusammen, die ... Sie heißt Sina, und sie ist die ... die Nichte von Wendelin.«

Sie seufzte und sah Hansen flehend an.

»Wenn er das erfährt, wird es ihm das Herz brechen. Vielleicht können Sie es ihm besser nicht ...?«

»Er weiß es schon, Frau Groß. Und er leidet Höllenqualen, weil sich Sina und Ihr Mann ausgerechnet in seinem Haus kennengelernt haben, als Ihr Mann ihn wegen der Oldtimer besucht hat.«

Sie wirkte erst erschrocken, dann lächelte sie traurig.

»Ja, der Wendelin ist schon ein Guter. Und diese alten Autos ...«

Sie schüttelte den Kopf, und um ihren vollen Mund spielte ein bitterer Zug.

»Na, dann ist es ja irgendwie auch nur gerecht, dass ihm jetzt einer dieser alten Karren das Genick gebrochen hat, oder?«

Ihr zynischer Tonfall zeigte, dass sie sehr unter ihrem Mann gelitten haben musste.

»Frau Groß«, setzte Hansen nach einer kurzen Pause wieder an, »Herr Knecht hat mir vieles erzählt, aber eins wollte er uns nicht sagen. Er meinte, dass wir lieber mit Ihnen reden sollten.«

Susanne Groß sah ihn fragend an.

»Er hat Sie vor einer Woche zum bisher letzten Mal besucht. Bei dieser Gelegenheit haben Sie ihm von eben dieser Sache erzählt. Worum ging es denn da?«

Sie drückte Vanheerens Hand.

»Das hätte Wendelin Ihnen gern erzählen dürfen. Dann würden Sie noch besser verstehen, was für ein Mensch mein Mann war. Ich habe Wendelin von einer Begegnung erzählt, hier auf diesem Grundstück.«

Sie schilderte ihr Gespräch mit dem vermeintlichen Einbrecher, der sich dann als Rudis Sohn entpuppt hatte.

»Was ich am vergangenen Dienstag noch nicht wusste: Mein Mann hat Sebastian am folgenden Abend dabei erwischt, wie er wieder zum Haus kam. Fälschlicherweise hat er ihn für meinen Liebhaber gehalten und ihn übel verprügelt. Seinen eigenen Sohn! Und als Raimond mich am Mittwoch besuchen wollte, hat er ihn abgepasst und ihm ebenfalls Schläge angedroht. Sie können sich nicht vorstellen, was sich in mir abgespielt hat und wie erleichtert ich über seinen Unfall bin ...«

»Bitte, Susanne«, fiel ihr Vanheeren ins Wort, »das hat dein Mann doch gar nicht verdient, dass du seinetwegen so bitter wirst.«

Sie warf ihm einen dankbaren Blick zu, dann füllten sich ihre Augen mit Tränen.

»Mir geht es jetzt so gut, Herr Hansen«, murmelte sie nach einer Weile. »Und ich hätte meinen Mann mehr als einmal am liebsten hinterrücks erschlagen. Aber glauben Sie mir: Ich hab's nicht getan.«

Noch bevor er mit Haffmeyer wieder ins Auto stieg, hatte er dem Soko-Innendienst die Adresse von Sebastian Reeger durchgegeben und darum gebeten, dass Beamte in Zivil ihn zur Befragung nach Sonthofen brächten. Er wollte noch am selben Abend mit ihm reden und dann mit Soko-Chef Huthmacher besprechen, was als Nächstes zu tun sei.

Auf der Rückfahrt aus Blöcktach erhielt Hansen einen Anruf von Koller. Die Audioexperten hatten die Aufnahme mit der verfremdeten und verstellten Stimme bearbeitet und die Wirkung des eingesetzten technischen Filters herausgerechnet. Anschließend hatten sie mehrere Versionen mit verschiedenen möglichen Originalstimmen rekonstruiert. Koller schickte ihm die Dateien aufs Smartphone, Hansen stellte sein Gerät auf laut und spielte eine Version nach der anderen ab. Dreimal konnte keiner von ihnen etwas mit dem Ergebnis anfangen, als jedoch die vierte Version lief, hörten sie eine Stimme, die sie trotz der schlechten Tonqualität sofort erkannten.

Fünf Minuten später klingelte sein Handy wieder, und Hansen hatte eine Kollegin vom Soko-Innendienst in der Leitung. Sie war gerade von Katja angerufen worden, Murnauers blonder Mechanikerin. Zuerst hatte die Frau darauf bestanden, direkt mit Hansen zu reden, aber dann hatte sie ihre Information doch der Kollegin anvertraut: Demnach hatte der Healey am Tag zuvor nicht an der Stelle gestanden, die Murnauer der Kriminaltechnik genannt hatte – damit war die Vermutung von Vroni Schliers bestätigt.

Der nächste Anruf erreichte Hansen in der Nähe von Immenstadt, diesmal war die Nachricht weniger positiv: Aus der Befragung von Sebastian Reeger würde an diesem Tag nichts mehr werden. Der junge Mann war daheim gewesen, aber als die beiden Kripobeamten ihn baten, sie nach Sonthofen zu begleiten, hatte er ihnen die Tür vor der Nase zugeschlagen. Die beiden hatten sofort reagiert: Der eine drückte wahllos mehrere Klingelknöpfe neben der Eingangstür des Mehrfamilienhauses, um auf diese Weise wenigstens ins Gebäude zu kommen – der andere flitzte ums Haus herum, konnte später aber nur noch melden, dass ihm Reeger nach einer wilden Jagd durch die angrenzenden Hecken und über Garagen und Gittertore schließlich durch die Lappen gegangen war.

Sebastian Reeger wurde zur Fahndung ausgeschrieben, und Hansen dachte lange darüber nach, ob sich Reeger durch seine Flucht wirklich als Schlitters Erpresser und Mörder von Rudi Groß entlarvt hatte. Haffmeyer sah ein paarmal zu ihm herüber, sprach ihn aber nicht an. Nach einer Weile holte Hansen wieder sein Handy hervor und rief Soko-Chef Benedikt Huthmacher an, um sich mit ihm über das weitere Vorgehen zu beraten.

Mittwoch, 15. Oktober

Für neun, für halb zehn und für zehn Uhr vormittags waren Horst Murnauer, Susanne Groß und Wendelin Knecht in die Polizeiinspektion Sonthofen bestellt worden. Frau Groß und Wendelin Knecht gingen davon aus, dass von ihren gestrigen Aussagen noch ein Protokoll erstellt werden sollte, das sie zu unterschreiben hatten. Murnauer hatte erst etwas unwirsch reagiert, als er von Hansen nach Sonthofen zitiert worden war – aber dann hatte er sich doch gefügt.

Er war auch der Erste, der vor der Polizeiinspektion eintraf. Hansen wartete schon auf ihn und wies ihm einen Stellplatz für seinen Jeep zu, der von der Straße nicht zu sehen war. Dann ging Hansen mit ihm hinein, und Haffmeyer bezog vor der Inspektion Posten, um Susanne Groß in Empfang zu nehmen. Sie wurde von Raimond Vanheeren gebracht, der allerdings gebeten wurde, nicht mit ins Gebäude zu kommen. Susanne Groß war einverstanden, also schaltete Vanheeren sein Handy ein und sagte ihr, dass er in einem Café auf ihren Anruf warten werde.

Als gegen zehn mit Wendelin Knecht auch der letzte der drei eingetroffen war, gab Haffmeyer seinem Chef kurz

Bescheid. Murnauer hatte Hansen in der Zwischenzeit noch einmal auf viele Fragen eine Antwort gegeben, die dieser ihm schon in seiner Teeküche gestellt hatte – aber er hatte sich mit der Erklärung zufrieden gegeben, dass Hansen alles noch einmal fürs Protokoll bräuchte. Und weil er sah, dass auf dem Tisch ein Aufnahmegerät alles aufzeichnete, glaubte er dem Kommissar.

Als Haffmeyer wieder hinausging und mehrere Stühle holte, wurde er dann doch misstrauisch. Und als Wendelin Knecht und Susanne Groß hereinkamen und ihnen auf den zusätzlichen Stühlen Platz angeboten wurde, sahen sich die drei verblüfft an.

»Was soll das denn werden?«, brauste Knecht auf. »Sind wir nur unter einem Vorwand hergelockt worden, und jetzt werden wir einander gegenübergestellt, oder wie das heißt?«

Murnauer war währenddessen still geblieben. Er rutschte unruhig auf seinem Stuhl herum, und mehr als ein verhaltenes Nicken als Begrüßung für Wendelin Knecht und Susanne Groß konnte er sich nicht abringen. Warum auch immer: Er litt am meisten, das war ihm anzusehen.

Schließlich hatten Susanne Groß, Wendelin Knecht und Haffmeyer am Tisch Platz genommen. Links und rechts neben der Tür hatten Hanna Fischer und ein uniformierter Kollege Posten bezogen.

»Wenn sich nun die Gemüter wieder einigermaßen beruhigt haben, möchte ich erklären, warum meine Kollegen und ich uns für ein Gespräch in dieser größeren Runde entschieden haben. Wir ermitteln nach wie vor wegen zweier Tatbestände, und wir möchten herausfinden, ob zwischen beiden Tatbeständen eine Verbindung besteht, und falls ja, welche. Zum einen suchen wir einen Erpresser, der von Karl Schlitter dreihunderttausend Euro gefordert hat und der mit einem Anschlag auf das Jochpass Memorial gedroht hat für den Fall, dass die Übergabe des Geldes nicht klappen sollte.«

Hansen sah jeden der drei eine Weile an, bevor er weitersprach. Nun wurde auch Knecht ein wenig unruhig.

»Zum anderen suchen wir jemanden, der die Radaufhängung am Lancia von Rudi Groß so manipuliert hat, dass sie während des Wertungslaufs am Jochpass brach – mit der Folge, dass der Wagen von der Straße abkam, sich überschlug und sein Fahrer durch den Aufprall des Autos auf zwei Felsbrocken starb.«

»Sie sprechen ja selbst von einem männlichen Täter«, merkte Susanne Groß an. »Dann kann ich ja wohl wieder gehen, oder?«

»Der Erpresser war ein Mann, das ist richtig – aber an der Radaufhängung kann sich auch eine Frau zu schaffen gemacht haben. Und außerdem gibt es durchaus Männer in Ihrem Leben, Frau Groß, die Gründe gehabt hätten, Ihrem Ehemann Übles zu wünschen, und dem Schicksal vielleicht etwas nachhelfen wollten.«

»Ich finde es niederträchtig, wie Sie von Raimond reden!«

»Herr Vanheeren kommt im Prinzip ebenfalls in Betracht, wenn Sie es schon erwähnen. Aber ich habe nicht zwingend an ihn gedacht.«

Er warf einen kurzen Blick auf Wendelin Knecht. Susanne Groß registrierte es und hob die Augenbrauen.

»Außerdem befindet sich Sebastian Reeger seit gestern Nachmittag auf der Flucht.«

Nun wurde Susanne Groß blass.

»Sie glauben doch nicht, dass er ... ich meine ... seinen eigenen Vater ...«

»Der ihn zusammengeschlagen hat und von dem er wahrscheinlich zu Recht annahm, dass er von ihm nichts Gutes und ganz sicher keine finanzielle Hilfe erwarten durfte?«

Hansen zuckte mit den Schultern.

»Es sind schon Leute für weniger gestorben, Frau Groß.«

»Aber das ist doch Quatsch, Eike!«, mischte sich Murnauer ein. »Susanne hat keine Ahnung von Autos. Und für so etwas wie eine Radaufhängung hat sie sich noch nie interessiert!«

»Stimmt«, sagte Hansen. »Du und Wendelin, ihr habt da schon deutlich mehr Zugang.«

Murnauer wand sich, und Knecht setzte eine abweisende Miene auf.

»Zu mir dürfen Sie gern wieder Herr Knecht sagen, Herr Kommissar. Mit jemandem wie Ihnen möchte ich nicht länger per Du sein!«

Hansen nickte ihm zu.

»Sie, Herr Knecht, haben sogar mehrere Motive. Sie konnten nur schwer ertragen, wie Rudi Groß mit seiner Frau umsprang – mit jener Susanne, die Sie insgeheim seit Langem verehren und lieben und der Sie wenigstens als

Freund jeden Gefallen tun wollten. Was also lag näher, als jenem Mann eins auszuwischen, der obendrein noch Ihr Rivale war? Und der Sie, wie Sie in den Tagen vor dem Jochpass Memorial erfahren haben, sogar noch übers Ohr gehauen hat? Jedenfalls habe ich die Sache mit dem Schaltknauf so verstanden.«

Knecht biss sich auf die Unterlippe und stierte auf das Aufnahmegerät.

»Oder du, Horst … oder soll ich dich auch wieder siezen?«

»Geschenkt«, brummte Murnauer.

»Hast du nicht auch lange unter dem großspurigen Getue von Rudi Groß gelitten, haben dich nicht seine Feilschereien genervt und die Tatsache, dass für Groß immer alles noch schneller und günstiger gehen musste als für alle deine anderen Kunden?«

Murnauer senkte den Kopf.

»Und so wie du von Susanne Groß gesprochen hast, hat es dich auch mächtig gewurmt, dass Rudi Groß seine großartige Frau mit anderen betrogen hat, richtig?«

Murnauer lächelte Susanne Groß entschuldigend an. Hansen sah zwischen den beiden Männern hin und her, die sich vermutlich viel Mühe gegeben hatten, diese Frau zu schützen – ganz egal, ob sie Schutz gebraucht hatte oder nicht.

Eben wollte er zum nächsten Stoß ansetzen, da wurde die Tür geöffnet. Ein Kollege vom Soko-Innendienst tuschelte mit Hanna und ging dann wieder hinaus. Sie kam zu Hansen und flüsterte ihm ein paar Sätze ins Ohr. Der neben ihm sitzende Haffmeyer beugte sich herüber und hörte mit. Dann nickte Hansen, und Hanna Fischer eilte hinaus.

Hansen lehnte sich in seinem Stuhl zurück, ließ seinen Blick von einem zum anderen schweifen und wandte sich schließlich an Susanne Groß.

»Soeben haben meine Kollegen Sebastian Reeger … aufgefunden.«

»Aufgefunden?« Sie war ganz blass geworden. »Um Himmels willen! Was ist mit ihm?«

Hansen stand auf und gab dem Uniformierten neben der Tür ein Zeichen.

»Wir unterbrechen unser Gespräch. Meine Kollegen werden Sie mit Getränken und einem Imbiss versorgen, wenn Sie mögen.«

Er wandte sich an Murnauer, der völlig fertig auf seinem Stuhl hockte.

»Lass dir was zu essen und zu trinken bringen, Horst. Du siehst ziemlich kaputt aus.«

Hanna Fischer stürzte aus dem Gebäude. Draußen warteten schon Hardy Koller und Hannes Rabner auf sie. Kaum hatte sie die Tür hinter sich zugezogen, als Koller auch schon aufs Gaspedal drückte. In Rekordzeit hatten sie Hindelang erreicht, und so schnell, wie Koller die Straße in Richtung Pass hinaufpreschte, hätte er jedem Bergrennen Ehre gemacht.

Auf dem Waldweg, der vor der letzten Linkskehre nach rechts abzweigte, standen zwei Streifenwagen und ein

Notarztauto. Koller, Rabner und Hanna stiegen aus und eilten an den Fahrzeugen vorbei den Weg entlang. Dort, wo vor fast zwei Wochen die erste Übergabe der dreihunderttausend Euro gescheitert war, stand Sebastian Reeger. Er hatte sich direkt am Wegrand auf eine ausgeklappte dreistufige Haushaltsleiter gestellt, um seinen Hals war ein grober Strick geschlungen. Die Schlinge sah nicht besonders fachmännisch aus, aber sie war schon recht eng zugezogen. Das Seil führte über einen dicken Ast, und der Knoten, mit dem das andere Ende des Stricks am Baum befestigt war, wirkte nicht allzu belastbar. Obendrein hatte Reeger in der Linken ein Messer, das er sich selbst gegen den Hals drückte.

Um ihn herum hatten sich die Besatzungen der Polizeiautos und des Notarztwagens verteilt.

»Verdammte Scheiße!«, rief er, als die drei Kripobeamten vor ihm auftauchten. »Wie viele kommen denn noch?«

»Wenn Sie zur Vernunft kommen, sind wir die Letzten.«

Koller hatte betont ruhig gesprochen. Nun zog er seine Dienstwaffe, hob sie hoch und legte sie dann in einer gespreizten Geste neben sich auf den Boden. Rabner tat es ihm gleich, und auch Hanna folgte seinem Beispiel.

»Wir kommen jetzt etwas näher«, sagte Koller und machte auch gleich den ersten Schritt.

»Bleiben Sie, wo Sie sind, sonst ...«

Er drückte die Klinge etwas fester gegen seinen Hals, woraufhin ein bisschen Blut austrat. Reeger erschrak über den plötzlichen Schmerz und nahm das Messer wieder vom Hals, hielt es aber weiterhin in Höhe seines Kehlkopfs auf sich selbst gerichtet. Dabei versuchte er, weiterhin grimmig entschlossen dreinzuschauen.

»Es ist doch blöd«, setzte Koller wieder an, »wenn wir uns hier über eine so große Entfernung anschreien müssen. Wir kommen jetzt etwas näher, aber wir bleiben weit genug weg, dass wir Sie nicht erreichen können, okay? Sie haben das Messer, und der Strick liegt schon um Ihren Hals – wir können ja nicht einmal riskieren, dass Sie auch nur durch uns erschreckt werden! Ein falscher Schritt von Ihnen, und Sie rutschen von der Leiter und brechen sich das Genick. So schnell bekommen wir Sie gar nicht los, um dann noch Ihr Leben zu retten.«

Reeger war anzusehen, dass er das geschilderte Szenario nicht unbedingt angenehm fand.

Inzwischen hatten sich Koller und die beiden Kollegen bis auf drei, vier Meter an Sebastian Reeger herangearbeitet. Schließlich stand Koller ihm direkt gegenüber und zog mit seinen Worten die ganze Aufmerksamkeit auf sich, während Reeger die anderen beiden nur noch im Blick behalten konnte, wenn er den Kopf zu ihnen drehte. Das tat er auch ein paar Mal, aber weil ihm dabei der Strick auf der Haut scheuerte, lockerte er mit der rechten Hand die Schlinge ein wenig und hielt den Kopf danach gerade.

»Warum wollen Sie denn Ihrem Leben ein Ende setzen? Und warum ausgerechnet hier?«

»Weil hier alles angefangen hat, vor fast zwei Wochen.«

Koller blinzelte irritiert.

»Ich bin der unbekannte Erpresser, der von Karl Schlitter dreihunderttausend Euro gefordert hat. Ich habe ihm mit einem Attentat während dieses blöden Oldtimer-Spektakels gedroht, und dann …«

Er atmete ein paarmal heftig ein und aus, und einen Augenblick lang befürchtete Koller, der Mann werde jetzt von seiner Leiter springen. Doch er blieb stehen und sprach weiter.

»Und jetzt habe ich dafür gesorgt, dass es ein solches Attentat wirklich gegeben hat. Ich wollte das nicht, aber …«

Koller war einerseits verwirrt, weil er mit Reeger als Erpresser und Mörder ganz gewiss nicht gerechnet hatte – andererseits fühlte es sich natürlich herrlich an, der Soko den wahren Täter zu präsentieren und ihn sogar überwältigt zu haben. Ein leichtes Lächeln spielte um seinen Mund, das aber gleich wieder erstarb.

Wie in Zeitlupe sah er Hanna Fischer mit einigen heftigen, sehr unsportlich wirkenden Sätzen auf Reeger zuspringen. Auch der wandte nur sehr langsam seinen Kopf und ließ angesichts der heranstürmenden Frau vor Schreck das Seilende los und richtete das Messer auf sie. Sie hielt jedoch im Sprung auf ihn zu, schlug ihm mit der rechten Faust das Messer aus der Hand, lockerte zugleich mit der linken Hand die Schlinge um seinen Hals und zog sie ihm mit einer schnellen Bewegung über den Kopf. Dann schubste ihr dicker Körper den schlanken Mann ohne große Umstände von der Haushaltsleiter, und krachend landete erst er seitlich auf dem harten Boden und danach sie bäuchlings auf ihm.

»Alles klar, Hanna, vielen Dank«, sagte Hansen und beendete das Telefonat.

Haffmeyer sah ihn fragend an.

»Sebastian Reeger hat versucht, sich umzubringen«, erklärt Hansen. »Er stand am Ort der ersten geplatzten Geldübergabe, auf einer Leiter und mit einem Strick um den Hals, und hat unseren Leuten gesagt, er sei der Erpresser gewesen – und er habe auch Rudi Groß auf dem Gewissen, obwohl er es, wie er wohl hinzufügte, gar nicht gewollt habe.«

»Aha? Was hat er damit gemeint?«

Hansen grinste. »Das kann er im Moment leider nicht erklären. Hanna hat ihn überwältigt, um seinen Freitod zu verhindern, und ist dabei auf ihm gelandet. Jetzt liegt er halb ohnmächtig mit geprellten Rippen und schmerzender Hüfte im Notarztwagen. Zwei Kollegen fahren mit ins Krankenhaus und geben uns Bescheid, sobald wir mit ihm reden können.«

»Und jetzt?«

»Jetzt trommeln wir unsere drei Gesprächspartner wieder zusammen. Reegers Spezialeinlage hat uns ja unterbrochen. Aber egal, was der uneheliche Sohn von Rudi Groß nun wirklich angestellt hat: Ihm gehört die Stimme des Erpressers, die Schlitter mit seinem Diktiergerät aufgezeichnet hat, jedenfalls nicht.«

Nun grinste auch Haffmeyer. »Aber die drei wissen nicht, dass wir das wissen, oder?«

Hansen nickte. »Schauen wir mal, was sich damit anfangen lässt.«

Kurz darauf saßen Hansen und Haffmeyer wieder auf ihren Plätzen im Vernehmungszimmer. Nacheinander wurden Susanne Groß, Wendelin Knecht und Horst Murnauer hereingebracht. Hansen schenkte allen Kaffee ein und deutete einladend auf Milch und Zucker.

Wendelin Knecht wirkte etwas ungehalten, auch den anderen beiden hatte die Wartezeit zugesetzt, sie schienen aber eher nervöser geworden zu sein. Hansen klappte einen vor ihm liegenden Aktendeckel auf, tat so, als lese er in den Unterlagen, und nickte dann den Anwesenden zu.

»Tja, sieht so aus, als wäre der Fall gelöst.«

Knecht stutzte, Susanne Groß hob die Augenbrauen, und Murnauer sah ängstlich zwischen den beiden hin und her.

»Uns liegt ein Geständnis vor.«

»Aber …«, begann Murnauer, doch ein kurzer Blick von Susanne Groß brachte ihn wieder zum Verstummen.

Hansen wartete schweigend.

»Was ist mit Sebastian?«, fragte sie schließlich. »Sie hatten vorhin gesagt, er sei aufgefunden worden – ist ihm etwas … zugestoßen?«

»Herr Reeger wird gerade ärztlich versorgt und wird bald wieder wohlauf sein.«

»Wieso ärztlich versorgt?«

»Er stand neben einem Waldweg zwischen Hindelang und Oberjoch und hatte vor, sich umzubringen. Meine Kollegen konnten ihn zum Glück daran hindern.«

Er hielt kurz inne, während Susanne Groß um ihre Fassung rang. Dann fuhr er fort.

»Sebastian Reeger hat ausgesagt, dass er Karl Schlitter um dreihunderttausend Euro erpresst hat, und er hat auch die Schuld am Tod seines Vaters Rudi Groß auf sich genommen.«

Susanne Groß wurde aschfahl. Wendelin Knecht senkte den Kopf. Horst Murnauer öffnete den Mund, schloss ihn aber gleich wieder, ohne ein Wort zu sagen.

»Damit können wir Sie, Herrn Knecht, und dich, Horst, wieder gehen lassen. Sieht ganz so aus, als bestehe gegen Sie beziehungsweise gegen dich kein begründeter Verdacht mehr.«

Murnauer warf Knecht einen kurzen Blick zu, der sah weiterhin zu Boden.

»Sie, Frau Groß, sollten hingegen noch ein wenig bleiben. Ihr Stiefsohn gibt sich die Schuld am Tod Ihres Mannes, und wir müssen erst noch klären, was Sie damit zu tun haben – und ob Herr Reeger die Radaufhängung am Lancia erst manipuliert hat, nachdem Ihr Mann ihn zusammengeschlagen hat, oder ob Sie ihn womöglich schon vorher dazu überredet haben.«

Susanne Groß wurde mit jedem Satz von Hansen wütender, und schließlich sah es so aus, als wäre sie ihm am liebsten über den Tisch hinweg ins Gesicht gesprungen. Haffmeyer hielt sich bereit, um im Notfall einzugreifen.

Hansen saß noch ganz entspannt da, sah Susanne Groß unverwandt an und ließ seine Hände auf dem mittlerweile wieder geschlossenen Aktendeckel ruhen.

»Susanne …«, setzten Murnauer und Knecht im selben Moment an, verstummten und sahen sich irritiert an.

»Ja?«, hakte Hansen nach und musterte die beiden.

»Susanne hat mit dem allem nichts zu tun«, entrang sich Wendelin Knecht schließlich. »Horst hat ja schon gesagt, dass sie von Autos keine Ahnung hat. Und diesen Sebastian kenne ich zwar nicht persönlich, aber ich weiß, dass er an Rudis Lancia … dass er nicht daran schuld ist, dass Rudi droben auf der Bergstrecke aus der Kurve geflogen ist.«

»Und das wissen Sie, weil …?«, hakte Hansen nach, als Knecht nicht weiterreden wollte.

Dieser hob den Kopf und sah den Kommissar mit schimmernden Augen an.

»Weil ich an Rudis Radaufhängung herumgesägt habe.«

Erst stockend, dann immer flüssiger schilderte Knecht nun all die vielen Kleinigkeiten, mit denen ihn Rudi Groß gedemütigt, mit denen er sich immer wieder vor allem ihm gegenüber aufgespielt hatte. Dann das Fremdgehen ausgerechnet mit seiner Nichte, die miese Behandlung von Susanne Groß und schließlich der Betrug mit dem Originalersatzteil für Knechts Lancia, von dem er am Montag vor dem Jochpass Memorial erfahren hatte.

»Sie werden es vermutlich nicht verstehen, Hansen«, knurrte Knecht, »aber den Ausschlag hat wirklich dieser Schaltknauf gegeben. Ich habe Rudi trotz allem vertraut, was unsere Oldtimer betrifft – aber nachdem er schon alles andere in seinem Leben mit Füßen getreten hatte, hat sich auch die Fairness, die ich ihm als Sammler unterstellt habe, als Lüge herausgestellt. Das war zu viel.«

Er presste die Lippen aufeinander. Murnauer schaute

ihn verständnisvoll an, Susanne Groß dagegen stierte nur noch teilnahmslos vor sich auf den Boden.

»Ich wollte Rudi einen Denkzettel verpassen«, fuhr Knecht fort. »Ich wusste ja, dass er meistens wie eine gesengte Sau fährt. Also habe ich mir vorgestellt, wie viel von der Radaufhängung ich durchsägen muss, dass er schon auf der Fahrt nach Hindelang das Rad verliert. Ich war mir sicher, dass er mit seinem Lancia nicht bis Hindelang kommt.«

Er zuckte mit den Schultern.

»Da hab ich mich wohl verrechnet.« Er sah Hansen an. »Glauben Sie mir, dass ich Rudis Tod nicht wollte?«

»Davon müssen Sie den Richter überzeugen, nicht mich.«

»Aber …« Knechts Blick bekam etwas Trotziges. »Aber offenbar war ich nicht der Einzige, der dem Jochpass Memorial schaden wollte – denn am Healey und an meinem eigenen Lancia habe ich nicht herumgesägt.«

Hansen nickte. »Sie meinen, dass hier der Erpresser ins Spiel kommt?«

»Sieht doch ganz so aus. Hat der nicht Schlitter angedroht, dass er dafür sorgt, dass während der Veranstaltung etwas Schlimmes passiert? Und dann werden an zwei teilnehmenden Fahrzeugen ebenfalls Manipulationen an der Vorderachse entdeckt!«

Hansen zog sein Smartphone aus der Tasche, legte es auf den Tisch und spielte die Audiodatei mit der Stimme des Erpressers ab. Knecht wurde bleich.

»Karl Schlitter hat sich vor Ihrem letzten Anruf ein Diktiergerät gekauft«, sagte Hansen, »und er hat Ihr Gespräch aufgezeichnet, weil die Kollegen geglaubt haben, dass er sich diese Erpressung nur ausgedacht hat.«

Murnauer sah Knecht fassungslos an.

»Warum hast du denn den Karl erpresst, um Himmels willen?«

»Hab ich ja gar nicht, eigentlich ...«

»Wie kann man jemanden ›eigentlich nicht‹ erpressen?«, fragte Hansen und deutete auf sein Handy. »Das da drauf sind Sie, Herr Knecht. Der Anrufer hat seine Stimme verstellt, und er hat außerdem einen technischen Filter verwendet – aber unsere Spezialisten konnten die Originalstimme wiederherstellen, wie Sie eben gehört haben.«

Wendelin Knecht rang mit sich. »Als Rudi mit seinem Lancia heil nach Hindelang gekommen war, bekam ich es mit der Angst zu tun, dass ihm die Radaufhängung womöglich während eines Wertungslaufs brechen könnte«, erklärte er. »Ich befürchtete, dass er den Schaden entdeckt haben könnte und nun versuchen würde herauszufinden, wer sich an seinem Wagen zu schaffen gemacht hatte. Ich konnte ja schlecht nachsehen, ob der Lancia vielleicht schon wieder repariert war. Es hätte mich ja jemand dabei beobachten können.«

»Sie hätten mit Groß reden können.«

»Der hätte mich doch sofort angezeigt oder zumindest unter den Oldtimer-Freunden unmöglich gemacht. Zu diesem Zeitpunkt war ja noch nichts weiter passiert. Also habe ich mir diese Erpressungsgeschichte zunutze gemacht und so getan, als wäre ich der Erpresser. Aber das hat nicht hingehauen. Ich hatte damit gerechnet, dass Karl Schlitter die Polizei einschaltet, wie schon beim ersten Mal – die hätte dann sicher das Jochpass Memorial abgebrochen, und keinem wäre etwas passiert. Aber der Karl hat niemandem etwas gesagt, sondern sich vor dieses Gasthaus gestellt und auf den Erpresser gewartet, bis alles zu spät war.«

»Sie haben eben gesagt, dass Sie sich die Erpressung nur zunutze gemacht hätten – wie soll ich das verstehen?«, fragte Hansen nach.

»Ich erpresse doch den Karl nicht um dreihunderttausend Euro. Ich habe genug Geld, und meine Versicherungsagentur wirft mehr ab, als ich zum Leben brauche. Mehr Zeit könnte ich brauchen, aber an Geld fehlt es mir nicht. Ich habe keine Ahnung, wer der eigentliche Erpresser war – vielleicht wirklich dieser Sebastian. Der hat das doch auch gestanden, oder war das nur ein Trick?«

»Nein, das stimmt schon. Ein Trick war nur die Sache mit den Manipulationen an den beiden anderen Fahrzeugen«, sagte Hansen. »Ich habe behauptet, dass an allen drei Oldtimern auf dieselbe Weise mit demselben Werkzeug manipuliert worden sei – aber das war gelogen. Es gibt schon Unterschiede in der Art der Beschädigung. Unsere Kriminaltechniker sind überzeugt, dass am Healey und an Ihrem Lancia, Herr Knecht, erst nach Rudis Unfall herumgemacht wurde.«

»Aber … wozu hätte jemand das machen sollen?« Knecht war sichtlich ratlos.

»Vielleicht kann Horst uns das erklären«, schlug Hansen vor.

Der nickte langsam. Knecht und Susanne Groß sahen ihn gespannt an.

»Rudis Tod hat mir keine Ruhe gelassen. Ich habe mir überlegt, wer an seinem Auto herumgesägt haben könnte, und irgendwie kam ich immer wieder an den Punkt, dass der Unfall und diese Erpressung nicht so recht zusammenpassten. Vor allem, dass Rudi stirbt, während Karl noch mit dem Geld am Übergabeort wartet – also konnte der Erpresser vor Rudis Tod gar nicht wissen, dass er das Geld nicht bekommen würde. Für mich hatte die Drohung des Erpressers mit Rudis Unfall nichts tun. Und da ...« Er warf Susanne Groß und Knecht kurze Blicke zu, dann senkte er den Kopf. »Und da habe ich mir halt überlegt, wer Rudi womöglich so sehr gehasst hat, dass er seinen Tod wollte.« Noch einmal sah er zu Susanne Groß hinüber. »Oder *sie*.«

Der Frau traten Tränen in die Augen, und auch Knecht musste schlucken.

»Ihr beide seid mir eingefallen, und von euch beiden wollte ich den Verdacht ablenken«, fuhr Murnauer fort und wandte sich dann an Hansen. »Wenn sogar Wendelins eigenes Auto beschädigt war, würde ihn niemand verdächtigen! Und wenn gleich drei Fahrzeuge manipuliert waren, dann wäre Rudi nur einer von dreien gewesen, den es halt blöderweise erwischt hatte, aber der nicht von vornherein als Opfer bestimmt war. Ich habe deshalb sogar diesem Boulevardblatt noch einen Tipp gegeben, damit auch ja jedem klar wird, dass der große Unbekannte es aufs Memorial und auf Schlitters Geld abgesehen hatte.«

Murnauer zuckte mit den Schultern.

»Hätte ja auch klappen können. Ich hatte Wendelins Wagen nach dem Memorial noch kurz bei mir, und gesägt ist ja schnell. Danach habe ich mir den Healey vorgenommen, dann habe ich dich angerufen. Für alle Fälle habe ich den Healey schon verladen, bevor deine Kollegen gekommen sind. Die Stellplätze vom Lancia und vom Healey habe ich gekehrt und aufgeräumt, und zur Sicherheit habe ich deinen Kriminaltechnikern für den Healey auch noch einen falschen Standplatz genannt.«

Sie saßen noch eine Zeit lang beisammen, dann durften Susanne Groß und Horst Murnauer unter der Auflage gehen, sich für weitere Fragen zur Verfügung zu halten und ihren Wohnort bis auf Weiteres nicht zu verlassen, ohne vorher der Polizei Bescheid zu geben.

Wendelin Knecht wurde abgeführt. Er verabschiedete sich von seinen beiden Freunden mit Handschlag und Umarmung, dann ging er bereitwillig mit den uniformierten Beamten hinaus.

Haffmeyer und Hansen blieben noch im Raum, tranken nachdenklich ihren Kaffee aus und schwiegen. Irgendwann stand Haffmeyer auf.

»Warum haben wir nicht lieber einen widerlichen Mörder, der nur auf Geld aus ist? Das wäre viel einfacher.«

Hansen lächelte wehmütig, stand ebenfalls auf und ging mit Haffmeyer nach draußen.

Die Befragung von Sebastian Reeger klärte auch die letzten offenen Punkte. Er hatte lange mit sich gerungen, ob er sich seinem Vater vorstellen und ihn um Geld bitten sollte.

Im Vorfeld des Gesprächs hatte er sich im Internet informiert. Dort hatte er allerlei Berichte über seinen Vater und dessen Erfolge bei diversen Oldtimer-Rallyes gefunden und war schließlich auch auf das bevorstehende Jochpass Memorial gestoßen, bei dem sein Vater als Titelverteidiger und Favorit an den Start gehen würde. Bei seiner Suche war er auch bei einem Artikel über Karl Schlitter und dessen Gewinn im Fernsehquiz gelandet. »Und jetzt pumpt mich jeder an«, hatte sich Schlitter dem Reporter gegenüber beklagt, und aus den Infos im Artikel konnte Reeger ableiten, dass Schlitter von seiner halben Million noch etwas mehr als dreihunderttausend Euro geblieben waren.

Plötzlich war ihm eine Idee gekommen, wie er seine finanziellen Probleme auch ohne ein Gespräch mit seinem Vater lösen konnte. Wenn er diesem Schlitter damit drohte, während des Jochpass Memorial einen Anschlag auf die Veranstaltung zu verüben, würde man vielleicht sogar noch das ganze Spektakel absagen – und seinem Vater wäre ein weiterer Triumph verwehrt.

Erst hatte alles wie am Schnürchen geklappt. Schlitter war sofort bereit gewesen, das Geld zum verabredeten Treffpunkt zu bringen, doch als es so weit war, versagten Reeger die Nerven: Er blieb zu Hause, verwarf die Idee mit der Erpressung und beschloss, sich doch noch mit Rudi Groß zu treffen.

Dann gestand er unter Tränen, dass er sich am Oldtimer seines Vaters zu schaffen gemacht habe. Nachdem der ihn verprügelt und wie einen Hund davongejagt hatte, war er noch einmal zum Haus zurückgeschlichen. Er hatte das

Gepäck im Lancia gesehen, und in einem plötzlichen Wutanfall habe er sich ein Messer genommen, das im Schuppen auf einer Werkbank lag. Er habe darauf geachtet, dass ihn niemand beobachtete, und dann so lange am Sicherheitsgurt herumgesäbelt, bis an einer verdeckten Stelle direkt neben dem Fahrersitz der Gurt beinahe zur Hälfte durchtrennt gewesen sei.

Immerhin konnte Hansen ihm die Angst nehmen, den Tod seines Vaters verschuldet zu haben.

»Ihr Vater hatte seinen tödlichen Unfall, weil ihm jemand die Radaufhängung angesägt hat«, erklärte Hansen. »Sein Wagen hat sich überschlagen und ist auf zwei Felsbrocken gelandet, die das Dach eingedrückt haben – kein Sicherheitsgurt der Welt hätte ihn retten können.«

Reeger nickte, und er wirkte in diesem Moment erleichtert, dass Hansen ihm wenigstens diese Last abgenommen hatte.

Der Rest des Tages war mit Routinetätigkeiten ausgefüllt. In Knechts Haus wurde das Gerät gefunden, mit dem er seine Stimme verfremdet hatte. Telefondaten, Aussagen von Nachbarn und viele weitere Details bestätigten die Aussagen von Knecht, Murnauer und Reeger.

Während die Kollegen die Unterlagen für den Transport nach Kempten verpackten, wo nun noch alle Beweise und Indizien, alle Aussagen inklusive der Geständnisse für die anstehenden Verfahren aufbereitet werden mussten, ließ sich Hansen einen Dienstwagen geben und fuhr noch einmal die Orte ab, an denen sich die wichtigsten Ereignisse des Falls – oder besser gesagt der beiden Fälle – zugetragen hatten.

In Bad Hindelang traf er Rolf Hamann und Karl Schlitter, als er sich im Kirchebäck etwas Süßes für die Fahrt kaufen wollte. Die beiden luden ihn auf einen Kaffee ein, und bevor Hansen sich wieder auf den Weg machte, huschte Schlitter schnell noch in sein Haus hinüber und war nach wenigen Minuten wieder zurück. Er setzte sich mit strahlendem Lächeln und stellte vor Hansen eine prall gefüllte Plastiktüte auf den Tisch.

»Was ist das?«, fragte Hansen.

»Schau rein.«

Nach und nach holte er eine stattliche Anzahl von Dosen und vakuumverpackten Rauchwürsten aus der Tasche.

»Der Stolz meiner Produktion«, erklärte Schlitter und deutete auf einige der Dosen. »Alles vom heimischen Wild und alles hausgemacht.«

»Vielen Dank«, sagte Hansen und überflog die Etiketten. »Aber hausgemacht? Hier steht gar nicht überall dein Name drauf.«

Auf zwei Dosen stand eine Adresse in der Alpenstraße, zwei Würste waren mit dem Namen einer Metzgerei gekennzeichnet.

»Das hat schon seine Richtigkeit«, versicherte Schlitter und lachte. »Ich bin gut im Wursten, und meine Produkte können sich sehen lassen. Aber wenn ein anderer mal besser ist, muss man das halt auch zugeben können. Diese ›Wildsau-Wurz‹ macht keiner so gut wie unser hiesiger Metzger, davon lasse ich lieber gleich die Finger. Und vorne an der Alpenstraße gelingt ihnen die Rehpastete einfach leckerer als mir – ich komme nicht dahinter, wie sie's machen. Bis dahin verschenke ich halt die fremde und tüftle weiter an meiner eigenen.«

Hansen bedankte sich noch mal, aber Schlitter meinte, er stehe bei ihm und seinem alten Schulfreund Rolf Hamann so in der Schuld, dass er das mit einer Tüte Wildwurst nicht annähernd ausgleichen könne.

Gemächlich fuhr Hansen die Straße zum Jochpass hinauf, dann klapperte er die anderen Orte ab. In Neugablonz rollte er am verwaisten Haus von Wendelin Knecht vorbei, in Marktoberdorf hielt er kurz vor Murnauers Werkstatt. Als er das Wegkreuz bei Blöcktach erreichte, sah er, dass das Haus von Susanne und Rudi Groß im Dunkeln lag, und für einen Moment machte sich Hansen Sorgen, ob die Witwe wohl entgegen der Auflagen weggefahren war. Er rief Helmut Jagersch an, doch der konnte ihn beruhigen.

»Frau Groß hat vor einer Stunde Bescheid gegeben, dass sie bis auf Weiteres bei ihrem Freund in Mindelheim wohnen will. Adresse und Telefonnummer haben wir, sie müsste gerade am Packen sein oder vielleicht auch schon auf dem Weg.«

Tatsächlich kam in diesem Moment der Geländewagen von Raimond Vanheeren vom Dorf her auf das dreieckige Wiesenstück mit Wegkreuz, Baum und Bank zu, an dem Hansen den Dienstwagen geparkt hatte. Das Fahrzeug rollte heran. Hansen konnte nicht durch die getönten Scheiben sehen, aber er hob trotzdem kurz zum Gruß die Hand, und dann war der Wagen auch schon in Richtung Norden davongebraust.

Daheim in der Ehrwanger Straße erwartete ihn eine Überraschung. Vroni Schliers saß mit Resi in der Küche und ließ sich ein Vesper schmecken. Als Hansen hereinkam, begrüßte ihn Resi mit einem langen Kuss, und Vroni Schliers gab ihm die Hand. Dann ging sie an Hansens Kühlschrank und holte eine Flasche Champagner heraus. Fragend sah er Resi an, die aber nur mit den Schultern zuckte und selbst darauf gespannt war, warum die Kriminaltechnikerin Champagner mitgebracht hatte. Die passenden Gläser standen bereits auf dem Tisch.

»So«, sagte Vroni Schliers, als sie vollgeschenkt und jedem ein Glas gereicht hatte, »den hier sollen wir uns schmecken lassen, hat Huthmacher gesagt. Wörtlich hat er gesagt: ›Und richten Sie dem Hansen aus, dass er … Und ich werde immer in seiner … Aber natürlich sollen wir vor allem froh sein, dass es noch einmal …‹«

Hansen lachte, und auch Resi amüsierte sich köstlich, weil sie aus früheren Erzählungen wusste, was es mit den abgebrochenen Sätzen des Kripochefs auf sich hatte.

»Mal sehen, wie sich seine Sätze entwickeln, wenn er erst einmal Polizeipräsident geworden ist«, fügte Vroni Schliers hinzu.

»Ach? Das klappt also? Und wer wird nun mein neuer Vorgesetzter?«, fragte Hansen.

Vroni Schliers hob strahlend beide Arme und drehte sich einmal um die eigene Achse.

»Das freut mich aber«, sagte Hansen, und es kam von Herzen. »Dann trinken wir auf meine neue Chefin Vroni Schliers!«

»Und auf den Leiter des Kommissariats 1, dem ich das letztlich zu verdanken habe.«

Freitag, 17. Oktober

Der Rest der Woche verlief in ruhigen Bahnen – bis am Freitag gegen Mittag Hansens Handy klingelte und seine völlig aufgelöste Vermieterin Walburga Lederer in der Leitung war.

»Schnell, Herr Hansen«, keuchte sie, »Sie müssen kommen, es ist etwas Furchtbares passiert!«

Hansen machte sich sofort auf den Weg, und Frau Walburga war noch immer ganz aufgelöst, als er mit dem Dienstwagen vor dem Haus eintraf. Die alte Frau hockte auf der Bank neben der Eingangstür und knetete ihre Hände. Ein Stück entfernt lag ihr knallrot lackiertes Elektrorad auf dem Boden.

»Haben Sie sich wehgetan, Frau Walburga?«, fragte er sie und tastete dabei gleich ihre Arme ab. Aber ihr war keine Verletzung anzumerken.

Die Frau sah ihn mit weit aufgerissenen, feucht schimmernden Augen an.

»Sind Sie mit Ihrem Rad gestürzt?«

»Ja, hinterher schon, aber …«

»Aber?«

»Der Ignaz!«

Mehr brachte sie nicht hervor, ein Weinkrampf schüttelte sie, und es dauerte gut fünf Minuten, bis sie endlich wieder sprechen konnte.

»Ich bin wie jeden Tag zu Ihnen herausgefahren. Ich schau ja gern nach dem Rechten, auch wenn Sie nicht da sind, wissen S', Herr Hansen.«

Oh ja, das wusste Hansen nur zu gut. Und weil sie einen Schlüssel zum Haus und sehr eigene Vorstellungen von einem ordentlichen Haushalt hatte, war am Abend nicht mehr alles am selben Platz wie am Morgen.

»Ich bin also herausgeradelt zu Ihnen, und wie ich auf den Hof komme, springt mir auch schon der Ignaz entgegen. Der freut sich ja immer so, wenn ich komme.«

Und wenn er Dosenfutter bekommt, schoss es Hansen durch den Kopf.

»Aber diesmal hab ich nicht richtig aufgepasst, und da war es auch schon passiert!«

Sie schlug die Hände vors Gesicht, und allmählich begann sich Hansen um den Kater zu sorgen, der ihm das Leben in diesem Haus manchmal so schwermachte. Er sah sich um: von Ignaz keine Spur.

»Ich kann eigentlich gar nichts dafür«, wimmerte Frau Walburga, »er ist mir geradezu ins Rad gesprungen.«

»Sie haben ihn angefahren?«

»Ja, ich ... mit dem Pedal habe ich ihn irgendwo bös erwischt, und dann hat er sich so ungeschickt herumgedreht, dass ich ihm über den Schwanz geradelt bin.«

Sie schniefte.

»Da ist er natürlich hinters Haus verschwunden wie ein geölter Blitz.«

»Und jetzt?«

»Jetzt hockt er hinten unter dem Vordach vom Schuppen, wo Sie Ihren Bogen und die Pfeile aufbewahren. Ich wollte zu ihm hin, aber er hat mich nur ganz böse angefunkelt, und als ich näher ranwollte, hat er mich angefaucht. Mich!«

Frau Walburga war am Boden zerstört. Auch Hansen, der Ignaz sehr wohl fauchend kannte, war erstaunt. Seinem Lieblingsfrauchen hatte das Mistvieh sonst nur seine Schokoladenseite gezeigt.

»Ich schau mal nach ihm, Frau Walburga.«

Sie lächelte ihn unter Tränen an.

»Das würden Sie machen?«

»Ja, natürlich. Und wenn er verletzt ist, bringe ich ihn auch gleich zum Tierarzt. Haben Sie denn so was wie einen Transportkorb für Ihren Ignaz?«

»Im Schuppen steht einer neben dem Schrank mit dem Dosenfutter.«

Frau Walburga sah Hansen gespannt nach. Er ging in den Schuppen und verschwand aus ihrem Blickfeld. Das Nächste, was die alte Frau hörte, war lautes Fauchen, ein fürchterliches Geschepper, unterdrücktes Fluchen und einige männliche Schmerzensschreie.

Wenig später stand Hansen in der Tür zum Schuppen.

»Frau Walburga, tut mir leid, ich glaube, das mit dem Tierarzt wird nichts.«

In der linken Hand hielt er den geöffneten Transportkorb, zwischen den Fingern der rechten lugten einige Büschel Katzenhaare hervor.

»Mein Gott, Herr Hansen!«

Sie eilte auf ihn zu und sah vorwurfsvoll auf die Katzenhaare in seiner rechten Hand.

»Was haben Sie nur mit dem Ignaz gemacht?«

Dann eilte sie in den Schuppen. Die Kratzer an Hansens rechtem Arm, den zerfetzten Hemdsärmel und das Blut, das ihm über die linke Hand auf den Katzenkorb tropfte, beachtete sie gar nicht weiter.

Samstag, 18. Oktober

Gegen zehn Uhr morgens ließ Hansen den Mercedes SSK vor seinem Haus ausrollen und hupte zweimal, um Resi herauszulocken. Er freute sich schon auf den überraschenden Blick, den sie ihrem Cabriopiloten zuwerfen würde, aber niemand kam auf den Hof heraus. Horst Murnauer war gerne bereit gewesen, ihm den Wagen auszuleihen – ob er nur gut Wetter bei der Polizei machen wollte oder ob er sich Hansen gegenüber irgendwie dazu verpflichtet fühlte, konnte Hansen nicht einschätzen, aber das war ihm heute auch gleichgültig.

Hansen stieg aus und ging ins Haus. Resi war nirgendwo zu sehen, und auch der Kater schien verschwunden. Dann fiel ihm auf, dass der geflochtene Transportkorb, in den er das Vieh am Vortag ums Verrecken nicht hineingebracht hatte, ebenfalls nirgends zu sehen war. Er betastete die Kratzer und Schrammen, die er sich dabei eingehandelt hatte. Zwei Stellen hatten sich entzündet, an den anderen hatte die Wundsalbe offenbar gewirkt.

Er ging in den Schuppen: Auch Resis Wagen war weg. Hatte sie es fertiggebracht, den Kater zum Arzt zu bringen? Und wie lange mochte es dauern, bis sie wieder da war?

Hansen ging wieder vors Haus, setzte sich auf die kleine Bank neben der Tür und betrachtete versonnen den Oldtimer. Er hatte sich auch den riesigen Picknickkorb aus Weidengeflecht ausgeliehen, um Resi mit einem richtig schönen Ausflug samt ausgiebigem Picknick zu überraschen – und nun war sie gar nicht da.

Er startete den Motor des Oldtimers noch einmal und wendete den Wagen. Nun zeigte er mit dem Heck zum Haus und mit dem Kühler zur Ehrwanger Straße.

Hansen setzte sich wieder auf die Bank und genoss eine Zeit lang die für Mitte Oktober ungewöhnlich milde Luft, dann erhob er sich und ging in die Küche, um das Picknick für sich und Resi herzurichten. Er schmierte Frischkäsebrote, belegte weitere Scheiben mit Wurst, wusch Tomaten und schälte und stückelte Gurken. Dazu dicke Streifen Allgäuer Speck, geräuchte Würste, ein paar gegrillte Hähnchenschenkel und einige Scheiben Räucherlachs. Alles verpackte er sorgfältig in Papier und Vesperdosen, richtete Senf und Mayonnaise, Salz, Sahnemeerrettich und Butter her, packte auch noch ein paar Stücke aus Schlitters edlem Sortiment von Wildspezialitäten dazu und trug alles nach draußen.

Den riesigen Weidenkoffer auf dem Gepäckträger des weißen Oldtimers schnallte er los, ließ ihn aber auf dem Träger stehen und klappte ihn nur auf. Nun packte er das Essen vorsichtig hinein, stellte noch einige Flaschen Bier, Saft und Wasser in die dafür vorgesehenen Halterungen, holte Geschirr, Gläser und Besteck, Servietten und eine Thermodecke. Ganz zum Schluss nahm er die Flasche Prosecco aus dem Kühlschrank, die er vor zwei Tagen extra für diesen Ausflug gekauft hatte. Ummantelt von schmalen Kühlelementen, passte sie genau in eines der Korbfächer.

Dann setzte er sich wieder auf die Bank und hielt nach Resi Ausschau. Lange musste er nicht warten, doch was er sah, als er aufstand und neben Resis Wagen trat, konnte er kaum glauben. Der Transportkorb für den Kater stand auf der Rückbank, Ignaz selbst aber saß kerzengerade auf dem Beifahrersitz.

Wobei … ganz sicher war er nicht, dass es sich bei diesem Tier wirklich um seinen vierbeinigen Mitbewohner handelte. Sein schwarz-hellgrau getigertes Fell schimmerte wie frisch gebürstet, so sauber hatte er den Kater bisher noch nie zu Gesicht bekommen. Den Schwanz hatte Ignaz eng um seine Hinterbeine geschlungen, und der Rücken beschrieb eine elegant gekrümmte Linie, die das Tigermuster so auffächerte, dass es am Bauch enger und entlang des Rückgrats weiter wirkte. Die Ohren hatte er gespitzt und schaute mit einem aufmerksamen und ungewohnt friedlichen Ausdruck durch das Seitenfenster zu Hansen hinauf.

Resi stieg aus dem Wagen und gab Hansen einen Kuss. Der schielte dabei auf den Kater, aber dem Tier war diesmal keine eifersüchtige Regung anzumerken.

»Alles in Ordnung, sagt der Arzt«, versicherte Resi ihm.

»Dann ist das also doch Ignaz?«

»Natürlich. Er war so lieb in der Tierarztpraxis, dass ich

ihm danach ein bisschen Fisch spendiert habe – und anschließend bin ich mit ihm zur Feier des Tages zum Katzenfriseur gegangen.«

»Zum … was?«

»In der Rupprechtstraße hat ein Tiersalon aufgemacht. Hund & Katz heißt der – schön, nicht? Die Besitzerin richtet Hunde her, selbst Kaninchen und Meerschweinchen, aber besonders gut soll sie bei Katzen sein. Da hat sie jedenfalls brillante Referenzen.«

»Eine Tierfriseurin hat … Referenzen?«

Hansen war perplex, und auch Ignaz schaute drein, als sei er noch etwas benommen von der ungewohnten Erfahrung.

»Und was sagt man da: einmal Dauerwelle, bitte?«

Resi lachte und knuffte ihn scherzhaft.

»Red keinen Quatsch, Eike. Sieht er nicht toll aus, unser Kater?«

Sie zog die Beifahrertür auf und zeigte mit großer Geste auf Ignaz, der einfach still sitzen blieb und zwischen Resi und Hansen hin und her sah.

»Wie hast du es überhaupt geschafft, dass er sich von dir in den Transportkorb hat stopfen lassen?«

»Na ja, wenn du versucht hast, ihn da reinzu*stopfen*, dann wird mir manches klar.«

Sie zeigte auf Hansens zerschundene Unterarme und die tiefen Kratzer auf seinen Handrücken.

»Ich habe ihm gut zugeredet, und wahrscheinlich hat er irgendwann eingesehen, dass er ärztliche Hilfe braucht.«

»Eingesehen? Ach.«

»Na gut, ich geb's ja zu: Ich hab ein bisschen Dosenfutter in den Transportkorb getan, hab ihn gelockt und gestreichelt und für jeden Schritt in Richtung Korb gelobt … und irgendwann war er halt drin.«

»Ich bin beeindruckt.«

»Aber auf der Rückfahrt wollte er nicht mehr rein. Da hab ich's einfach ausprobiert, ob er auch auf dem Beifahrersitz bleibt – und das hat geklappt. Mir war das ganz recht, denn so schön, wie ihn die Chefin vom Salon hergerichtet hat, darf ihn ruhig jeder sehen. Außerdem hatte ich befürchtet, dass sich das Fell im Transportkorb womöglich wieder etwas verwuschelt.«

In Ignaz kam allmählich wieder Bewegung. Ganz vorsichtig, als wollte er seine Haarspitzen nicht in Unordnung bringen, glitt er auf den Hof hinunter, beschrieb zwischen Resis Beinen eine mehrfache Acht und striegelte sich dabei das Fell an ihrer Hose. Dann stolzierte der Kater ins Haus und inspizierte sein Heim. Er holte sich ein Stück Käse aus seinem Vorratslager im Schuppen, dann kehrte er zur Haustür zurück und sprang auf die Bank, wo er sich niederließ, um sich zu putzen. Doch er leckte nur ein einziges Mal mit seiner Schnauze über die linke Pfote, als er auch schon ausspie und nieste und die Katzenwäsche auf unbestimmte Zeit verschob.

Hansen erklärte Resi derweil, was es mit dem Oldtimer und dem riesigen Weidenkorb auf dem Gepäckträger auf sich hatte. Und weil sie so bettelte, verzichtete er sogar auf den geplanten Überraschungseffekt und ließ sie einen kurzen Blick in den prächtig gefüllten Korb werfen. Dann klappte er das Behältnis wieder zu und zog die Lederriemen ordentlich fest.

Resi ging nach drinnen, warf Ignaz im Vorübereilen einen Handkuss zu und suchte noch ein paar Kleinigkeiten zusammen, die sie zum Ausflug mitnehmen wollte. Auch Hansen holte eine Jacke, einen Schirm und einen Fotoapparat. Gleichzeitig waren sie reisefertig, doch als sie wieder auf den Hof heraustraten, konnten sie nicht wegfahren.

Ignaz hatte sich mitten auf den riesigen Weidenkoffer gesetzt, kerzengerade wie vorhin auf dem Beifahrersitz, und sah sie mit großen Augen an, als wollte er sie dazu überreden, ihn, das arme Katerchen, nicht etwa allein in diesem großen Haus zurückzulassen.

Resi lachte, und Ignaz sah gleich noch ein bisschen bekümmerter aus. Dann ging sie zu ihm hin, streichelte ihm ein paarmal sanft über den Kopf. Der Kater drückte seinen Kopf fest gegen ihre Hand und genoss jede der Berührungen, doch dann schob Resi ihn mit sanftem Druck an den Rand des Weidenkorbs. Als er das Gleichgewicht nicht mehr anders halten konnte, nahm er die Vorderpfoten nach vorn und kletterte notgedrungen über die beiden unter dem Koffer angebrachten Ersatzräder vom Wagen.

Dann warf er noch einen letzten flehenden Blick zu Resi hinauf, die aber nur den Kopf schüttelte.

»Wir sind ja bald wieder da, Ignaz«, versprach sie ihm.

Fast sah es aus, als hätte das Tier sie verstanden. Er sah sie noch einmal lange an, streifte auch Hansen kurz mit seinen hellwachen Augen, dann erregte etwas anderes seine Aufmerksamkeit.

Resi kletterte auf den Beifahrersitz, band sich ein Kopftuch um die Haare und schnallte sich an. Hansen schwang sich hinters Steuer und strahlte sie an.

»Wohin soll's gehen?«, fragte er.

»Ich lass mich überraschen.«

Und schon rollte der weiße Mercedes SSK an. Auf der Ehrwanger Straße drückte Hansen das Gaspedal durch, und Resi schloss die Augen und ließ das Röhren des Motors auf sich wirken. Bald war der Oldtimer so weit davongefahren, dass er vom Haus am See nicht mehr zu hören war.

Es war still, ganz still.

Na ja, beinahe.

Hinter dem Haus gellten die wütenden Schmerzensschreie des alten Katers, der sich wieder einmal vom Ferienheim herübergetraut hatte und dabei seinem kräftigeren Widersacher begegnet war. Schnell lag der einstige Platzhirsch im Staub, und Ignaz versetzte ihm mit seinen flinken Tatzen einige gezielte Schläge. Schließlich ergab sich Flecki und trollte sich in Zeitlupe, während er Ignaz im Auge behielt, der ihm ab und zu nachfauchte, um ihm endgültig klarzumachen, wer hier der neue Platzhirsch war.

Dann stolzierte Ignaz im Triumphgefühl eines grandiosen Sieges über den Hof. In einer Pfütze entdeckte er sein Spiegelbild. Grashalme hingen in seinem Fell, über der einzigen Wunde, die ihm der andere in dem ungleichen Kampf hatte beibringen können, kräuselten sich einige Haare blutverschmiert.

Das sah doch schon besser aus, dachte Ignaz. Er schaute sich um, dann sprang er im hohen Bogen in den größten Dreckhaufen, den er finden konnte, und suhlte sich darin nach Herzenslust.

Das Leben konnte so schön sein.